凉风有信

001

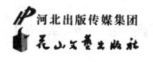

江湖有小蝉

苏城小柳 著

JIANG HU YOU XIAO CHAN

河北出版传媒集团
花山文艺出版社

图书在版编目（CIP）数据

江湖有小蝉 / 苏城小柳著. —石家庄：花山文艺出版社，2016.6（2020.3重印）
ISBN 978-7-5511-2857-5

Ⅰ. ①江… Ⅱ. ①苏… Ⅲ. ①长篇小说－中国－当代 Ⅳ. ①I247.5

中国版本图书馆CIP数据核字(2016)第124917号

书　　名：江湖有小蝉
著　　者：苏城小柳

策划统筹：	张采鑫
特约编辑：	菜秧子
责任编辑：	卢水淹
责任校对：	齐　欣
封面设计：	李雅静
内文设计：	李雅静
美术编辑：	许宝坤
出版发行：	花山文艺出版社（邮政编码：050061）
	（河北省石家庄市友谊北大街330号）
销售热线：	0311-88643221/29/35/26
传　　真：	0311-88643225
印　　刷：	三河市华东印刷有限公司
经　　销：	新华书店
开　　本：	880×1230　1/32
印　　张：	9
字　　数：	272千字
版　　次：	2016年8月第1版
	2020年3月第2次印刷
书　　号：	ISBN 978-7-5511-2857-5
定　　价：	45.00元

（版权所有　翻印必究·印装有误　负责调换）

目录 contents

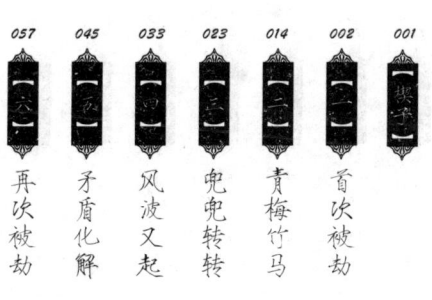

- 001 〔楔子〕
- 002 〔一〕首次被劫
- 014 〔二〕青梅竹马
- 023 〔三〕兜兜转转
- 033 〔四〕风波又起
- 045 〔五〕矛盾化解
- 057 〔六〕再次被劫

目录
contents

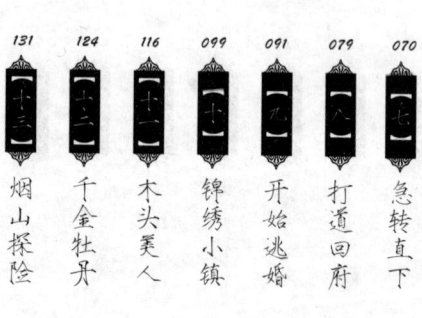

131	124	116	099	091	079	070
〔十三〕	〔十二〕	〔十一〕	〔十〕	〔九〕	〔八〕	〔七〕
烟山探险	千金牡丹	木头美人	锦绣小镇	开始逃婚	打道回府	急转直下

目录 contents

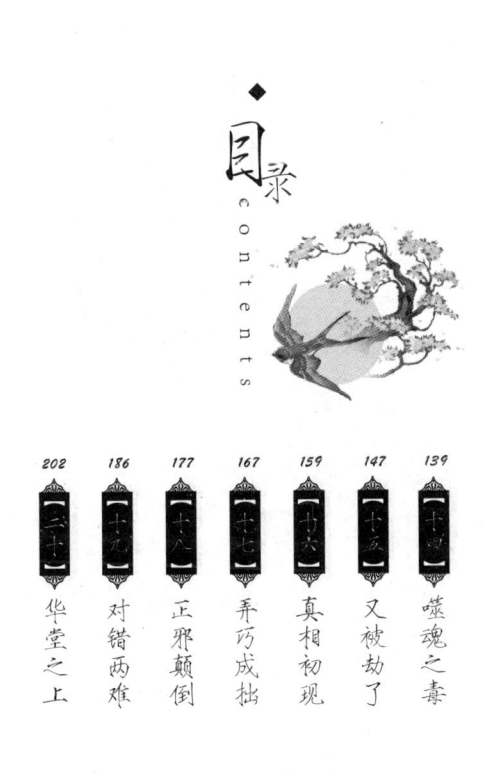

- 139 【十四】噬魂之毒
- 147 【十五】又被劫了
- 159 【十六】真相初现
- 167 【十七】弄巧成拙
- 177 【十八】正邪颠倒
- 186 【十九】对错两难
- 202 【二十】华堂之上

目录 contents

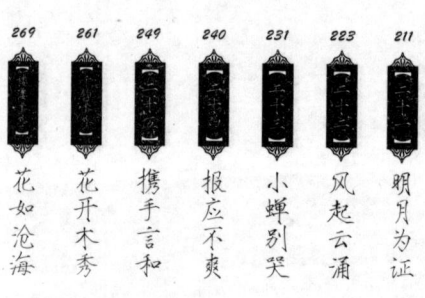

269 花如沧海
261 花开木秀
249 携手言和
240 报应不爽
231 小蝉别哭
223 风起云涌
211 明月为证

【楔子】

飞云堡堡主的女儿挨了一鞭子的消息传来，震得整个江湖都抖了三抖。

"听说那云大小姐可是同夏明山庄的庄主小时候定了亲的，谁这么大胆，连天下第一庄的未来少夫人都敢打？"

"嘘——你还不知道？打了她的就是那个夏庄主啊！"

"对对，我还听说，后来夏明山庄为了赔罪，送了圣药七返灵砂给飞云堡哪！"

"那个传说有起死回生之效的七返灵砂？乖乖，莫不是夏庄主这一鞭子，把云大小姐的小命都抽掉了半条？"

首次被劫 (一)

月黑风高，飞云堡大小姐的闺阁中，一个修长的人影正无声无息地立于女子的床前。

云蝉因为背部的鞭伤，只能在床上俯趴着，睡得不是很安稳，迷糊间察觉有人在看她，便惺忪地睁开了眼。

看到床前那人影的一瞬间，云蝉毫不犹豫地捞起枕头砸过去——"死夏意，半夜三更跑我房里来捉鬼啊！"

屋里没有月光拂照，其实很黑。那人轻轻接住枕头，语气颇有些意外："这么黑你也能认出我？"

"你化成灰我都能认出你！"

这人影不是别人，正是传闻中抽了云大小姐一鞭子的人——天下第一庄庄主夏意。

既然被发现了，来人索性吹了个火折子点亮屋里的灯火。举过烛台，夏庄主傲慢地抬高下巴："来，给我看看你背上的伤。"

他说话时眉眼里勾着桃花，明明暗暗的烛火都掩不住那一身"桃之夭夭"的风华，妖冶得简直让人迷醉。

可惜这番美色落在云蝉眼里,只觉得面目可憎天地不容:"怎么?看我伤口不够深的话,还想再补一鞭?"

男子闻言,漂亮的桃花眼睨向她:"还在生气?说起来那一鞭还不都是你自找的。我当时要打的又不是你,谁让你自己往那丫鬟身上扑了。"

听听这语气,真是要多倨傲有多倨傲,丝毫没有一点伤人者的自觉。云蝉立时就怒发冲冠了:"霁月是我的人!你打她就是打我!"

"哼,一个下人也值得你这么维护。"罪魁祸首很是不屑,"从小你就是这样,吃了多少次亏还是不长记性。"

云蝉越发火冒三丈:"夏庄主半夜前来,就是想教训我的?"

被这么一问,男子的脸突然诡异地红了红,颇有些不自在地掏出一个药盒扔给她:"喏,庄里上好的金疮药。"

云蝉忍不住讥讽:"夏庄主有心了,先前已经送了七返灵砂这等圣药,我可消受不起更多了。"

"七返灵砂是李管家擅自送的,目的不过是为挽回你们飞云堡的面子。何况那药是续命用的,能治你的鞭伤吗?"顿了顿,男子又斜她一眼,补充道,"这金疮药能生肌祛疤,要不是看在和你青梅竹马的分上,本少爷岂会大晚上千辛万苦来这里。"

真是好一副"老子给你送药是天大的恩赐,你若是知道好歹的就快感恩戴德收下"的调调。

云蝉一把抓起药盒就往床脚猛力扔出去:"青梅竹马?好一个青梅竹马!七岁时你推我落水看我笑话,八岁时你放走我辛苦钓上来的凤仙鱼,九岁那年骗我去树林里试胆后撒下我偷偷跑掉……"

"哼,你也不差。"一说到过去种种,夏意也收敛了眸中的桃花之色,愤然道,"落水那次最后一刻你不也把我拉了下去?我放走你的鱼,你就把我的青凤宝剑扔下了悬崖。试胆那次后来我回来找你,你倒够狠,引我跌进猎户挖的洞里整整三天才差人来救……"

这多年的积怨,两人每次吵架时都会搬出来数一数,比记《三字经》还牢。

最终，云蝉深吸一口气，发狠道："收回你的破药，现在立刻从我面前消失。否则别怪我喊护卫来！哈，堂堂夏明山庄的庄主，深夜出现在女子闺阁，传了出去……"

"传了出去，似乎吃亏的是你啊。"男子不以为然地打断她，笑得有恃无恐。

云蝉也笑："夏明山庄向来自诩江湖第一名门正派，传了出去，你的名声又能好到哪里去！"

挑衅她？那就拼个鱼死网破。

眼看此女就要气运丹田高呼出声，夏庄主连忙飞身上前捂住了她的嘴。

差点儿忘了，眼前这女子不是常人。伤敌八百自损一千的事儿，她绝对干得出来。

然而下一刻，屋外仍是响起了护卫的叫喊——"有刺客！"

不会吧？难道还是被人发现了？

整座府邸都像是被那声叫喊给惊醒，霎时间就乱哄哄地闹起来了。夏庄主的神色终于不再淡定，漂亮得跟天上明月似的脸上有冷汗冒出。

下一瞬，云蝉只觉得面前有一阵疾风刮过，等她回神再看时，男子的身影已经从她房间里消失得无影无踪了，只剩下夜风里飘来他的声音——"死小蝉，那药是特意给你送来的，不许不用。"

她低头，这才发现刚刚那盒被扔到了床脚的药，不知何时又被塞回到了她手里。她抬手就想再次扔掉，然而举到半空中的手又倏地停住，想了又想，最终还是收回了手冷哼一声："有没有脑子啊！我要怎么和人解释这药怎么得来的。"

左右看看似乎无处可藏，云蝉只好先把药盒收进了自己的怀里。

为什么自己要有这种做贼心虚的感觉啊！

窗外的冷风还在呼呼地刮进屋里，云蝉越发怨恨："浑蛋，自己拍拍屁股就翻窗走人了，也不知道关窗！"

顶着冷风爬下床，她正打算朝窗户走去，突然间感觉身后有人，正待回头时,一只温暖的手已经掐上了她的脖子。

"别动。"背后的人声音十分温和,可掐着她脖子的那只手力道却不小。

云蝉这才意识到,护卫那一声"有刺客",并不是发现了夏意,而是真的有刺客。

还来不及思考对策,房门已被撞开,飞云堡的堡主夫人秦湖带着府里的一干护卫呼啦啦地冲了进来。

屋外的月光透过门口洒了进来,恰好照在云蝉单薄的身形上,而她身后之人一身白衣,头上戴着赤鬼面具遮住了上半边脸,一只手从背后环上了云蝉的腰,另一只手突兀地缠在她的颈间,只需稍一用力,云大小姐纤细的脖子霎时就能断了。

门口众人看到屋内情景,一时都不敢妄动。

紧贴在云蝉背后的人却气定神闲,整个身子都几乎挂在了她背上,徐徐开口道:"要她活,拿七返灵砂来换。"

声音不大,却让在场的每个人都听得清清楚楚。

身为堡主夫人的秦湖闻言立时大怒:"笑话!你当我们飞云堡是什么地方,竟敢来这里撒野!你识相的现在就放了小蝉,我还可以让你死得痛快点儿。"

娘亲啊!这种时候就不要恫吓刺客了啊!要说也请说"放了她我就饶你不死"好吗。

那白衣人倒是温柔一笑:"哦?有云大小姐陪葬,在下也不是很吃亏。"

秦湖是个暴脾气,哪有心思和个贼人多费唇舌,也不等那人话音落下,已经身形闪动一剑刺出。她这一下身法极快,本以为必定能得手,却不料白衣人速度更快,轻轻翻飞衣袖,已携着云蝉移动到几步外去了。

秦湖心下大为惊骇,手上却不停顿地又朝他接连射出两枚银针。

众人只觉得有白光闪过,待定睛再看时,秦湖掷出的两枚银针,竟然稳稳地扎在了云大小姐的右臂上。

这下不仅秦湖的脸色变得难看,云蝉的脸色也变得很难看。

"好疼啊，娘，你这针不是有毒的吧？"

秦湖的脸上霎时泛出可疑的红晕，她避开女儿幽怨的目光，支吾着回答道："没事的小蝉，不用担心，这点毒死不了的。"

死不了是什么意思，娘亲你不要避重就轻啊！

眼见事已至此，想不动武已是不可能。堡里的大丫鬟霁月果断大手一挥，门边的众护卫立即会意，纷纷朝着刺客一拥而上，可是却不想这么一大群人扑过去，竟然连个残影都没抓到。那白衣人的身形宛如鬼魅，不知何时已携着云蝉跃过众人飞出屋外，轻轻落在了院子里的石桌之上。

众人仓皇转身，表情皆是又惊又恐——这个歹人的轻功，恐怕在飞云堡所有人之上，而且高出不止一点儿半点儿。

所有人都在距离刺客十步开外的地方止住了脚步，一时间无人再敢上前。

那刺客仍是整个身体都懒懒地挂在云大小姐的背上的样子，使得她后背的那道鞭伤被磨得火辣辣作痛。云蝉不禁掉出了几滴眼泪："娘，快救我！"

秦湖白她一眼："哭什么哭！飞云堡的女儿，怎能如此丢脸！"

"……"

一旁的霁月暗忖，今晚堡主不在，看那贼人刚刚露的两手，此时堡里怕是无人制得了他，再拖下去只会对小姐不利。霁月虽是个丫鬟，但和云蝉从小感情深厚，当下忍不住开口："夫人请拿药，救小姐要紧。"

秦湖心里也明白眼下的情势，在僵持了须臾之后，到底还是只能不情不愿地掏出了药："七返灵砂在这儿，你快放了小女，本夫人将药双手奉上。"

白衣人看看她手里的药，笑了："难怪我翻遍飞云堡都找不到，原来是云夫人贴身带着。可是，我要怎么信你这药是真的？"

秦湖大怒："本夫人一诺千金，还会骗你个贼人不成？"

那贼人不禁又是一笑，温柔地执起了云大小姐的右手，洁白修长的手指轻轻覆盖上了她的小拇指。众人还没明白他想做什么，就听到"咔嚓"一声——空气中响起了骨头断裂的声音，在静谧的黑夜里显得异常刺耳。

"嗯，若是骗我一次，就折断她一根手指。"白衣人举着人质的右手，莞尔道。

眼见女儿那被折断了的小拇指以一种诡异的角度扭曲着，秦湖霎时白了脸，气焰全熄。而身旁的霁月与其余护卫，也都攥紧了手中的武器，死死盯住上方的两人。

然而云大小姐这时却不哭了。明明手上疼得想死，她却硬是忍住了一声没吭，甚至还努力挺了挺身子。

感受到怀里人的动作，白衣人今晚第一次，饶有兴趣地看了她一眼。

下方的云夫人不敢再怒吼，只沉声道："我秦湖指天发誓，只要阁下归还小女，七返灵砂必定交出。"

白衣人笑笑："不信。"

秦湖压住怒火："那阁下待要如何？"

"这样吧，七返灵砂先给我，令千金我也要先带走。待数日后我到了安全的地方，就放还她。这期间若被我发现你们的人跟踪或者搜查……嗯，发现一次，就断她一根手指。"

云淡风轻地说完这番话，白衣人发现怀里的人尽管倔强着默不作声，却抖得更厉害了，不禁心情愉快地又补了一句："手指断完了，就断脚趾……"

"够了！阁下的条件我们答应！"秦湖再也听不下去，"我相信阁下的承诺，数日后请务必平安归还小蝉。"

"那么……"白衣人悠悠伸出一只手来。

秦湖没有半分犹豫，将七返灵砂准确无误地掷到他手中。药瓶到手的瞬间，白衣人脚尖轻点石桌，身形一晃就带着云蝉跃出了众人的视线。

"对了，如果发现七返灵砂是假的，就切了她的鼻子……"白衣人最后传来的声音悠远绵长，隔了许久，才在风中渐渐飘散。

夜雾弥漫，月色皎皎，满大的朦胧星光洒在城郊的湖面上，宛如仙境。

云蝉被身旁那个轻功出神入化的家伙夹在腋下一路飞驰。她木然地望着天上明月，心里想着自己等会儿是不是就要被一掌劈死了。

也不知沿着湖边树林疾驰了多久，白衣人突然停下了脚步，随手将她往地上一扔，便闭目靠在了树上。

这是要放自己走？

云蝉见状，想也不想爬起来就跑。然而还没跑出几步，她就感到身后有掌风袭来。

这一掌带着凌厉的杀气，吓得云蝉本能地往地上一扑。可哪知道她这一扑倒在地，身体由于恐惧，竟是僵直得再也动弹不了。

这回是要死了吗？

她全身僵硬着趴在地上闭目等死，只是短短的一瞬也像是过了几万年，然而身后之人却没再有动作，预期的第二掌并未落下。

一道柔和的声音响起："起来，我不杀你。"

等了一刻，地上的云蝉没有动静。

白衣人皱眉，不耐烦起来："不起来，就再断你一根手指。"

云蝉闻言不禁抖了抖肩膀，又努力试着动了动，最后终于带着哭腔哽咽道："我腿软，真的爬不起来。"

白衣人不禁轻笑出声，伸手把她拎了起来："刚刚手指断了都一声没吭，还以为你是有些骨气的。"

他看看云蝉哭得满脸的泪水，嫌弃道："怎么现在哭得如此难看。"

云蝉闻言，赶紧用没受伤的左手摸摸脸颊，没想到自己还真的哭湿了一脸。她顿时觉得有些丢脸，冲着对方脸上的面具吼道："刚刚有娘在场，哭了她要心疼，现在娘又不在，本姑娘爱哭就哭！"

一通吼完，她才想到自己干吗要和这贼人说这些，于是又挣扎着喊道："你这恶贼，到底是要杀我还是放了我？！"

白衣人仍是笑，忽然将原本拎着她的姿势改为横抱，俯下头凑近了她的脸，慢悠悠地说："不想放了，留着你路上给我解闷吧。"

"主上。"一道毕恭毕敬的声音突然响起。就在两人所在位置的几步开外，不知什么时候单膝跪了一个紫衣女子，"飞云堡派出跟踪的人，属下已经全部解决了。"

"好。"白衣人没有回头,平淡的声音里听不出起伏,"今后的事我自己处理,你不必再跟着。"

紫衣女子闻言,眼里闪过一瞬间的犹豫,然而终究还是不敢多言,行了一礼后,便瞬间不见了踪影。

白衣人缓缓开口,这次声音里却带了几分愉悦:"你也听见了吧,你家里人不守信呢,刚刚还是派人来跟踪了。你说,要我断你哪根指?"

没有回答。

他不悦地低头看向怀里的人,才发现云蝉小脸苍白双目紧闭,竟然是早就昏睡了过去。

原来云蝉在知道暂时不会被杀了以后,紧绷的神经一个放松,脑袋就支撑不住了,因此刚刚他与紫衣女子的对话她压根儿就没听见,更没听到他后面的断指威胁。

男人无语地看了怀里毫无知觉的女子一会儿,终于温柔地叹气:"算了,这次就先饶了你。"

云蝉是被寒冷的夜风给冻醒的,背上感觉凉飕飕的,似乎有一只冰凉的手在抚着她的背。

嗯?冰凉的手?

她晕晕乎乎地睁眼,发现自己正俯趴在不知是谁的膝盖上,头往右偏一点儿的话还能看到穿着男人黑靴的一双脚。

她猛然清醒,"啊"的一声惊叫着跳起来:"你你你……你做什么?"

"给你上药啊。"白衣人摊开自己还沾着药膏的修长手指给她看。

云蝉反手摸摸自己的后背,果然后背的衣服被撕开了一条口子,那道鞭伤上黏黏的,显然是涂了东西。她顿时感到晴天霹雳,颤抖着指向白衣人:"你你……你敢轻薄我!"她云大小姐的后背,岂是男人可以随便摸的吗!

还没等白衣人回答,她又倏地瞥见他手里的药盒,脸一下子更白了。

那……那不正是夏意临走前塞给她的那盒药吗！她记得当时无处可藏就揣进了怀里的。这药此刻在白衣人手里，那岂不是说明，自己刚刚昏睡的时候不只是后背，连前胸都给他摸遍了？

云蝉的脑袋轰地炸开："你这个淫贼！禽兽！无耻下流！"

白衣人面具下的嘴角弯得很是好看，他扬起手里的药盒感叹："啧啧，紫晶玉蓉膏，要耗多少天山雪莲才能得这么一盒啊。我原先还真不知道飞云堡有如此财力。"

"什么什么玉蓉膏，那不过是夏明山庄的金疮药而已。"云蝉抱着胸跳脚，一副想咬他的样子。

"哦？"白衣人摸摸下巴，"这么说这药是那夏明山庄庄主给你的？看来你们的关系，并没有传闻中的那么不好嘛。"

云蝉冷起脸："要你管！"

白衣人盯着她若有所思，嘴角笑意渐渐加深。忽然，他甩出了一套衣服扔在她面前，命令道："换上。"

那是一套劣质的粗布衣服，也不知他是从哪里找来的，衣服上有许多可疑的黑渍，还臭烘烘的。云蝉转转眼珠，拾起衣服道："我去那边树丛里换，你不许偷看。"

白衣人轻笑，大概是表示了答应。

云蝉见状，很快走进树丛，转头瞄了瞄觉得他看不见自己了，便立即俯下身屏息着小心翼翼地向前挪动。树林很大，天很黑，自己若能钻远一点儿找个树洞，那人未必能再找到自己。再说七返灵砂他也已经到手，没必要再执着找自己这个人质。

她一边猫着身子一边悄声搜寻周围，脚下步伐越来越快，直到冷不丁一头撞进了一个温暖的胸膛。

僵硬地看着自己鼻尖前方的白色衣料，云蝉知道大事不妙，顿时缩头乌龟似的不敢抬头。

白衣人低头盯着她冷笑："想跑？"

云蝉害怕得猛摇头,身子抖得像风中落叶。

对方哼了一声,抓起她的右手就利落地一掰。随着骨头断裂的咔嚓声,云蝉右手的无名指也被残忍地折断。她顿时眼前一黑,脚下一软就跌到了地上,疼得连哭都哭不出来。

她一直以为夏意就是这天下间最可恶的人了,却没想到今天,出现了个更该死的!

白衣人对着地上的云蝉冷声道:"还不快换衣服?"

可怜的云蝉直抽了好几口冷气才压住痛楚,想想好汉不吃眼前亏,她低头乖乖"哦"了一声,抓着衣服爬起来向一旁的树丛走去。

"站住,谁让你去那里换了?"

云蝉转过身,不可置信道:"那难道要我在这儿换?"

"当然。"

"那、那你避开一下?"

白衣人非但没有一点儿要避开的意思,反而与她凑得更近,柔声道:"我不看着,你又跑了怎么办?为了你的手指着想,我还是站在这儿比较好。"

清白和手指,哪个比较重要?云蝉咬着嘴唇开始天人交战。

白衣人忽然觉得自己挺喜欢看她着急的样子,有趣得令人舒心。他再次握住了她的手,声音亲昵:"没事,你慢慢想。反正你还剩八根手指,手指折完,还有脚趾。"

云蝉的肩膀重重一抖,立刻决定身体发肤受之父母,还是保重手指为先。至于眼前这人,日后等她逃出生天了,必定是会让爹爹将他宰了的。到时候今晚的事,又有谁会知道?

这一权衡完,她便狠狠甩开了他的手。然而当着陌生男人的面脱衣终究做不到,她只好自欺欺人地转身背对着他,开始艰难地用没有受伤的左手脱卜了已经被撕破了的外衫。

窸窸窣窣了许久,云蝉终于成功换上了那套粗布麻衣,转过身低声说道:"好了。"

身后却没有人。云蝉抬头望望四周，那人真的不见了。她想了一会儿，还是没胆子再逃跑，只能在原地乖乖地等。

　　不多时，一道沙哑的声音笑道："不错，这次很乖。"

　　云蝉抬头看去，旁边树丛走出了一个与她一样身穿粗布麻衣的男人，胡子拉碴的很是粗犷。

　　她不确定地问："你是……刚刚的那个戴面具的白衣人？"

　　那人笑道："不然你以为我是谁？"

　　云蝉狐疑，真的是吗？虽然刚刚没看到白衣人的脸，但这人和那白衣人的声音还有形象怎么都不像啊！

　　她还在发愣，那男人忽然扔了一颗药丸进她嘴里。

　　云蝉一惊，不自觉地就咽了下去。

　　她慌张问道："你给我吃了什么？"

　　话刚一出口，云蝉就发现自己的声音竟然变老变哑了，很快，脸上也开始感到发热发痒。

　　她察觉到不对，也不管那人许不许，就噔噔噔地跑向湖边。

　　借着月色照耀，平静的湖面忠实地映出了云蝉惊恐的神情。

　　能不惊恐吗？！那水里的人皮肤蜡黄、满脸麻子，额上还有大黑痣，简直要多丑有多丑。

　　云蝉一照完，顿时瘫软在地，哭了起来。

　　她虽然原本也算不上什么大美女，但至少还是正常标准的花季少女。现在大好年华竟然被整成了这副模样，就算是娘亲见了都要吓死。

　　她越哭越伤心，瞥见那人朝她走来，索性心一横，抬头喊道："你杀了我吧！"

　　那人闻言一笑，果真抽刀就朝她脑袋的方向砍下来。

　　云蝉连忙抱头滚开，大喝一声："慢着！"

　　"不是要我杀了你？"这人的声音虽然有了些变化，语气倒还是一样可憎可恶可恨。

云蝉默念两遍身体发肤受之父母,一把抹掉脸上的眼泪:"我还能变回去吗?"

"看我心情了。"

"……"好吧,敌强我弱,你是大爷。可怜的云蝉攥紧拳头,姑且决定苟且偷生。

青梅竹马 [二]

整个人都"脱胎换骨"了的云蝉再次被那人拎起来带着飞奔。

不得不说此人的轻功真的很好,速度这么快还能飞驰得四平八稳的。云蝉一动不动乖乖被他拎着,不多时眼皮又开始打起了架。迷糊中似乎感觉那人将拎着她的动作改为横抱,她嘴里含糊地嘀咕了一句"死夏意",脑袋一偏就彻底靠在了那人的怀中,继续沉沉睡去。

等云蝉再次醒来的时候,场景已经转换到一个破旧的房间,看样子像是一间客栈。她被放在床的里侧,而那劫持她的男人就在床外侧,背对着她正在打坐调息。

窗外洒进明媚的阳光,显然天已经大亮。她缩在里侧不敢发出声响,只盯着男人的后背瞄来瞄去,冷不丁就瞄到了他的脖颈里竟然有一道青色细痕。

"原来你中了我娘的化功散!"云蝉立刻就跳了起来,指着那道细痕心花怒放喜形于色。

男人缓缓睁眼,嗤笑:"怎么,食指也不想要了?"

云蝉抖了抖,复又壮起了胆子:"你少唬我了,你中了化功散,那道青痕就是证明!你这会儿根本就功力全失了,还能有力气断我的手指?"

男人朝她蛊惑地一笑:"要试试吗?"

肯定是虚张声势!不能被他吓住!

云蝉没有多想,转身拔腿就跑。然而就在离门口还有两步距离之时,一个凶猛的暗器呼啸着从她身后破风而来。

"叮——"的一声,一根筷子擦过她的脸颊,重重钉在了门板上,一直没入到筷子的尾部。

云蝉僵硬地回头:"不可能,你明明就中了化功散,怎么还有这样的内力。"

男人朝她钩钩手指:"过来。"

云蝉不动,站在门边做最后的抗争:"你你……你别以为一时压制住我娘的化功散就没事了,除非有特制的解药,否则像你这样靠内力强压,不出一个月就会四肢麻痹五官失灵,最后经脉尽断而死。你不如现在放了我,本姑娘可以答应你,回去后一定会让娘给你解药……"

她还在絮絮叨叨,男人已经大步来到了她面前。

云蝉看着那张在眼前渐渐放大的胡子拉碴的脸,顿时吓得再也说不出半个字来。

那人却搂住了她的腰,笑得一派温柔:"没事,反正你也中了我的毒,你娘若到时候不给我解药,我们一个月后一起死。"

云蝉心惊:"什么?你给我下了什么毒?"

男人心情大好:"我这个毒可比你娘的化功散毒多了。此毒叫花容,知道为什么叫这个名字吗?"

"为……为什么?"

"因为这个毒发作的时候,从头到脚都会长满脓疮,就好像全身都开花了一样,到最后身上的皮肤会一点一点烂掉,啧啧,那死相要多精彩就有精彩。"

云蝉差点儿就要哭出来:"你、你以为本小姐是吓大的吗?我才不怕,我娘医术无双,什么毒不会解。你这恶贼,等我家人救我出去了,我一定把你剁碎了喂狗！"

他微笑着执起她的手："哦？看来你睡了一觉，胆子倒是大了不少。"

感受到这个熟悉的动作，云蝉身体一僵，懊恼得只想咬掉自己的舌头，叫你逞什么口舌之快！她急忙想求饶服软，可那人却只是抚了抚她右手手指上的木片。

咦？为什么她手上有木片？

云蝉疑惑地看向自己的右手，这才发现她的小拇指和无名指不知道什么时候被涂上了药包好在纱布里，断骨处也已经被小木片固定好。

"已经是正午了，先下楼用饭。"还不等她有所反应，男人就握着她的手出门了。

这果然是一家破陋的寒碜小客栈，眼下和他们两人的这副打扮倒也相配。找了一张靠窗的桌子，云蝉左擦右擦了一阵才缓缓坐下。她其实倒不是很饿，只是觉得与身旁之人坐在一起实在瘆得慌，不自在地盯着自己右手上的木片看了一会儿，她终于试探着小声问道："其实，你要的东西也已经拿到了，到底还要劫持我到什么时候？"

男人静静喝茶，没有回答。

云蝉想了想，又换了个问题："那你叫什么啊？"

男人闻言转头看她。

云蝉连忙解释："既然你不肯放了我，那就是还要带我同行一阵子的。所以我总得知道怎么称呼你吧？难道我要叫你的时候喊你恶贼？"

"楼喽。"

"什么？"云蝉愣了一下。

"楼喽，我的名字。"男人好脾气地重复。

……

"哇哈哈哈哈哈——"云蝉忽然发出一阵大笑，差点儿连桌子都捶翻了，"你叫'喽啰'？怎么会有江湖中人叫这个名？哈哈，喽啰，我还宵小呢。"

一客栈的人都被云蝉的笑声吸引了注意力，纷纷转头来看，发现只是个满脸麻子的丑婆娘在发疯后，又都不甚感兴趣地转回了头继续各自的唠嗑。

云蝉待到好不容易笑够了，才后怕地想起来要瞅瞅楼凑的反应，却在这时，隔壁桌上的闲聊话语忽然传进了她的耳朵。

"听说了吗？飞云堡的云大小姐前几日被夏庄主抽了一鞭子！"

"早听说了。当日夏明山庄开英雄会，云大小姐仗着自己是夏庄主的未婚妻，当众刁难源清派谭掌门的小女儿，才挨了夏少庄主那一鞭子。"

"飞云堡早已没落，如今是一代不如一代。也不知道当初是得了什么机缘，才给他们攀上了天下第一庄的亲事，只可惜那个云大小姐偏偏骄纵跋扈不识好歹。"

"就是，听说云大小姐相貌一般武功也平平，就一身脾气最大。反观源清派的谭姑娘，我是亲眼见过的，不仅长得灵动性格温婉，那一手源清剑法也使得出神入化，不愧为江湖人称的芙蓉仙子。"

"原来如此，那也难怪夏少庄主会对谭姑娘起了怜香惜玉英雄救美之心了哈哈……"

那桌人还在热火朝天地讨论着，在这头听着的云蝉却是气得连嘴都要歪了，她忍不住一拍桌子插嘴："哼，我倒听说那什么夏少庄主为人也是傲慢无礼，竟然为一个旁人女子打了自己的未婚妻，也不是什么好东西。"

因为心中有气，云蝉这番话说得是响亮无比。霎时，整个客栈都倏然安静了下来。

隔壁桌很快有人不忿起来："这位……大娘，你难道也是江湖中人？怎可胡言乱语对夏庄主不敬？"

云蝉冷哼："对夏庄主不敬又怎样了？"

"对夏少庄主不敬，那就是对夏明山庄不敬！对天下第一庄不敬，就是对整个武林正道不敬！"

"说的是！五十年前，要不是夏明山庄带领武林群雄剿灭了魔教青图教，哪会有江湖今时今日的安定？！"

"夏明山庄几十年来维护武林正道,以铲除邪魔外道为己任,历代的庄主皆是人中豪杰。我赵三刀在江湖中谁都不服,独独对天下第一庄是从心底佩服!谁敢说夏庄主的不是,我赵三刀第一个割了他的舌头!"

"说起来,如今这代的夏明山庄庄主也是个少年英雄,又是夏家的唯一传人,自是武艺非凡俊朗无比。你这丑妇在这里妄语,嘿嘿,难道也是嫉妒谭姑娘?我看你这样子,和飞云堡的云大小姐倒是一丘之貉。"

早已被众人的指责给气得脸红脖子粗的云蝉,终于在听到这一句话之后,彻底疯了。

"我会嫉妒那个姓谭的?看来本姑娘今天不给你们清理清理脑子,你们都不知道死字怎么写!"云大小姐右手猛一拍桌。她心中激愤,这一掌带了她十成的功力,原是打算将桌子劈烂造点儿气势的。然而手掌触到桌面,瞬间一阵钻心的疼痛传来,傻云蝉这才想起了自己手上那两根可怜的断指,掌力霎时就蔫了。

众人一看,此丑妇就这点三脚猫功夫,竟然还不知天高地厚口出狂言,谁还和她客气。"唰"的一声,各路人马纷纷亮出了家伙。自称赵三刀的汉子第一个举刀来砍:"丑婆娘好猖狂的语气!你今天要是不给夏庄主赔个不是,爷爷我就拔了你的舌头!"

云蝉又疼又恼,捂着手慌忙要躲,偏偏背后是窗台无路可退,眼看那一刀就要砍下,"铛"的一声,一根筷子飞来,打落了赵三刀手里的刀。

楼溇转着手里的杯子,慢条斯理地开口:"谁不要命的,敢碰我的人。"

众人一听,不禁又瞄了眼云蝉那一脸麻子的尊荣,纷纷汗颜:大哥你真强,连这样的货色都要。

赵三刀丢了刀,感到大失面子,再看楼溇一副乡野村夫的模样不足畏惧,立即又想拔刀再攻,可哪知他的手一碰到刀柄,竟然"啊"的一声抱着胳膊满地打起了滚。

原来他的手臂,早在刚刚就被楼溇掷出的筷子给震断了骨头。

那赵三刀的同伴见状,都是惊怒交加,立刻团团围住楼溇。云蝉在外围看不见里面的情形,正思量着要不要趁此机会跑路,就听见耳边惨叫声四起,眼前一花,那些围攻的人竟然都像破布一样飞了出去。

楼溇淡然起身,踩着那堆摔得四仰八叉的人向她走来。

云蝉缩在墙角,吓呆了,也看愣了。

这人明明穿着一身粗布衣服,胡子拉碴的活脱脱一个村夫模样,可为什么他此刻眉宇间竟然透出一股绝尘脱俗的美,让她恍惚觉得他像是天上人。

她还在出神,楼溇已经一把拎起她出了客栈。行至一处暗巷,他将她摔到了地上,脸色不太爽地盯住她:"不乖?嗯?"

云蝉本能地将手护在身后,急急求饶:"我错了,我保证再也不闹事了。"

楼溇看她那受惊兔子般的模样,微微展颜:"再闹出什么动静来,下次断的可就不是手指了。"

这人的威胁向来说到做到,云蝉咽咽口水,立刻听话地点头。

接下来的几天,云蝉乖顺得像绵羊,屁颠屁颠地紧随着楼溇走过了好几个镇。偶尔再听到有江湖人士八卦她的事,也不敢再发作大小姐脾气。

这天日落西山,云蝉苦逼地跟着楼溇赶到了又一个城镇里。眼看天色已黑,楼溇带着她停在了一座旖旎奢靡的楼前。她悄悄抬头看了一眼此楼的招牌,不禁大惊失色。

"万花楼?!"她一把拽住正要往里走的楼溇,慌张道,"这里是青楼?难道你要把我卖进这里?"

一个站在青楼门口迎客的姑娘正好听见了云蝉的嚷嚷声,转头来看,瞬间眼角一抽,插嘴道:"我说这位大娘,凭你的姿色,倒贴钱我们都不会要的好不好。"

云蝉瞪她一眼,又对着楼溇愤愤一跺脚:"我不进!本姑娘名门闺秀千金之躯,怎么能进这种乌烟瘴气的地方!"

话一说完,她就瞥见楼溇面色一沉,目光不善地瞟向自己的手指。她立时松了手,讪讪道:"算了,区区青楼,本姑娘身正不怕影子歪,进去就进去!"

踏进了万花楼，楼溇熟门熟路地找到老鸨，抛出银子就要开房，老鸨盯着云蝉额上的那颗大黑痣也是愣了半天：老娘叱咤青楼这么多年也算见多识广了，也不是没见过自带姑娘来的，但这么不挑食的还真是头一回见，这位爷的口味也太重了点儿吧。

云蝉跟在楼溇身后，去房间的一路上都忍着那些个妖娆女人的指指点点，内心也很悲愤。她正觉得有气没处撒，忽然瞟到楼上某隔间的窗户里竟然探出一个熟悉的身影来。

桃花眼，白玉发冠束起的如墨长发，张扬的赤红锦袍。那就算化成灰她也能认出来的身影，不是夏意是谁！

她顿时胸中气血上涌——浑蛋！她被他家送的七返灵砂害得半死不活，而他竟然跑来逛青楼？！

仿佛感应到了云蝉怨念的目光，夏意的眼神无意地瞟到了她所在的方向，可惜只一眼，便被她的尊容吓到，嫌恶地转过了头。

楼溇忽然把头凑了过来，低声笑道："你和他的交情果然不错，竟然让他追到这里来了。"

云蝉心里立刻一惊："你认得他？"

"天下第一庄的庄主，总是耳闻过的。怎么，这么好的机会，你不去找他求救吗？"

云蝉把头一低："他根本不是来找我的。再说我现在这副样子，他就算见了也认不出。"她又不傻，楼溇的轻功出神入化，她若是去找夏意求救，怕是还没跑出两步就已经被他捏断了脖子。

楼溇嘴角弯了弯，搂过了她的腰，仍是亲昵地低声耳语："这就对了，你这样乖乖的，也好少吃点儿苦。"说罢，一把将她拎进了房间。

听到房门闩上的声音，云蝉暗自心惊，这人既然已经知道夏意就在这里，竟然也不打算另换个地方避开？他是真的对自己易容术有十足的信心，还是说他根本就不曾把天下第一庄放在眼里？

她还傻站在门前惊疑不定，楼溇已经坐上了床。他拍拍床沿，朝着云蝉柔声道："过来。"

那胡子拉碴的脸上再度隐隐地荡开一股倾城色，看得云蝉又开始晃神，瞬间有些不知今夕是何年。

楼溇见她发愣，又重复了一遍："过来。"

云蝉终于回神，警惕道："干吗？"

楼溇轻笑："睡觉啊，能干吗？"

"和你一张床？"

"怎么？有不满？"

"男、男女授受不亲，你这人知不知廉耻！"

"我们早就有肌肤之亲了，你现在再来提这个是不是晚了点儿？"

"你胡说什么！"

"难道不是吗？第一天在树林里给你上药的时候，所有该摸的不该摸的我都摸过了。"

也真是难为他，对着她现在这样一张丑脸，竟然还能调戏得出口。

云大小姐的脸色顿时一阵红一阵白。冷静，冷静。只有忍辱负重，然后杀人灭口，才是解决之道。

她还在心里打着各种各样的小九九，失去耐心的男人已经跨步到了她面前，手指一点，她顿时软倒在他怀里。

"你点我穴？你、你、你到底想干吗？"

"换药。"言简意赅地抛出两个字，楼溇就把她拎上了床。

男人修长的手指很好看，拆木片的动作也很娴熟，低头握着她手指涂药的模样更是有些魅惑的味道。

可是云大小姐还是在心里哼了哼：假惺惺！

仿佛感知到了她的想法，楼溇手上忽然一重，疼得云蝉额上顿时直冒冷汗。她不信邪，又在心里暗骂了一句浑蛋，结果男人手一抽，抽到了她断骨处。

"哇嗷——"痛死她了！这男人绝对是故意的！

楼溇慢悠悠地替她包好手指，才瞥她一眼："下次在心底骂我的时候，最好收敛下你那副想咬人的表情。"

"……"

许久，他终于愉悦地料理完了她的手指，又把她拎起来放在了自己的膝盖上。

"又干吗……"

"还有背上的伤。"

"不用！你不许再碰我的背。"

"害羞什么，又不是没碰过……"

两人正争执间，房间的门忽然被轰然踢开。一身红衣的男子站在门口，那双常年明媚的桃花眼里有些阴沉："放开她。"

【三】晕晕转转

楼溇笑得如沐春风:"这么快就来了,我还以为夏庄主会晚点儿再动手。"

云蝉被迫趴在楼溇的膝盖上,脑袋正好朝着门口的方向,一看到来的是夏意,她也有些惊讶。

楼溇把她拎起来抱在怀里,对着夏意就开始挑衅:"你该知道这里是墨阁的地盘。啧啧,竟然这么沉不住气,看来什么少年英雄,也不过是徒有虚名。"

墨阁,乃是当年魔教被夏明山庄歼灭后所剩下的余孽所组成。百足之虫死而不僵,墨阁如今在江湖虽然行事低调,但与夏明山庄仍是宿敌。云蝉这才明白过来,为何楼溇之前见了夏意在这儿仍是不慌不忙,原来是笃定他不敢在墨阁的地盘上有大动静。

夏意却丝毫不为所动,傲慢地微抬下巴,再次重复:"放开她。"

楼溇搂紧了云蝉,笑得猖狂:"不放。"

"找死!"

红衣男子眼角的桃花收尽,转而化成暴戾的光,排山倒海的掌风里带着杀意,毫不留情地就向床上的男人袭去。

楼溇闪身悠悠躲开,唏嘘:"这么狠,也不怕伤到你的未婚……"话到一半,他忽然消了音。

那刚刚还拎在楼溇手里的云蝉不知何时已经被夺走,而楼溇完全没有看清对方是如何出的手。

红衣拂动渐止,夏意单手将云蝉稳稳地抱在了胸前,脸上照旧是不可一世的神情。

有点儿意思。楼溇挑眉,不由得鼓起了掌:"总算是夏岳的儿子,确实有些本事,是我不该看轻你。"三掌击完,他猛然抽出刀飞身向前,"但是抱歉,这女人不能给你。"

泛着寒光的刀尖直直刺来,穴道未解的云蝉不由得尖叫:"死夏意,快躲啊!"

可是偏偏那个死夏意眼皮都不抬,只皱着眉头检查怀里的云蝉有没有受伤。就在刀锋将至的当口,窗外忽然又闪进了一个青色的人影,架住了楼溇的刀。

将云蝉全身上下打量了一圈儿,发现她没有大碍,红衣男子这才傲然瞥了楼溇一眼:"与我动手,你还不配。"说完,转而对着破窗而入的青衣人命令,"杀了。"

"是。"青衣人收到命令,隔开了楼溇的刀,扬出狠厉的杀招。

狭小的屋内霎时响起武器的猛烈撞击之声。夏意懒得再多看一眼,旁若无人地抱起云蝉扬长而去。

街上的夜风有些凉,吹得云蝉混乱的脑子终于清明了些,反应慢半拍地意识到自己似乎得救了,她才猛然大喊:"死夏意,等下,等下。"

夏意止住脚步,解开她的穴,不自在地轻哼:"还有力气嚷嚷,那你下来自己走吧。"

云蝉着急道:"要死了!要死了!我中了那人的毒,解药还没拿到呢。"想到全身开花的毒发惨状,她就要哭了。

夏意脸色一变,立刻拉过她的手腕搭脉。

脉象看起来挺正常啊,没有中毒的迹象。少年好看的眉毛顿时皱成一团,为了以防万一,他还是挥了挥手唤道:"青麒。"

又一个青衣人立即凭空闪现,单膝跪倒在地。

"你速回万花楼,叫青蛛把那人抓来。不许杀了,要留活口。"

青麒闻言有些犹豫:"庄主,这里还是墨阁的地盘,要是属下也调离您身边的话,万一……"

夏意神色不耐,打断他:"啰唆,快去。"

青麒见状,只得低头领命,迅速闪去身形。

清冷的夜间街道上又只剩下少年少女两个人,夏意扶着云蝉想再探探脉象,却一不小心触到她的断指,云蝉立刻疼得嗷叫一声,眼泪哗地就掉了下来。

和她认识这么多年,他很少见她哭,就连他当日失手抽了她一鞭子时都没见她掉过泪。夏意立刻有些慌了:"小蝉,哪里疼吗?"

云蝉担惊受怕了这么多天,这会儿眼泪一掉就变得一发不可收拾,到最后索性号了起来。

夏意着急地抱住她,难得软下了语气:"小蝉,都是我不好……"

当然都是你不好!云蝉铆足劲,"嗷呜"一口就咬上了他的肩。

手上和背上的伤有多疼,她就咬得有多拼命。死夏意,不是号称青梅竹马吗?要疼一起疼。

夏庄主被她突如其来的一口咬得差点儿痛呼出声,可偏偏这臭丫头一边咬还一边抽抽搭搭地呜咽,堵得他想骂都骂不出口。

好吧,仅此一次。心高气傲的夏庄主艰难地决定默默任她咬。

片刻过后,云蝉的牙都咬得有些麻了,才恨恨松开口。眼角犹挂着泪,她打着嗝问:"我都变成这副样子了,你怎么还能认出我的?"

夏意见她终于不哭了,心里松了口气,又开始恢复了欠抽的嘴脸:"你样子有变化吗?我怎么觉得你原先的德行和现在差不了多少。"

云蝉大怒,抬手就想抽他。夏意轻松捉住她的手腕:"咱们有这么多年的积怨,你说过我化成灰你都能认出来,那我对你自然也是一样的。"

她听得愣住。一定是疼得脑子都抽了,要不然怎么会觉得这话听着有点儿暧昧的甜味?正想着,忽然闻到从他身上飘来一股脂粉香气,是刚刚万花楼里那些女人身上的味道。

她立刻回神,拿脚踢他:"死夏意,弄了七返灵砂那个破药害我那么惨,你倒好,跑去和青楼女子鬼混!"

"我是去救你好不好。"

"谁信!分明在我进万花楼之前你就已经在那儿了。你又不能未卜先知我会去那儿,肯定是去风流!"

"用你的猪脑想一想,就那里的货色有资格入本少爷的眼吗?"夏少庄主骄傲的品位可不容人质疑。

"她们是入不了你的眼,天下只有谭姑娘能入得了你的眼。"想到当日在客栈听到的那些议论和流言,云蝉不禁冷哼。

夏庄主一时跟不上这女人的跳跃性思维,愣道:"你说谭诗瑶?"

"你浑蛋!"听到那个讨厌的女人的名字,云蝉又远离了他几步。

夏意被骂得莫名,刚想不管三七二十一先吵回去再说。这时两人的身后却冷不防响起了一道温润沙哑的声音——"看来,她很讨厌你啊。"

听到声响,夏意和云蝉立刻转头望去。

楼溇不知何时已经追来,在距两人几丈远的地方迎风而立,还是一脸乱糟糟的胡子,他的眉眼却舒展着,缓缓朝着他们的方向伸出了手:"既然她那么讨厌你,那么,还是把她还给我吧。"

什么叫还给他?说得小蝉好像是他的一样。

夏意眼神寒了寒,将云蝉拉到身后,漫不经心地问他:"青麒和青蛛呢?"

"你说那两个青衣人?还没死透呢。"楼溇朝他笑了,"我一开始是看轻了你,不过你也一样看轻了我。就那两个人,能阻得住我吗!"

夏意无所谓地抽出剑:"等下你就会后悔,死在我手里还不如死在他们手里来得痛快。"

这人可真是正道上混的？楼溇倒是有些吃惊："这么不关心自己的手下？你要是现在赶过去，他们说不定还有救。"

"夏明山庄不需要废物。"夏意冷冷地说完，张扬的红袍疾速飞起，手中的剑如雷电般刺出。

楼溇立刻旋身避开，反手挥刀斩向他。黑暗清冷的街道上，一红一灰两个身影霎时飘忽地缠斗在一起，活像是鬼魅在打架。

云蝉见自己帮不上忙，只好乖乖在一旁观战，冷不丁却看到街角处忽然走出一位老者和一位女子，似乎是听到动静赶来的。

"夏庄主？"那老者见到夏意吃了一惊，没有多想就立刻上去助阵。

云蝉定睛望向突然冒出的两人，顿时脸色有些难看。她认得他们，那老头就是源清派的掌门人谭英，而那女子不就是他的小女儿，江湖人称芙蓉仙子的谭诗瑶吗？

察觉到有人在看她，谭诗瑶的一双美目也扫向了云蝉。

呃……长得真难看。谭诗瑶只扫了一眼，便匆匆转头，并没有认出云蝉来。她看了看战圈里的形势，很快也拔剑上前相助。

云蝉却清清楚楚地看见了谭美女看她时的不屑眼神，立刻就不爽了。

哼，你们打吧，本姑娘要走了。

还没死透的青麒青蛛可能还在万花楼里苦逼着，那两人也真是可怜，摊上了夏意这么个主子。

云蝉想了想，便转身往万花楼的方向走去。哪知才刚走出两步，一根冰凉的绳索忽然卷住了她的腰身，她还来不及吃惊，身子就已经被拉到一个人的怀里。

身体受制的云蝉默默用眼角余光瞥向上方，看到一脸乱七八糟的胡子，心里顿时叫苦。

死夏意，刚刚说得那么嚣张，怎么打到最后还是让她落回了楼溇手里！

楼溇收紧了绳索，语气有些埋怨："你又不乖了，怎么可以想一个人偷偷跑掉呢？"

"冰蚕丝？"那老者见到绳索，有些震惊，"你是什么人？"

楼溇没有回答他，只把刀架上了云蝉的脖子："还打吗？"

谭诗瑶立刻有些愤然："挟持一个女子，真不要脸。"

楼溇一手抱紧了云蝉，身子又开始挂在她身上，无比欢快地挑衅："我只对她不要脸，你嫉妒？"

呃，谭诗瑶看看云蝉脸上的麻子，顿时都不知道要从哪儿反驳起。

赤红的锦袍随着夜风翻飞不止，夏意嘴角挂着倨傲的笑，一双漂亮的桃花眼却是冷到了极点："放开她，我还可以让你死得痛快点儿！"

好耳熟的台词，云蝉无语凝噎。为什么越是这种时候你们一个个都喜欢恫吓劫匪，嫌人质死得不够快是吗！

楼溇有恃无恐地笑了一声，轻飘飘地一翻衣袖，霎时一片白色的粉末弥漫开来。

"小心，有毒。"谭掌门赶紧拉着女儿退后。

下一刻，泛着银光的冰蚕丝将夏意手中的剑卷落在地，楼溇拎起云蝉，瞬间就消失在众人的视线里，街上顿时显得一片萧条起来。须臾，浑身是血的青麒拖着昏死的青蛛出现在街角，步履蹒跚着来到了夏意面前，重重地跪地请罪："属下该死。"

夏意的脸上笼罩着一片阴霾，冷笑："是该死，你们一人自断一臂。"

夏明山庄虽是武林正派之首，可如今这个年轻的少庄主行事狠辣的传言却也是一直有的。

一旁的源清派掌门谭英听得皱了眉，他为人仁慈，此刻看着地上伤重的两人，忍不住劝道："夏庄主勿动怒，此地是墨阁的地盘不宜久留，老夫的源清派距此不远，不如先带贵庄的这两位侠士去老夫府上疗伤，也好再从长计议。"谭英其实并不知道前因后果，刚刚相助夏意只是认定了天下第一庄是正，而夏意的对手必定是邪。

谭诗瑶也道："是啊，夏哥哥，不管那人到底什么来历，早晚逃不出武林正道的掌心。此刻还是先与我们回去再说。"

冷风微微吹走了些夏意身上的戾气,许久,他的脸色终于缓和:"如此,便叨扰谭掌门了。"

楼溇带着云蝉到了一座破庙,将她往地上一扔之后,自己身形也有些不稳,盘腿坐到了地上。

云蝉被摔在地上,偷眼瞧见他脖颈上的青痕又加深了不少,而且脸色也苍白得像死人,立刻贼心又起,弓起身子就要跑。

一只大手很快把她揽了回来。楼溇将她箍在怀中,手掌轻轻一推,"嘎吱"一声,她的胳膊就脱臼了。

云蝉的脸色顿时也白得像个死人。

楼溇却语气温柔得简直要溺死她:"你看你,总是不乖。人家说好了伤疤忘了痛,可你伤疤都没好呢,怎么仍是不长记性。"

云蝉疼得眼泪汪汪,心底疯狂地诅咒着眼前的变态。

他又重重地一拉她的胳膊,云蝉这下终于忍不住疼,"嗷"的一声眼泪流了满脸。

"我不是说了,下次要在心里骂我的时候,别露出这种吃人的表情。"楼溇叹息着朽木不可雕,抬手用力给她接上了胳膊,疼得云蝉手臂又是一抽。

"你禽兽,不是人!"云大小姐终于觉得忍辱负重不下去了,"你把青麒青蛛怎么样了?"

"你还有闲心关心旁人?好像那两人的主子都不怎么关心他们的死活。"楼溇靠在墙上感叹,胸口隐隐透出暗红的血渍。

"你受伤了?"

"是啊。"他毫不在意地点头,想了想又补充,"不过你放心,这点儿伤还不妨碍我折断你的手再折断你的脚。"

"……"

只是被他的目光一扫,云蝉就感到自己手疼脚疼,顿时所有的气焰都蔫了。

楼溇扔出了一盒药,对她命令道:"帮我上药。"

他扔出的那盒正是夏意之前给云蝉治鞭伤的金疮药,后来她被他掳了,这药也就被这不要脸的家伙据为己有了。云蝉捡起药盒,一脸愤愤不平。

楼溇看她不动,立刻不高兴了:"没良心的女人,我帮你上了那么多次药,现在换你帮我一次也不肯?"

为什么罪魁祸首能比受害者更加理直气壮啊。

知道自己是打不过也逃不掉的,云蝉只得从药盒中狠狠剜了一大半药膏下来,然后剥开他的衣服,泄愤似的往他伤口上重重一拍。

楼溇看得愕然。

这么奢侈,这女人是真的不知道紫晶玉蓉膏有多珍贵,彻底拿这药当金疮药抹啊。可是看到她不拿夏意的东西当回事儿,他心里又有种说不出的满意,苍白的脸上也开始恢复了点儿血色。

他撑着下巴看云蝉拿布条缠他的伤口,心情不错地开口道:"刚刚那个夏意,实力明明不在我之下。可是后来那老头和那女人一来,他就有些收手了,眼看着我带你走也不追,看来他也不是很想救你嘛。"

云蝉不答话,手上的布条缠得乱七八糟,颇为抽象。

楼溇看她不理他,再接再厉道:"哦,我知道了。他一定是见了那谭姑娘,心神荡漾,就顾不上你了。"

云蝉倏地拽紧布条打了个死死的结,语气有些凶狠:"你这恶贼倒是认识不少人,连源清派谭掌门的掌上明珠也认得。"

"芙蓉仙子嘛,总是耳闻过的。"楼溇一笑就满面春风,"娉婷袅娜,确实有些芙蓉之姿,难怪夏庄主要动心。"

云蝉瞥他一眼:"我和姓夏的关系本来就不好,你不用挑拨离间。"

她收好药盒,擦擦手道:"喏,伤口包扎好了。"

他闻言低头,看着那团包得很有艺术感的布条,忽然半晌无语。

夜里风凉,破庙的门上窗上到处都是缝,根本遮不住外面的寒意。

深夜，云蝉蜷曲着睡在地上，被易容得蜡黄的脸上泛上了不自然的潮红。楼溇皱了皱眉，熟练地把她拎到怀里。察觉到她的身体烫得不行，明显是发烧了，男人的眉头不自觉皱得更深。

云蝉的身体像是掉在火里烤一样，她烧得昏天暗地，神志不清地喊起了梦话："娘，小蝉想吃冰镇雪梨……"

浑浑噩噩中似乎有人撬开了她的嘴，很快有凉水灌下，云蝉满足地嘀咕："娘真好。"

额头也有湿凉的东西覆上，她舒服了许多，身体动了动靠在一个暖暖的垫子上，睡得更沉。

月升月落，很快又是一个天明。出了一夜的汗，热度已经退去，睡饱了的云蝉一身轻松地醒来，然后，她愕然发现昨晚那个暖暖的"垫子"竟、竟、竟……竟然是楼溇的怀抱？！

见此情景，云大小姐好不容易退去热度的脸，噌地又滚烫起来。

"淫贼！禽兽！"她骂道。

"忘恩负义。"他也骂，还顺带握住了她的手指。

云蝉立刻没骨气地缩了："我错了。"

他满意地摸摸她的额头，忽然没头没脑地问道："你家里人对你很好？"

云蝉被问得有些莫名其妙："当然好了，要不怎么叫家里人。"

"你们感情很好吧。"

"呃……是很好哇。"云蝉心中又开始发怵，"你问这个做什么？"

"没什么。"他揉了揉被她靠了一晚上的肩，随后伸手把她拉了起来，"走吧，今天陪我把事情办完，明天就送你回家了。"

送她回家，他会有这么好心？云蝉立刻抬头看他，一脸不信。

楼溇捏着她的脸柔和一笑："干吗不信。你娘的化功散确实厉害，我不把你送回去换解药不行啊。"

原来是这样。哼，她就知道娘的化功散天下无双，凭他一个喽啰怎么化解得开。

不过她还是有些疑惑："你今天要办什么事啊？"

楼溇耸肩："我那么辛苦抢了七返灵砂，当然是要去卖掉。"

呃，她倒是从来没想过，原来他很穷啊。

风波又起 [四]

楼溇带着云蝉到达一处荒山野岭般的地方。

这里到处是残垣断壁,就算是平旷的空地上也覆盖着沙砾,一派寸草不生的景象。几棵枯树上停留着许多乌鸦,时不时发出一些悚然的叫声。然而在这片残垣中却立着一座完好无损的亭子。亭中有人,似是等了他们很久。

楼溇带着云蝉朝那人走去,拿着药瓶招呼道:"七返灵砂我带来了。"

那人转过了身来,入眼是一张枯瘦的脸,眼眶深陷进脸上,与这周围的景致倒是很搭。他眸中闪过阴鸷的光,伸手就朝楼溇道:"拿来。"

楼溇收了药瓶摊手一笑:"那怎么行,总得一手交钱一手交货吧。"

那人扭曲地"嘿"了一声,声音像是地底潮湿的爬虫:"好。你随我去见阁主。"

云蝉看着那人,总觉得背脊发凉,真是怎么看怎么不舒服,便不由自主靠近了楼溇一些。楼溇感受到她的动作,低声笑她:"怕了?"

云蝉死要面子地摇头。

"等下若是害怕,就闭上眼睛。"

"谁怕了。我都说了我不怕。"

楼溇闻言轻笑，牵住了她的手。

走在前面的那人在残垣一处石壁上敲打了两下，地面很快露出一个入口，显然地下是条暗道。那人却阻住了两人要进暗道的步伐，指着楼溇腰间的刀说："把这个先暂交给我。"

云蝉马上觉得不安了，拉着楼溇的袖子想示意他拒绝，然而楼溇却毫不在意，利落地就解刀递给那人。

收缴了武器，那人才终于带他们钻入暗道。地底里一片阴暗潮湿，云蝉很快就被里面弯弯绕绕的岔道给绕晕了。她心里越发不安，不由得抬眼看楼溇，眼见他一脸泰然，才稍稍安下了心。又走了很长一阵，眼前总算出现向上的石阶，看起来可以通到外面。见那人踏着阶梯而上，云蝉忙紧跟在后面爬出暗道，眼前豁然一亮。

和刚刚那处荒芜的景象完全是鲜明对比，这里说是世外桃源也不为过。

一片鸟语花香的墨青色树林，中间嵌着一潭碧玉般的湖水，水上有宏大而精致的阁楼一座，白纱帷幔轻扬，让人想到神仙居。

湖面上没有桥，带路的人撑着小船载两人往楼阁驶去。云蝉心里的不安越来越大，悄悄拉拉楼溇的衣袖："你会不会泅水？"

这地方四面环水，如果出事好像无路可逃啊。

楼溇不答，反而笑她："哦，看来你不会泅水。"

爱面子的云蝉恼了，哼了一声就不再说话。反正她是他的化功散解药，她活不成他也活不成。

一会儿工夫，小船已经驶到湖面中心的阁楼。从木梯上了楼阁，近看更觉得美轮美奂，连栏杆都是上好的白玉雕的，只是美则美矣，楼阁中站立的那群人却甚是煞风景。

那些人分成几排整齐地站在楼阁四处各角，并且无一例外都长着一张干瘦枯瘪的脸，唯一有生气的就只有阴鸷的眼睛，在瞥见楼溇和云蝉之后，全都散发出像野兽见了猎物一样的兴奋光芒。

楼阁中央一张典雅的卧榻上，靠着一个中年男子，穿着华贵无比，看样子应该是这里的主人,只是他的面色比云蝉更蜡黄,眼圈青黑嘴唇发紫。云蝉这才了然,这人应该就是买主了,真是怎么看怎么像是命不久矣的样子,难怪要买七返灵砂来续命。

中年男子看向楼溇,笑容有些可怖:"把药交出来,要金山银山任你开口。"

虽然这么说,但是云蝉看座上之人说话的表情,一点儿也不像是金山银山任人开口的样子啊。

可是没想到楼溇却回答得更抽:"金山银山就不要了,还是拿你的命来换吧。"

毫无预兆地听到他这句骇人的回答,云蝉连反应都来不及,就感觉眼前有疾风掠过。

楼溇的身形快得连影子都看不见,转眼间手上已经夺过了一把刀,随后人已逼至那中年男子的跟前。刀光一闪,那座上之人的鲜血就自脖颈喷出,染红了窗格前的白纱。

这变故发生得实在太快,无人看清楼溇是如何割破那人的咽喉的,等阁楼里的众人回过神来从四面八方朝着他汹涌而上的时候,他早已退回云蝉身边,收刀而立,形如鬼魅。

那刀尖有温热殷红的血流淌而下,看得云蝉脑袋一片空白。

持刀的人很快又开始挥刀,每一个朝楼溇奔来的人胸膛或者咽喉都被无声无息地割开,下刀的人却一副像站在画外观画的样子。好在他还记得身边有个云蝉,每每周围的攻击要波及她时,他都还算有良心地会护一下。

楼溇落刀的姿势很干净很飘逸,像是摇着羽扇般不费吹灰之力。

可是四溅的鲜血仍是迷离了云蝉的眼。周围的纱幔已经被染红得看不出原本的白色,神仙居只在须臾间就成了血池。

当一切再次归于沉寂的时候,那人的眉眼间又一如既往透出一股清尘之姿。他站在炼狱里,可脚下踩的不是血,而是娇艳的红莲。

这个地狱里的天上人朝着云蝉伸手一笑:"不是跟你说了,若是害怕就闭上眼嘛。"

见云蝉没反应，楼溇随手扔了刀，抱起浑身僵硬的云蝉左看右看了一阵，皱眉道："不至于吧，吓成了这样。"

云蝉虽然号称江湖中人，却是从小被保护得很好的大小姐，其实并没见过多少杀人的场面。如今闻着满鼻子的血腥味，她惨白着一张脸只想呕吐。

楼溇像怀抱着小猫一样摸着她的脑袋安慰："不怕不怕，等下就送你回家了。"

两人的头顶上方，一道洪亮的声音猛然响起："家是回不去了，地府的门倒是向你们开着！"

楼溇抬眼望去，阁楼的二楼长廊上又出现一批人，为首的中年男子赫然与刚刚被他割破咽喉的人长得一模一样。

他放下云蝉，笑道："难怪，我就想余长老的武功再不济，也不至于杀起来就跟切菜一样容易，原来刚刚的是假货。"

那人站在上方，也是哈哈一笑："那位大人料事如神。主上，你果然没死。"

楼溇神色自若："你叛变之日曾受了我一掌，现在不也活蹦乱跳的。我身为墨阁阁主，总不能比你还不如。"

那中年男子变了脸色，狠道："你以为你还是墨阁的主人？告诉你，如今墨阁已经由我余金智接手！那日被你侥幸逃了出去，今天却不会再给你这么好的运气！"

楼溇显出很吃惊的样子："看来你受的掌伤全好了？"

余金智得意一笑："你当日确实给我一掌致命伤，所以我放出风声要寻夏明山庄的七返灵砂续命。若你还活着，必会用这个机会伺机回来杀我。"他越说越是高兴，又仰头笑了两下，"果然，主上总是自以为聪明，你想用七返灵砂引我出来，却不知这一切反而是我们引你出来的局。今日我已布下天罗地网，必叫你插翅难飞。"

楼溇表情纹丝不动："你叛变之时我就有些奇怪，凭你的能力本是做不到这一步的。今日这一局虽然设得差强人意，不过也不像是你能想出来的。"顿了顿，他忽然魅惑一笑，"看来你背后有人，告诉我，那人是谁？"

"哈！这个问题，你还是去地府里问阎王吧！"余金智面目扭曲，一挥手，很快从楼阁高处又拥出不少人，数量是刚刚的三倍有余。

楼溇有些失望："就这样？对付我想用人数取胜？余长老该不是这么天真的人吧。"

余金智却不理他，朝着众人吐出一个字："上。"

才刚刚消停了没多久，阁楼里又再度漫起刀光剑影。楼溇一手抱住云蝉，一手取过刀继续砍杀。

云蝉瞄一眼满地的残肢，只想自己昏死过去算了。

楼溇却杀得一派风生水起，围攻的众人眼见他一副地狱修罗的模样，心中都不免惊悚，不少人已经缓下身形，攻势大乱。

站在二楼的余金智冷冷一笑："大家不要怕。那位大人说他已经中了化功散，他越是动用功力就死得越快。刚刚他已经历连番恶斗，此刻撑不了多久了。今日谁能手刃他，本尊主必赏赐长老之位，今后荣华富贵要多少有多少！"

凌乱的攻势再次凶猛起来。

云蝉看一眼楼溇的脖颈，发现那道青痕果然又延长加深了不少，忍不住心惊。仿佛是知道她内心所想，楼溇低声安慰："不怕，在化功散发作前我就能解决完他们。"

他才说完，又是几人扑来，朝的却是云蝉的方向。楼溇抱着她旋身避开，一脚踢断了其中一人的心脉。其余几人见状发了狠，迎刀而上。就这一间隙，云蝉落入了对方一个人的手里。

怪不得以前娘骂爹的时候说，男人都是嘴上逞能。果然夏意是这样，楼溇也是这样。

云蝉以为自己下一刻就要被抓住她的人乱刀砍死，然而那人却粗鲁地拉着她跃上二楼长廊。她这才看到，二楼长廊上，不知何时冒出了一圈弓箭手，正对着底下的楼溇拉开弓。

余金智看着在下面缠斗的楼溇，笑得越发扭曲："主上，看在昔日的主仆情面上,你乖乖将无量诀交出来,我或许可以给你留条活路。"

"痴心妄想。"楼溇的声音没有温度。他挥刀杀掉了楼底下的最后一个敌人,然后抬眼看向云蝉的方向,不知在想什么。

余金智黑下了脸:"哼,你以为你死不交出来,我就找不到了吗?既然你要自断生路,我今日就成全你。放箭!"

瞬间,无数的箭雨朝着底下还唯一站着的活人飞去。楼溇冷嗤一声,举刀格挡。

余金智咬牙:"就不信你能撑多久。给我继续!"

另一头,在楼上的云蝉被人牢牢箍住,她看着底下受到万箭攻击的楼溇,心中惊惧无比。突然间,她手上摸到了对方腰上的匕首,慌乱之下她脑子一打结,抽出匕首就猛然刺进了对方的大腿,那制着她的人立刻吃痛,本能地松手就把她往外推开。

哪知就这一推之下,云蝉站立不稳,竟然翻身掉下了栏杆跌向一楼。

娘啊,这下她真的要和楼溇一起万箭穿心而死了。

瞥见忽然掉下去的云蝉,余金智竟然大惊失色,挥手就对弓箭手们大喝"停",可惜还是晚了,又一拨箭雨已朝着底下放出了。

楼溇见到突然跌落的云蝉也是神色一变,然而箭镞密集又速度如风,眼见救不了了,门外忽然进来一阵强力的风,震飞了所有的箭。

楼溇趁此机会飞身过去捞起云蝉,然后疾速跃出窗外跳入湖中。

见云蝉平安无事,余金智这才擦擦冷汗,不安地望向底下被强风吹开的两扇大门。

那阵强风,显然是一个内力极强之人的掌风所化,为的是救那个女子。

果然,两个戴着面具的黑衣人从门外一前一后飞入了阁内,落在了余金智的身旁。为首的黑衣人二话不说,竟然一剑就断了余金智的左臂。

"教主大人吩咐过万万不许伤了那女子,你可是找死!"黑衣人怒声道。

余金智左肩鲜血狂喷,脸色发白,却强撑着不敢昏过去,也不管那流血的断臂,只是哆嗦着俯头跪地道:"小人错了,请二位再给我一次机会……"

他话还未说完,另一个黑衣人又举剑断了他的右臂。

"给你机会?教主大人是要你抓活口以逼供无量诀的下落,你却为了坐稳阁主之位,只想着除掉后顾之忧。不能为教主办小事的人,留来何用!"

余金智片刻间失了双臂,惊恐至极,强忍痛楚辩解:"小人不是有意的,小人有信心定能找出无量诀的下落,而那人活着对大人也是威胁,所以才想先除之而后快……"

又是一道剑光落下,余金智的嘴终于再也发不出半个音节,瞪着双眼,死不瞑目。

黑衣人收剑冷哼:"你当日受了致命一掌,命是教主救的。如今触怒了教主,把命还回来,也是应该的。"

云蝉被楼溇抱着跳入了湖中,心中苦得一塌糊涂。

她是真的不会泅水啊!还不如万箭穿心死得痛快点儿,淹死好像要死好久。

她在水中胡乱扑腾,楼溇很快按住了她的手,拖着她往湖底潜去。

云蝉本就怕水,身子一埋到水里就忍不住闭紧双眼,任由他拖着。可是很快,肺里的空气用完了,她嘴中开始咕噜咕噜冒泡。

完了完了,要憋死了。

正难受之际,一双柔软的唇忽然贴了上来,撬开她的嘴给她渡气。那唇瓣相接的地方,隔着水也有缠绵的味道。

云蝉从刚刚起就处于混沌状态的脑子一下子清醒。意识到楼溇在对自己做什么,她瞬间……觉得更缺氧了。

很快,她感到楼溇放开了她,再度拉着她往前方游去,四周的水流开始变急,光线也暗了,似乎是进了一条甬道般。又过了一会儿,她感到身体开始被往上托。

快浮出水面的时候,云蝉没忍住,呛了好几口水,咳得惊天动地。楼溇拉着她游到了浅处,她双脚才终于踩着了河底,然而还没来得及安心,背后扶着她的人却忽然将重量都靠在她身上。顿时,刚刚在湖底的一幕闪过了云蝉的脑海,心慌意乱之下她不由得猛烈挣扎,就听"扑通"一声,身后的人跌回了水里。

"忘恩负义。"

楼溇控诉的声音很虚弱,云蝉转头去看,才发现他脸色白得不行,半身浸在水中,昨晚包好的伤口又开始溢血。

她讪讪地去拉他起来:"你还好吧?"

楼溇没好气道:"放心,死不了。"

云蝉自觉地接口:"哦,反正一定不妨碍你折断我的手再折断我的脚。"

"……"

她转头望一圈儿,发现自己此刻站在一条河里,刚刚那些楼阁墨阁也都不见,显然已经出了那潭碧湖。

"这里是哪里?我们出来了?"

"嗯,墨湖下面连着这条外面的河道,他们应该不知道。"楼溇步伐有些虚浮,但手上仍是稳稳拉着她往河岸走。

"去哪里?"

"送你回家。"

两人走进河边的树林里。走了一阵,天色渐渐沉了下来,云蝉看着楼溇一副快要死掉的样子,有些心惊:"你……行不行啊?"

"放心,我说过会送你回家。"

楼溇勉强说完这句话,脸色又白了白,脖子上的青痕已经化作了黑色。云蝉瞪大了眼睛还来不及惊呼,就见他整个人直直倒了下去。

"喽啰?"她蹲下来,拍打着他的脸。男人没有任何反应,只剩一丝微弱的鼻息表明他还活着。

阳光已经完全隐没,月亮探出了脑袋。

云蝉吃力地把楼溇拖到一棵树下。男人的身体冰冷得惊人,她看着他苍白的脸色略一犹豫,最终还是伸出了手,在他身上胡乱搜索了起来。

男人衣服里几张被泡烂的银票已经不能用了,只有一点点碎银子。另外……好多药瓶,不知道哪瓶是花容的解药啊。云蝉托着下巴想了想,果断撕下他一片衣袍将所有药瓶都打包好。

捡了些枯树枝盖在楼溇身上后,云蝉双手合了个十,拎起布包就转身离开。

她不杀他,已经是仁至义尽了……吧。

云蝉沿着北斗星的指引迷迷糊糊地走,竟然也被她绕出了树林。在浑身湿透又冷又饿的情况下见到林外竟然有一座村庄,她不禁开心地叫起来。

晚间有在外乘凉闲逛的村民见到她,很快呼唤了其他人来围观。

云蝉赶忙向人群求助:"大叔大姊,我是飞云堡的……"她说了半句,看这村中人都是一脸茫然,显然没听过飞云堡,想想说了也是白说,就改口道,"那个……我被坏人劫了,刚刚逃了出来……"

一个汉子打断她:"坏人劫你干什么?"

"呃……"开始是坏人要抢东西劫她作人质后来是为了换解药这么多前因后果说了你们也不懂啦,"他想劫了我去卖掉……总之……"

"卖掉?"又有人再次打断她,看着她一脸的麻子不信道,"那人瞎眼了吗?你这样的也能卖得掉?"

云蝉忍住悲愤,强颜欢笑道:"总之,离这里最近的城镇要怎么走?"

"最近的是双喆城,但也要走一天。"一个妇人回答了她,又兴奋地问道,"你还没说那坏人是不是瞎子啊,怎么会想到劫你去卖?"

"……"

"好吧,就当他瞎了眼了吧。那个,我能在这里借宿一晚吗?"云蝉估摸着以她现在的体力,恐怕撑不到走一夜就要被郊外的野狼吃掉了。

可是村民们望着一身狼狈又面容凄惨的她,没有一个人响应。

"那个,我有银子,不会白住的。"云蝉急急掏袖子,然而翻了半天,也没翻出一个子儿来。

啊啊,刚刚明明有搜刮到碎银子的,难道是路上弄丢了。

云蝉急得满头大汗。围观她的村民看她这模样，终于纷纷唏嘘一声，随后便像听完戏散场了一般，各回各家，大门紧闭。

云蝉等了一会儿，也没有传说中的好心人捡她回去。一阵冷风刮过，终于吹响了云蝉饿得咕咕叫的肚子。极少行走江湖的云大小姐实在无法可想，只好哆嗦着朝着树林边缘走去，姑且捡些柴火生火取取暖吧。

她才走到林边，就感到头顶上有疾风刮起，竟然有几道黑影向她扑了过来。云蝉连忙大惊着跳开，看清那些人与那楼阁之中的人装扮相似时，她心中顿时惊骇万分，撒腿就往树林里跑。

"是那女的！"

"教主吩咐过不可伤她。我们先跟着她，说不定可以找到那人！"

黑衣人相互间使完了眼色，也立刻纵身追上。

云蝉吓坏了，没命地往树林里跑。可是云大小姐武功不济，轻功一向就等于没有，眼看身后追着她的几个人影越来越近，她吓得捂着眼睛哭了起来："娘——救我。"

眼前似有刀光闪过。

云蝉从手指缝里惊讶地看到，那几个追杀她的人，竟如断了线的木偶般，一个两个全部直直倒在了地上。

楼溇摇晃着身体，从倒地的那些人身上跨了过来。他刚刚落刀时被溅了一身的血，步伐与身形都完全没了白天"切菜"时的那般潇洒。

云蝉仍是维持着双手捂眼的姿势，从指缝里呆呆地看着浑身是血的楼溇在月光下一步步朝她走来，惊恐得忘了动弹。

"别怕，没事了。"他终于艰难地走到她面前，手却再也握不住刀，整个身体都跌到了她身上。

"我以为你丢下我跑了。"楼溇浑身无力，声音里却有些高兴，"就你那点儿三脚猫功夫，还想去引开敌人……"

呃……这真是个误会。

楼溇当然不知道云蝉其实只是迷路胡乱跑，才会跑向与他所在之处完全相反的方向。

云蝉不自觉地反手抱住他，讪讪地笑："那个，我帮你上药吧……"

月光很温柔，透过枝叶的缝隙静静拂照在树下的一男一女身上。

云蝉替楼溇包扎好了伤口，再瞄了一眼他颈间的青痕，莫名有些愧疚地说道："今后几日别再动用功力了，再用一次你就要死了。"

"我命硬着呢，你不用担心。"楼溇淡然一笑，似乎又回想起了什么，"小时候我家里人都被杀光，独独我活了下来。那时我在倒塌的屋梁下被压了七天，都没死。"

明明应该是不堪回首的回忆，这人却像是在陈述一件无关紧要的事。云蝉听得发愣，一时不知如何接话。

楼溇不满了："我这么可怜，你连眉毛都不动一下？"

云蝉低头道："白天在阁楼里，那人说你是墨阁的阁主。"

"前任阁主吧。上个月殿中叛乱，如今已经被人夺位了。"楼溇靠在树上，语气毫不在意。

"那你现在怎么办？"

"我会送你回家。"

就凭你现在这副半死不活、随时都要翘辫子的状态？

云蝉皱眉："我们现在身无分文被人追杀，你又身受重伤不能动武，回得去吗。"

"我还有些易容的药可以用……"楼溇的手缓缓伸进衣襟，然后忽然顿住，显然是发现身上的药全都不见了。

云蝉默默掏出怀里的小布包，弱弱地说道："那个，药都在这里……"

"还有银子呢？"男人的声音有些寒。

"……好、好像弄丢了。"云蝉低着头，声音小得和蚊子一样。

楼溇黑了脸："你搜走药和银子，刚刚其实是想独自跑掉？"

云蝉不敢抬头。

浑蛋，明明一切都是他害的，为什么她现在会产生一种是自己忘恩负义

的愧疚感。

楼溇闭上眼:"你走吧。"

云蝉酝酿许久,才小心地说道:"那个……我觉得还是两个人在一起比较安心。"

没有回答。

楼溇安静地靠在树上,似是睡着了。

她思考了半晌,最终仍是悄悄挪到他身边抱膝坐好,也靠着树闭上了眼。

月上柳梢头,大小姐这几日虽然吃了不少苦,但对露宿仍是不习惯。尤其是到了半夜里,身边的男人不时地在睡梦中说些胡话,更是扰得她心神不定。

"爹,大哥,你们在哪里……"

"师父,别怪我……"

云蝉闭眼默默听着男人的呓语,心里浮上百般滋味。

这个人,这个胡子拉碴的劫匪,这个总是微笑着折断她手指的变态,这个炼狱里的天上人,说话时总是好像对什么都不在乎,也许,只是因为太在乎吧。

【五】矛盾化解

清晨第一缕阳光透过枝叶照进树林的时候，云蝉疲惫地睁开眼。随后，她被地上某个泛着银光的亮物给闪瞎了。

这个……好像是银子啊！

她毫不犹豫地扑了过去。原来昨天掉的银子就掉在了这附近，当时黑夜之中看不清楚，如今被阳光一照，正明晃晃地向她闪着耀眼的光芒。

哈哈，看来菩萨冥冥之中还是很保佑她的嘛。云蝉握着银两，无声地大笑三声。笑完，她悄悄回头张望，见到男人仍是闭目靠在树上，似乎还在睡的样子。

她心里的两个小人开始打架。

如今有了钱，要雇马雇车托人送信什么的都可以，她一个人也能回得去。若是带着他，反而会受连累被追杀吧。

他现在身受重伤毫无威胁。他曾断了自己两根指，到现在都还没好呢。他还数次……云蝉脸红了红，自己还曾经下了决心要杀了他灭口的。

有无数个理由支持云蝉掉头就走，可是为什么她竟然有点儿迈不开步子？

如果就这样再次扔下他，可能不出一天他就会死掉吧。

这样想着，云蝉踏出的脚又收了回来。最终，她默默走回了他身边，然后数出一两银子放在了他的身上。

阿弥陀佛。希望之后会有路过的好心猎户经过，能用这一两银子葬了他，免他曝尸荒野被狗叼去。

云蝉对着他拜了两拜，然后拍拍手，终于安心起身离去。

一只大手忽然死死地抓住了她的胳膊："忘恩负义的女人，我还没死呢。"

云蝉回头一看，楼溇不知何时睁开了眼，抓着她的手似乎还颇有力气，她不禁用力挣脱了两下。

楼溇脸色白了白："白眼狼。"

云蝉晕倒："你、你……你说什么？"

"寡情薄义！白眼狼！"

为什么一夜过去，这男人突然变成弃妇属性了啊。

云蝉气道："我遭受的一切可都是你害的，本姑娘不杀你已经仁至义尽了。"

楼溇忽然惨然一笑："你杀了我吧。"

好熟悉的台词。记得当初她也对他说过同样的话，而他在听到后可是毫不犹豫抽刀就砍的。

想到这里，云蝉果断拔出他的刀。楼溇见状一惊，连忙侧头避开："没人性！"

她一刀戳进树里，一字一顿地对他说道："你劫持我在先，现在我不杀你，我们之间就算恩怨两清了，今后生死由命各不相干。"

楼溇忽然睁着明亮如星的眼睛定定瞧她："你当真这么狠心？"

云蝉呆了呆？这是在使美男计？开玩笑，夏意那么好看她都不曾被打动过！

楼溇忧郁地看了她最后一眼，指着她手上包袱里的那堆药道："绿色的那瓶，可解除你脸上的易容。"言语间颇有人之将死其言也善的味道。

云蝉立刻依言摸出瓶子，药要入口时却有些犹豫。这人莫不是最后想再骗她害她一次？

楼溇见她的表情就知道她在想什么，他沉默着接过她手里的药，往自己嘴里抛了一颗，然后缓缓扯下满面的假胡子。片刻过后，云蝉讶然地看着他粗糙黯黑的皮肤渐渐转白，五官恢复深刻。

虽然面色苍白虚弱了点儿，虽然身上狼狈了点儿，可是真……真好看。

目如朗星，俊逸出尘，就连湖水里的玉石也比不过，这人真像是天上来的。

看到她发呆，楼溇笑了："好看？"

男人的声音也不再沙哑，恢复了最初的温润。云蝉有些意乱情迷起来："你这么好看，那时干吗用面具把容貌遮起来？"

"我是去抢东西，能给人看到真容吗？"

"哦，那你现在又为什么给我看真容了啊？"

"……"

楼溇难得有说不出话的时候，云蝉一乐，放心地往自己嘴里也倒了一颗药，很快脸上褪去了连日来的不适感，她用手一摸，果然光滑了许多。

云大小姐于是缓了语气："我看你还有不少力气，应该死不了。我们各走各的吧。"

"你还是要一个人走？"他再次拉住她，"昨晚……你不是说还是两个人在一起比较安心吗？"

原来他听到了？

云蝉直白地解释："可是你在被人追杀。"

"你就这么走了，花容的解药也不要了？"

"反、反正你身上的药都在这里了。本姑娘总能找出解药的。"

"哦，用错一味，五脏俱焚全身流脓而死。"终于又恢复成那个爱威胁人的楼溇了。

云蝉叹了口气，扶他起来："要是再遇到那些人，我们能逃得掉吗？"

听到"我们"二字，楼溇心里高兴了，俊脸上也多出许多暖意："不怕，我说了送你回家,就不会让你死。"

就嘴上逞能吧你!云蝉翻他一个白眼,扶着他朝林外走去。

两人走到了昨晚云蝉来过的村庄,此时云蝉已经恢复了原本面目,村中人一时也没认出她来。有银子果然好办事多了,云蝉很顺利地换到一些食物、两套衣服和一匹干瘦的马。知道不能在此地耽搁太久,一切准备妥当之后,云蝉告诉楼溇:"离这里最近的是双喆城,我想先去那里找人给家里报信。"

楼溇思忖了片刻道:"双喆?倒是离源清派不远。不如我们先去源清派,你是飞云堡的人,他们必定会相助。"

云蝉瞪大了眼睛:"去源清派?以你的身份去不怕被干掉?"人家那可是正派,而你是邪道啊!

"放心,他们哪里会认出我。我此刻化功散未解,不能太过动武,躲到那里无疑比较安全。"

"我不去。我才不要谭家人帮忙,我宁愿在外面被追杀。"

"那个夏庄主来救你那次与他们一起,说不定他此刻也在源清派。"

"他在不在与我何干?我不去谭家!"

"不就是因为那个芙蓉仙子般的谭姑娘吗?"

"胡说!"云大小姐声音陡然拔高,显然是被戳中了痛脚。

"你被那个夏意抽了一鞭子,和她有关?"

云蝉的脸顿时黑了:"要你管,反正我不去谭家!"

楼溇好笑地哄她:"乖了,你一向没什么骨气的,怎么这会儿开始倔了?"

"你这么想去的话你自己去好了,我们各走各的。"云蝉这次挤出了十二分的骨气,"解药、解药我也不要了!"

两人同骑在一匹马上,跟着赶去城里的村人走到天黑,直到入了城都没争出个结论来。在城中的一家小客栈房间里暂时休息的时候,云蝉还在气鼓鼓地说:"我觉得这城里人这么多,也很安全啊。"

楼溇索性往她身上一歪:"我快死了。如果这时有人来袭,一招都抵不住。"

云蝉赶紧身子往边上一让:"反正他们要杀的是你,我自己跑就是了。"

楼溇眯着眼笑得很诱人:"他们一定会杀人灭口,凭你这点儿功夫跑得掉?"

受到鄙视,云蝉气极:"你还是去死好了!"

客栈有些破,窗户被风吹得咯吱作响。楼溇忽然收了笑容,起身而立,声音有些冷:"紫莹,不是叫你不要再跟着我吗?"

窗外很快闪入一个紫衣女子,跪地道:"属下只是担心阁主……"

"担心我被那群叛徒杀了?"他微笑。

紫莹将头埋得更低:"那姓余的怎会是阁主的对手。"

"既然如此,你又为何不听我的话?"

紫莹立刻重重磕头:"主上孤身一人,诛杀那群叛徒毕竟有些险,不如带着紫莹在身边……"

"不需要。"楼溇很干脆地打断她,手上细细摩挲着刀柄,他又不怎么感兴趣地补充了一句,"下次再被我发现你跟着,你就自行了断吧。"

紫莹身形重重一晃,脸色明显僵了。云蝉在一旁也听得皱了眉,她看着地上的女子刚想说些什么,却见那紫莹似是有意无意地朝她瞥了一眼,然后缓缓俯身:"属下遵命。"

紫莹很快走了。云蝉忍不住嘀咕:"喽啰,她那么忠心,你也太凶了吧。再说你身上有伤,路上带个属下护卫不好?"

楼溇身体一软就趴回了桌上,眼皮也不抬地答道:"才刚刚被下面的人叛变了一次,你以为我和你一样不长记性的?紫莹若是发现我受了伤,你怎么知道她不会再给我补一刀?"

云蝉一噎:"你身边就没有可信的人?"

"不需要。"

"那我也走了。"

他立刻提醒她:"花容的解药。"

"……"云蝉恨得扑上去掐他,"你怕她害你,就不怕我也给你补一刀?大不了我和你同归于尽。"

他的嘴角扬起来:"那也不错。可是你有这骨气?"

"去死吧你。"云蝉一拳揍在他伤口上。

源清派建在山水间,四周风景如画,颇有些隐世之风,丝毫看不出是个江湖门派。云蝉虽然曾在夏明山庄见过谭家人好几次,但是来到源清派还是头一次。

楼溇望一眼这山清水秀的景致,赞道:"果然雅致,不比我的墨阁差。"

云蝉瞪他,装得这么闲情逸致的,那就不要瘫软着把全身重量压到她身上好不好。她扶着他气道:"你是来郊游的?你就一点儿也不担心等下见了他们被认出来?"

她话才说完,一个女子匆匆从外围的大门口走了出来,见到云蝉,陡然一愣:"是你?"

云蝉抬眼看去,也拉下了脸:"谭诗瑶,是你啊。"

两个女人一时相顾无言。

气氛有些僵,谭诗瑶首先转移了目光,结果一瞥之下,她又忽然惊呼了起来:"楼大侠?"

什么什么?什么大侠?

云蝉立刻转头四下张望,然而根本半个旁人也无,她狐疑着看向谭诗瑶,却发现谭大美女眼神热切,朝着的却是楼溇的方向。

"楼孤雁大侠,真的是你?白蓉山一别后,家父和瑶儿曾多次寻你无果。当日救命之恩一直未有机会谢过,总算今天又让瑶儿遇到你了。"

什么?!

云蝉听得完全云里雾里,瞟一眼楼溇再瞟一眼谭诗瑶,呆问道:"你喊他什么?楼大侠?"

谭诗瑶听到她问话,才终于像是想起了什么,反问道:"你怎么会和楼孤雁大侠在一起？我听说你不是被人掳走了吗？"

是啊，那个掳走她的人现在就死命歪在她身上呢。

楼溇终于开口了，声音很是虚弱："我正是前日遇见这位云姑娘被歹人劫持，因而出手相救，可是没想到自己实力不济反被人所伤，说来真是惭愧。幸而最后总算被我们逃脱出来……咳咳……没想到白蓉山一别，谭姑娘还记得我。咳……"

谭诗瑶立刻明了一切，忙道："楼大侠受伤了？快随瑶儿进去，瑶儿立刻去通知爹爹给你疗伤。"说罢，也不管云蝉，扶过楼溇飘然进了源清派之院落。

云蝉呆愣在原地，回不过神来。

这到底发生了什么啊！

总算楼溇还有良心，靠在谭美女的肩上走出了两步，回头犹豫道："云姑娘她……"

谭诗瑶轻轻瞥一眼云蝉，复又转头对着楼溇乖巧道："哎呀，瑶儿只顾关心楼大哥的伤势，一时倒是忘了云大小姐。云姐姐，你也快进来吧。"

哼，你倒是会套近乎。才几下工夫就楼大哥云姐姐了！谁是你姐姐。

云蝉心中厌恶，她一向讨厌谭诗瑶，此刻却要向她家寻求护佑，内心只觉得窝囊至极，半晌都迈不开步子。

她还在窝囊来窝囊去的，楼溇却忽然直直倒在了地上，唇边有黑色的血溢出。

谭诗瑶顿时大急："楼大哥你怎么了？"

云蝉也是一惊。不会吧，他昨晚明明好像恢复了不少，怎么说晕就晕，她立刻匆匆跑到他身边，推着谭诗瑶急道："快找人来救啊。"

楼溇被移到了屋中，源清派掌门人谭英很快前来，略了解了一下情况，他立刻伸手搭脉，沉吟了一会儿不由得皱眉："楼少侠的伤不轻，老夫先运功为他护住心脉。"

楼溇脖颈上的青痕在来之前已经被他用特殊的膏药掩盖住，体内的化功散又一直被他用内力强压住，谭英察觉他经脉阻塞内息混乱，只当他是受了极为严重的内伤。

云蝉焦急出声："不能给他渡真气，他是中了……中了毒，麻烦谭伯伯立刻通知我娘来，我娘擅长解毒，有办法救他。"

谭诗瑶一听立即不干了，插嘴道："你这是什么意思？你是说我爹比不上你娘厉害？还是不信任我们源清派？"

谭英打断她："瑶儿，不得无礼。云姑娘的顾念也有道理，老夫并不是大夫，胡乱下手可能反会加重伤势。只是飞云堡距敝派最快也要四五日的路程。这样吧，老夫先去差人请大夫，同时也派人联络云堡主和云夫人，云姑娘你看如何？"

云蝉虽然讨厌谭诗瑶，但是对她爹谭英的为人还是信服敬佩的，立刻点头道："有劳谭伯伯了。"

一旁的谭诗瑶噘着嘴仍有不满，似乎还想说什么，谭英挥手阻住了她要说的话，只吩咐道："瑶儿，去看看夏庄主回来了没，云姑娘既已无事脱险，也要通知他一声。"

说完，他又转向云蝉："云姑娘这几日也受惊不小，老夫先叫人带你去房间休息吧。"

云蝉摇头，指一指楼溇："我想留下来照顾他。"

谭英闻言，虽觉得有些不妥，但是他与云蝉非亲非故，也不好说什么，只点头道了声"云姑娘请便"，随后就带着不情愿的谭诗瑶离开了。

屋里终于只剩下云蝉和楼溇两人。

云蝉瞥一眼床上躺得和挺尸一样的男人，冷哼："起来，别装死。"

楼溇果然睁开眼，笑道："我是真的快死了。"

"死了最好。"她没好气道，"你倒是说说，你怎么成了楼大侠？"而且和谭诗瑶好像还是旧相识。

楼溇脸上一副气若游丝的神态，话倒还是说得很溜："行走江湖，自然要弄个大侠身份比较方便。你看，这不就用到了吗？"

他平日要在江湖走动，总不能顶着魔教余孽老大的名号。反正江湖中无人见过墨阁阁主真容，他武功又高，顺手救几次名门正派的人，混个侠士名号是轻而易举。

"那女人刚刚叫你楼孤雁？到底哪个是你真名？"

他垂眼："被你嘲笑的那个。"

"喽啰才是真名？"云蝉嘴角一弯，心情明朗了点儿，主动说道，"你伤口恢复得怎么样？我帮你上药？"

门被人一脚踢开，一个红色的身影像一阵风一样冲了进来："小蝉？"

云蝉正坐在床边料理楼溇的伤口，闻声回头："死夏意？"

夏意初进门时漂亮的桃花眼闪着欣喜的神采，却在看到眼前一幕后脸一下子全黑了："你在帮他上药？还给他用这个？"

云蝉看看手里的药，不就是用的夏意给她的那盒金疮药嘛，至于让他这么激动？

"他伤口裂开了，我给他敷点儿金疮药啊，怎么了？"

夏意火大地一把抓过她："这些事不会找大夫来做？你是不是女人？知不知道廉耻啊？"

这话说得过分，云蝉也恼了："你才不知廉耻！江湖儿女拘泥这些小节做什么！何况他……他救过我。"呃，后半句话说得她好违心啊。

床上的楼溇闻言不由得轻笑出声。夏意冷冷斜了他一眼，哼，长得倒是好看。

没有认出楼溇就是那日劫持云蝉的人，夏意冷脸抽走云蝉手里的药盒："这是我的，还给我。要救人拿你自己的药去救。"

云蝉立刻鄙视地大叫："用点儿你的药而已，这么小气，你是不是男人？"

原本见到她的欣喜此刻已经全化成了火药，夏意拽过云蝉怒声道："我就是小气。你们孤男寡女共处一室算什么样子，跟我出去！"

云蝉挣扎着嚷嚷："本姑娘的事轮得到你管？死夏意你放手。"

跟进来的谭诗瑶见状,劝道:"云姐姐别这样,夏哥哥这几天为了找你有多着急你知道吗?"

还不待云蝉答话,夏意忽然转头对着谭诗瑶道:"你闭嘴。"

他说这三个字时神情里带着一股冷意,不仅谭诗瑶听得又惊愕又委屈,连云蝉也愣了。

夏意却不管谭诗瑶那泫然欲泣的模样,连拖带拽地拉着云蝉就出屋。

一直被夏意强拉到了屋外,也不知他要带她去哪里,云蝉挣脱不了,只能恨恨地骂:"夏意大浑蛋!"

听到骂声,夏意心中越发生气,手上也不自觉用力更猛,忽然间"咔"的一声,云蝉惨叫起来。

"痛痛痛痛——"她那条手臂,前不久才被楼溇卸过一次,此刻被夏意用力一拉,又脱臼了。

看到云蝉眼泪汪汪的样子,夏意一下子怒气全飞,慌忙地松开她的手。可是他心里很堵,嘴上无论如何都说不出道歉的话来,只默默地给她接上了胳膊。

云蝉却抬起另一只没受伤的手,很干脆地就抽了他一巴掌。

清脆的巴掌声震飞了树上的一群麻雀。

夏大庄主蒙了。

云蝉完全没想到自己能抽中,一时也呆了:"你怎么不躲?"

那双泛着桃花的眸子似乎结了冰,云蝉心中不禁有些心虚,强自镇定地又嘟囔了一句"夏意大浑蛋"之后,立刻像兔子一样头也不回地逃窜而去。

她跑去的方向是楼溇房间所在的方向。

夕阳将男子的衣服照得更加鲜红。夏意没有再追,只僵硬地站在原地,指节握得发白。

云蝉从小到大都没在身手上占到过夏意的便宜,没想到这次竟然走了狗屎运扇中了他的脸。她心中也不知是什么滋味,只顾埋头奔跑,结果这一跑就撞到了一个人。

她被撞得弹回两步，那人及时扶了她一把，可似乎又觉得不妥，没等她站稳又迅速放开了手。结果云大小姐被这么一扶一放，反而摔倒在地。

"不会扶人就不要扶！"云蝉跌坐在地，一脸晦气地抬眼望去。

映入眼帘的是一个身穿水色长衫的男子，剑眉星目，高额挺鼻薄唇，长得颇为俊秀，只是那犹豫着该不该扶姑娘家起来的神态表情，倒让人觉得像个一板一眼的书生。

书生僵着手一脸愧疚："飞云堡的云姑娘？抱歉……我……"

看见男子犹豫不决的为难样子，云蝉不耐烦地挥手，骨碌一下就自己从地上爬了起来，拍了拍裙衫问道："你是谁？"

男子面色有些古怪："你不认识我？"

"你算老几，本姑娘为什么要认识你！"

真凶。男子噎了噎，仍是抱拳行礼道："是在下失言。在下是源清派大弟子沈耀，刚刚冲撞了云姑娘，真是对不住。"

云蝉一愣："沈耀？得了英雄令的那个？"

近来江湖皆知有个源清派大弟子名叫沈耀，青年才俊身手不凡，前不久在英雄会上一举夺魁而成名。

沈耀客气地再次行礼："那不过是多亏了各路英雄的承让而已。"想了想，此女好像是夏庄主的未婚妻，自谦的良好修养使他又补充道，"若非那日夏庄主中途有事未能参与英雄会，最终得胜的未必是沈某。"

他本意是想表达自认不如夏庄主的谦虚精神，哪知提到这个却是生生触了云蝉的逆鳞。全江湖都知道，所谓的"中途有事"，不就是夏意为了谭诗瑶而抽了她一鞭子的事嘛。

没注意到云蝉脸色难看下来，沈耀还在絮絮叨叨："家师派在下来帮着云姑娘一起照看楼孤雁大侠，云姑娘现在可是要去楼大侠那边？"

云蝉一把推开他，恶声恶气道："喽啰……呃，我是说楼孤雁有本姑娘照看就够了，不用你来！"

"这……不妥吧……"孤男寡女什么的。

"你管得着!让开别挡路,本姑娘现在要过去。"

真的好凶啊,有这么个未婚妻,看来夏庄主也是个可怜人,还是自己那个芙蓉仙子般的师妹好多了。沈耀感慨了一番,然而想起师父的嘱咐,还是硬着头皮跟了上去。

再次被劫〔六〕

入夜，源清派上上下下都如往常般进入了梦乡。

云蝉和沈耀早已各自回去。楼溇一人躺在床上动动身子想翻个身，胸口就一阵翻江倒海的痛，不禁苦笑："这次真是伤重了。"

他强忍住痛楚，总算起身摸到床头的刀柄，然后稳稳地举过头顶。

"铛——"

是刀鞘和铁剑相击的声音。

"哦？还有力气挡我的剑？"夏意见一击不中，收了剑势，桃花眼里一片妖冶。

楼溇胸中气血翻涌，面上却仍是微笑："我救了你未婚妻，堂堂天下第一庄的夏庄主恩将仇报半夜偷袭，传出去不好吧？"

夏意不以为然："小蝉不会知道。"

他会杀了他，并且小蝉不会知道。就像白天那一巴掌打得他有多难过，小蝉也不会知道一样。

又是一剑刺来，朝着楼溇心口的方向，剑锋上带着狠毒的杀意。

楼溇提着一口气，只凭着求生的意志力抬起刀鞘堪堪架住攻击，却也知道自己已是强弩之末，就算能挡住这第二剑，却再也挡不住后面的第三剑第四剑了。

死到临头，楼溇抬眼瞧着对方，不由得想：这个夏意倒是有点儿意思。名门正派里的伪君子不少，但是他却与他们都不太一样。怎么说呢，那杀人的一瞬间所露出的漠然，好像是骨子里天生带着的。

说不定这个夏意，和自己倒是同一类人。

第三剑很快就来了，不偏不倚，朝的是楼溇眉心的方向。

屋顶上突然有细微的环佩叮当声，似乎是有人从上面掠过，虽然那人的步伐很轻盈，却逃不过屋子里两个男人的耳朵。

夏意神色一变，剑尖停在楼溇眉心处刹住。

知道自己今晚可以躲过一劫了，楼溇不禁莞尔："你的小蝉好像出事了，你不去看看？"

刚刚屋顶的脚步声虽然是一个人的，凭力度却能感受到那人身上明显还驮着一个人。源清派上下都是高手，能被无声无息就掳走的，也就只有某个笨蛋了。

而夏意是肯定会去救那个笨蛋的，所以今晚是没有时间处理他了，毕竟杀人还要善后的不是？

看着夏意果断飞身出屋的身影，死里逃生的楼溇长吁了一口气，却没发觉到自己的眉头紧锁着，不知是在为哪个笨蛋担心。

云蝉只觉得自己好想哭。

她才刚刚脱离了楼溇的魔爪，此刻又不知被哪个家伙给扛在肩上劫出了源清派。身上被点了几处穴，她喊也喊不出，索性淡定地闭目养神起来。

每个劫持她的人都有着风驰电掣的轻功，就一会儿工夫，她已经被带到了极远的一处野外山洞。云蝉甚至觉得此人的轻功说不定还在楼溇之上。

那人将她从肩头扔了下来，然后摸摸索索地掏出了一把匕首，开口竟是一个好听的女子声音："哼，芙蓉仙子是吧？等我划花了你的脸，看你还当不当得成这个仙子。"

那女子背对着洞口挡住了月光,山洞里一片漆黑根本看不清双方的模样。云蝉"呜呜"地发不出声响也动弹不了,只能在心底呐喊:"我不是芙蓉仙子,姑娘你认错人了啊。"

劫持她的人自然听不到云蝉心里的悲鸣,匕首一晃就贴上了她的脸,眼看刀尖就要刺入,女子忽然住了手:"奇怪?怎么长得不一样了?"

原来那匕首打磨得十分锋利光滑,贴在云蝉脸上时正好反射了微弱的月光,因此那女子总算在最后一刻看清了云蝉的脸,愕然道:"你不是谭诗瑶?你是谁?"

云蝉眼角泛着泪光,眨眼示意她此刻说不出话。

女子点亮了火折子,细细观察了云蝉一会儿,评价道:"长得真丑。"

云蝉气晕了,之前她被楼溇易容时被人说丑也就算了。现在她已经恢复本来容貌,虽然不是倾城的美人,但也说不上丑吧!

她怒目瞪向劫持她的女子,却在火光下看呆了。

这是一个有着说不出的妖娆风情的女子。柳眉杏眼,绿色裙衫上系着四个小巧的金铃,长发随意垂在腰间,精致的脸庞在火光映照下更是无瑕得像白玉一样。

女子解开云蝉的哑穴,一手拿着火折子坐到了山洞里的一块大石头上,晃着双足媚态横生:"说吧丑丫头,你是谁?"

为什么每一个劫持她的人都长得那么好看啊浑蛋!

云蝉在美人面前完全无法反驳"丑丫头"这三个字,只能气闷地垂首道:"飞云堡的云蝉。"

"那个传说中的夏明山庄庄主的未婚妻?"

云蝉听到这个就烦。那不过是小时候父母擅自定下的,她和夏意根本相看两相厌,她才不会嫁他,他也不会娶她。

想到这里,云蝉冷声反问:"你又是谁?"

"我啊?"女子歪着脑袋,轻快地答,"我叫千钧,是个妖女。"

"……"有哪个女子会这么说自己的,最近怎么老是遇到怪人。

千钧也不管对方此刻的表情,又问道:"你怎么会在源清派?"

云蝉撇嘴:"这说来话长,反正我就是在源清派了。"

千钧不满:"都怪你。本来源清派只有谭诗瑶一个女的,我是万不会抓错人的。现在让我白费了这一番工夫,你要怎么赔我?"美人就是美人,连撑着下巴嗔怪的表情也那么美。

"你要抓谭诗瑶干什么?"

"划花她的脸啊。"

"所以说,你要划花她的脸做什么?"

"有人说我没她好看,我讨厌她。不过你长得丑,我很喜欢。"

云蝉深吸一口气,说道:"女儿家的脸面是性命,你不觉得那样做太狠毒了点儿?"

千钧不乐意了:"我是妖女啊,狠毒点儿有什么错?"她说完跳下石头,伸手解开云蝉其余的穴道,"行了丑丫头,我要抓的不是你,你回去吧。"

云蝉身体得了自由,当下就毫不迟疑地走出洞穴。然而到了洞外,入眼是一片漆黑的山野树林,月光惨淡,远处时不时还传来一些鬼哭狼嚎声。

她立即退回洞内,对着千钧道:"你抓我出来的,却不送我回去,太不厚道了。"

千钧大概是觉得有些道理,先是"哦"了一声,走出两步复又清醒过来:"我是妖女啊,干什么要厚道?你自己回去啦。"

"是你抓错人在先。再说你轻功那么好,带我回去也就一会儿工夫啊。"

"那是,本门轻功天下无双。"千钧骄傲地笑了一下,复又蹙眉,"还是不行啦,你那个未婚夫君好像也在源清派,他太厉害,我不能去送死。"

"他才不会管我了……"云蝉声音小了下来,她白天的时候打了他一巴掌,而且还很没骨气地打完就跑,她只要一想到这事就糟心得不得了。

"你们关系不好吗?"千钧顿时来了兴致,"听说他之前还抽过你一鞭子?"

"是啊。"云蝉无精打采地说道。

"还听说是为了那个芙蓉仙子？"

"哼！"

"说来听听嘛。我也讨厌那个谭诗瑶，你说来听听，我帮你骂她。"

大概是因为有共同讨厌的人，云蝉对千钧也起了些倾诉的欲望："其实那个姓谭的女人，表面上的温婉乖巧都是装出来的。"

"嗯嗯。"

"实际上她心胸狭隘，喜欢背地里暗算人。哼，平时就会装得楚楚可怜，还装作和谁都很亲密的样子。"记得那谭诗瑶第一次见到夏意时就一口一个夏哥哥，听得她恶心坏了。

"嗯嗯。"

"只不过长得好看了点儿，武功也比我好了点儿，就处处挑衅我鄙视我让我出丑。"

"嗯嗯。"

"偏偏所有人都信她不信我……"

"丑丫头，你能不能说快点儿说重点啦。"

云蝉一撇嘴："那日夏明山庄开英雄会，她又背着人挑衅，问我敢不敢和她比试，我一气之下就答应了……"

千钧摇头了："你知道自己武功不如她还和她比？"

云蝉愤然道："人争一口气，我要是不答应，岂不是更窝囊。"

"行行，你继续……"

"她两下就把我打趴了。我还奇怪她怎么打完就走，竟然没有和往常一样冷嘲热讽几句。还好我的丫头霁月眼尖，发现刚刚比试时她偷偷在我的衣服里塞了东西，我拿出来一看，竟然是英雄令。"

英雄令是那日英雄大会所设的奖励，胜出者可得，持令者可唤武林群雄为他做一件不违反侠义的事。

千钧一拍腿："她是要陷害你偷了英雄令？"好俗的手段，不过对付这个傻丫头倒是也够了。

云蝉点点头:"霁月看到以后气极了,拿起英雄令就追上去要教训姓谭的女人。那女人当然死不承认,霁月武功比我好,就和她又打了起来,结果惊动了其他人。"

说到这里,云蝉忽然咬牙:"结果那女人,竟然当众指着霁月说,是霁月偷了英雄令被她发现后,才打起来的。"

"哦,那英雄令当时在那个霁月的手里,所以你们肯定是有嘴说不清了。"千钧百无聊赖地接口。

"然后那个死夏意过来了,他一向讨厌霁月,竟然二话不说就夺了霁月手里的鞭子要抽她,我当然急了,就扑上去了……"

"原来是这样,他要打的不是你啊。"千钧听完觉得一阵没趣,想了想又问,"夏庄主为什么讨厌你的丫头啊?"

"鬼知道。大概是因为小时候每次他整我的时候,霁月都会帮我出头吧。"云蝉倒是没深想过这个问题,随口答道。

听完了八卦,千钧伸了一个千娇百媚的懒腰,起身走出洞穴,引得裙上的金铃一阵脆响。

云蝉忙叫住她:"喂,你去哪里?"

"去湖里洗个澡,刚刚抓着你跑出了一身汗,难受死了。说起来你可真重,我早该想到芙蓉仙子身姿轻盈,怎么就没及时发现抓错人了呢。"

"……"云蝉一阵气闷,可是看一眼荒凉的洞穴,她还是慌忙跟了上去,"等等,别丢下我一个人,带我一起去啊。"

林间有一处清凉的泉水,也不知千钧是怎么找到的。

看到美人轻解罗衫缓步入水的景致,天上惨淡的月光也变得如梦如幻起来。千钧白皙如玉的手臂在水里撩起一圈圈水花,然后朝着云蝉妩媚一笑:"你不下来?"

那杏眼里荡着盈盈秋水,看得云蝉一阵呼吸困难,她拍拍胸脯,幸好自己不是男人，否则肯定把持不住啊。

才刚刚入五月，夜风微凉，云蝉伸手试了试泉水："太凉了，我还是不下来了。"

她话刚说完，"扑通"一声，人就被拽了下去。

"你干什么，我衣服都湿了！"

"嘻嘻，有什么关系，就连衣服一起洗了嘛。"

看看美人，一颦一笑皆是勾魂摄魄动人无比。再看看自己，怎么就彻底是一副落汤鸡的囧样呢？云蝉惆怅了。

"你叹什么气啊？"千钧的美目转向云蝉。

"叹你长得美，比谭诗瑶美多了。怎么会有人说你没她好看呢。"

"真的？"千钧圆圆的杏眼都笑弯了起来，想了想又说道，"你虽然丑，可是你未婚夫长得好看啊。哪像我的未婚夫，又老又丑，和我比起来，还是你赚了啊。"

云蝉好奇："你的未婚夫？是谁啊？"

"我也不知道他叫什么，只知道是墨阁的阁主。"

什什……什么！千钧竟然是楼溇的未婚妻？

云蝉立刻震惊了："你觉得墨阁的阁主又老又丑？"楼溇那么好看，姑娘你的眼光到底是有多高啊。

千钧蹙起了柳眉："是啊。我师父还骗我说那个阁主她是见过的，保证俊逸非凡举世无双。结果我前几日曾偷偷跑去看了一眼，什么俊逸非凡啊，根本是个快要断气的死老头嘛，脸色黄得跟鬼一样。"

快断气的死老头？

云蝉转动了下自己那颗不怎么灵光的脑子，总算想到，千钧当时见到的多半不是楼溇，而是那个叛变篡位的余长老。而千钧的师父以前见到的却是楼溇，所以才会说墨阁阁主俊逸非凡。

该不该告诉她楼溇的事呢。

云蝉思忖了下，谨慎地问道："你是哪门哪派的啊？"

千钧顿时警惕:"不告诉你。我师父那个死老太婆,非逼着我嫁给那个恶心的男人,我好不容易才逃出来的,可不能走漏了风声。"

云蝉默。美人,你刚刚走露出来的风声已经够多了。

在泉水里泡得久了,云蝉的身子实在扛不住,不禁冻得微微发抖了起来。千钧鄙视她:"怎么说也是练武之人,你就一点儿内力都没有?风一吹就抖成这样。"

云蝉无语凝噎。小时候她和夏意对招总是不相上下的,害她一直以为自己的武功不错,长大了才发现自己连霁月都打不过,才知道以前夏意所谓的和她对招,根本是在逗她玩儿的。

"算了算了,不洗了。上去生个火烤烤吧。"千钧一撩长发,拖着云蝉就爬上了岸。

云蝉哆嗦着欣赏千钧穿衣服的美景,忽然隐约感到似乎有几道犀利的目光在看她。她头一偏,猛地瞧见树丛里藏着几双泛着绿色荧光的眼睛,正朝着她们越靠越近,竟然是几匹野狼!

她立时颤声大叫:"千钧,有狼!有狼啊!"

身后的千钧声音却气定神闲:"慌什么。你也是习武之人,打发几匹狼都不会?"

云蝉对着逼近的狼群步步后退:"不行的啦……我……"她后退到一半,眼角忽然瞄到穿好了衣服的千钧竟然手脚并用在往树上爬,她立马气得靠过去拽千钧,"喂,你让我对付狼群,自己却想躲树上去?不行,你下来对付它们。"

千钧也急了,死命想要蹬开她的手:"开玩笑,那些可是禽兽哎,很凶残的。我这么美,怎么打得过。"说完,继续努力往树上爬。

这跟你长得美有一毛钱关系啊,浑蛋!

云蝉死死拽住千钧的脚不放,感到身后的狼群的气息正在急速接近,她大着胆子回头一看,果然有一匹狼已经扑了上来,云蝉立刻尖叫起来。忽然,云蝉感到身体一轻,自己的双脚就离开了地面,并且越升越高,恢复心跳的云蝉往头上看去,原来她是被千钧拎到了树顶。

千钧趴在顶端一根粗壮的树枝上,好不容易将云蝉也提了上来,气喘吁吁道:"真险。"

死里逃生的云蝉瞪她:"你有这等轻功早点儿不用?想吓死我啊。"

"我也是一时吓呆了就忘了啊,本能地就想着爬树了。"

"现在怎么办啊?"

"等它们走掉吧。它们会走掉的吧?"

"别问我!我怎么知道。"

云蝉的衣服还是湿的,树顶风大,吹得她更冷,她不禁捅捅千钧的胳膊:"你再想想有没有别的法子?这么等下去不是办法啊。"

千钧闻言,倒真的认真思考了起来,片刻过后,她把手一拍:"有了。"她从怀间摸出一枚透骨钉,对准其中一匹狼就掷了出去。

破风而去的透骨钉直中咽喉,中招的那匹狼没挣扎几下就咽气了。

云蝉赞道:"好功夫!继续啊。"

不想千钧却对她摊手:"没暗器了,就那一枚。"

云蝉傻眼。

底下的狼群见到死了同伴,很快全体仰头号叫了起来,也不知是在哀悼还是在召集更多同伴来。那狼嚎声凄厉无比,云蝉听得毛骨悚然,悲愤道:"你就一枚暗器你扔个头啊!"

千钧一脸委屈:"我以为杀一个也有威慑作用,可以把它们吓退的嘛……"

"咔——"

黑暗中忽然传来一声脆响。

云蝉身体顿时僵硬:"那个,千钧,你有没有听到什么声音?"

千钧也有些花容失色:"好像……是树枝断裂的声音?"

"咔嚓——"

下一刻,终于承受不住两人重量的树枝彻底断开了。千钧反应灵敏,一个箭步就抱住了旁边的树干,却来不及抓住往下掉的云蝉。

"哇——"要不要死得这么惨啊!猛然下落的云蝉眼睁睁地看着树下的狼群向她露出森冷的獠牙,害怕得只剩下本能的尖叫了。

就在她快掉入狼口的一瞬,月夜下一道红色的身影急速飞来,稳稳接住了她。

云蝉喜道:"死夏意?!"

夏意一手抱住云蝉,一手挥剑,手法干净利落,很快便割破了好几匹狼的咽喉,其余的狼见状,顿时纷纷呜呜地撤退了。

见狼群撤去,他松开云蝉,提起剑又要起身往树顶的方向跃去。

云蝉连忙拉住他:"别伤她!"

夏意却斜她一眼:"已经跑了。"

云蝉仰头一看,果然树上只有几根树枝在晃动,早已经没了千钧的身影。

夏意语气冷淡地问:"她是什么人?"

瞅瞅他的脸色,云蝉老实地答道:"我也不清楚。"

夏意闻言哼了一声,默不作声地掏出帕子擦拭剑上的血迹,气氛一时有些僵。

沉默了一会儿,还是云蝉先开口:"你怎么来了?"

"不希望我来?是了,你比较希望那个楼大侠来吧。"

"谁也没有这么说吧。"

"你喜欢他。"

云蝉大囧:"胡说八道!"

夏意冷哼一声,眼睛望向别处:"你还为他上药。"

"你怎么还在计较这个,不就一点儿金疮药吗?"

"你竟然还为他打我。"

"打你是因为你浑蛋,关喽……楼孤雁什么事啊。"

"我浑蛋?哼,那你等他来带你回去吧。"夏意愤然收剑回鞘。

"谁稀罕你来了,你要走就走,我不用你管!"云蝉对着夏意,可比对着楼溇时有骨气多了。

男子闻言，面无表情地瞥她一眼，果然转身就走。

连带着天上的月亮也跟着躲进了云里，四周一时寂静无声，云蝉抱住冷得发颤的双肩，缓缓蹲下了身。

明知道死要面子活受罪的道理，为什么还是要倔强？

无非是仗着对方一定会回头罢了。

果然，云蝉缩着脑袋才骂完第一遍"死夏意"三个字，一件红色的锦袍就从头顶而降，狠狠地裹住了她瑟瑟发抖的身体。

夏意臭着一张脸："死小蝉，走啦。"

云蝉眼圈一红，大小姐脾气发作："就不走，夏意大浑蛋。"

听出声音里的哽咽，夏意迅速俯下身："小蝉？"

她的眼圈更红了："死夏意，我前几天差点儿被人杀掉，可是今天一见面，你就知道找我碴儿……"

夏意心中蓦地一疼，连忙伸手抱住她："对不起，你又咬我？！"而且还是精准无比地咬在上回的同一个位置上。

忍了一阵，向来桀骜的夏庄主也疼得面部一阵抽搐，只得抽出手来耐着性子摸摸她的脑袋安抚："回去吧？"

云蝉松开嘴，眼睛一闭："走不动。"

泛着桃花的眼角抽了又抽，不可一世的夏意到底还是弯下了他尊贵的腰："上来，我背你。"

女子这才终于咧嘴一笑，欢喜地爬上他的背。

从很早以前就知道，有一个人从小和她吵到大，但是最后一定会对她低头。所谓脾气，就是这样被惯出来的。

云大小姐全天下只爱折腾一个人。夏大庄主全天下只对一个人折腰。

林影婆婆。

悄悄溜走的千钧一边感叹着好险，一边疾速奔驰。快要奔出树林的时候，她的脚步忽然硬生生刹住。

前方有个水色长衫的男子在月下而立,笔直的站姿无端让人感到一股浩然正气。

原来今晚在源清派听到动静追出来的,不止夏意,还有沈耀。

千钧看清前方的人,妩媚地笑了:"原来是你啊。你不是说我不如你师妹好看,还眼巴巴来见我?"

老实的沈耀显然不习惯被调戏,站姿依然硬朗,俊脸却有些红了,好在在夜色下看不清楚。

"妖女,你竟然劫走了云姑娘!"

千钧跃上身旁的树,坐在树干上晃荡着双脚:"错了,我要劫的是你那个小师妹。"悠悠一叹气,她又道,"原本还想在你小师妹那芙蓉花一样的脸上划两刀的,可惜劫错了人。"

沈耀脸色一变,立时拔剑相向:"心肠如此恶毒,沈某今日绝不能放过你。"

"还不是因为你不肯给我英雄令,又说我不及谭诗瑶好看。"千钧挥出金环接住沈耀飞身刺来的剑,随后轻盈地绕到他身后,向着他的耳根吹了一口气,"不过,你打算怎么个不放过我法儿?"

沈耀身形一震,毫不犹豫地旋身挥剑。

千钧连忙后退飘至两丈远。双脚落到了地面,她抬起杏眼望着树上的沈耀,有些泄气。难道她是真的没有天分,白跟着师父学了这么多年怎么做妖女?就算她确实是出师以来第一次勾引男人,但是看这人丝毫也不怜香惜玉的架势,她也失败得太彻底了吧。

千钧幽怨地看着再次向她袭来的沈耀,愤愤地拔下发间唯一的一支金簪随手掷出去。霎时,一头青丝倾泻,月光下的千钧美丽得不可方物,然而对面的沈耀却看也不看她一眼,只迅速回手举剑,挡住了向自己飞来的金簪。

"真是个木头。"女子的声音很好听,说这话时语气却带上了点儿嗔怨。

待沈耀再次落地站定时,千钧美丽的身影已经在月夜下消失得无影无踪了。

皓月当空，繁星满天。一男背着一女缓缓走在山野间，空气中有静谧温馨的味道在流淌，是一直可以走到下辈子的味道。

云蝉伏在夏意背上，双手牢牢地搂着他的脖子："喂，你那个金疮药真的很贵吗？"

"还好啦。"再贵都没有小蝉珍贵就是了。

"那你还那么小气斤斤计较个什么？"

计较的明明不是药，夏意叹一口气："小蝉。"

"嗯？"

"以后不会再让你受伤了。"

虽然不怎么可靠，但是对方突如其来的温柔还是让云蝉心跳漏了一拍，酝酿许久，她终于小心地开口："咳，死夏意，你那时抽了我一鞭子我也没有怎么样你。所以……所以今天白天我打你那一下也不许报复。"

"本少爷是那么心胸狭隘的人嘛。"

得了吧，你不狭隘才怪了。

夜深露重，云蝉打了个哈欠："死夏意，你走得也太慢了吧，这样要什么时候才能回去啊？"

夏意回头瞧她，桃花眼里有光华流转："小蝉，我们不回源清派了，我直接带你回飞云堡好不好？"

云蝉昏昏欲睡，歪着脑袋迷迷糊糊地答道："不行啦，谭伯伯都通知我娘来源清派接我了。"而且，好像还有个受伤的喽啰也在呢。

看不到男子那双漂亮眸子里的失望之色，云大小姐脑袋一歪，终于安安心心伏在某人背上进入了梦乡。

急转直下（七）

四日后，源清派迎来了浩浩荡荡一大群人。飞云堡堡主云天海和夫人秦湖带了一拨人马亲临，源清派连久未开启的斑驳大铁门都拉开了，不算宽敞的前厅里一时挤满了人，向来清静的源清派也显得热闹起来。

云蝉此刻还窝在床上睡得天昏地暗，忽然就感到身上压上来一个重物。

"小姐！"

云蝉惺忪睁眼，看到眼前一张放大的清秀面容，不由得惊喜道："霁月！你来了。"

霁月上上下下地检查了一番云蝉，见她没有缺胳膊少腿，便抓起她开始数落："日上三竿了，小姐在别人家里怎么也起得这么晚，不怕人笑话？"

云蝉嘀咕："霁月，你怎么越来越像我娘了。"她转头四处张望，"就你一个人来？我爹娘没来？"

"夫人听谭掌门说那个救了小姐的楼大侠中了毒，就说救人要紧，她要和堡主先去看看飞云堡的恩人。"

云蝉一惊，脑子忽然灵光了起来。

坏了！楼溇脖子上的青痕虽然被遮住，但是以娘的眼力必定一眼就能看出来他是中了化功散。

云蝉忍不住就敲自己一脑袋。她太思虑不周了，先前只想着让娘来救楼溇，可是他为何会身中飞云堡独门化功散，这该如何解释啊。倘若被秦湖识破他就是那日劫持她的人，按堡主夫人的脾气，绝对是一刀宰了干净。

这本该是她喜闻乐见的结局，可为什么想到此处，她的心情却复杂起来了。不知道何时起，她开始不太希望楼溇死掉了。

骨碌一下爬下床，云蝉飞快地就向门外奔去。

霁月大急："小姐你去哪里？你外衫都没穿呢！"

云蝉一心只想阻止秦湖见到楼溇，跑得那叫一个飞快，完全没注意到自己此刻衣衫不整。等霁月捧着她的外衫追出来的时候，哪儿还有云蝉的影子？偏偏霁月不认识源清派的路，只急得在心里哀号着完了完了。

好在源清派人少，云蝉一路上竟然都没遇见人，等她快跑到楼溇房间的时候，正好看到拐角处谭英领着云天海和秦湖往这边走来，谭诗瑶和沈耀也跟随在后。

云蝉舒了一口气，正要出声唤他们，忽然一只大手从背后捂住了她的嘴，紧接着腰上一紧，她就被人拖到了假山后。她忙挣扎着向后看去，发现竟然是楼溇。

他对她做了个嘘的动作，然后按住了她的脑袋，从假山缝里观望外面的情况。

云蝉脑袋被按在楼溇的胸膛上，只觉得气都喘不过来，脑袋"轰"的一下又没法思考了。

许久，楼溇才放开她，看她憋得红红的脸色，笑道："他们走了。"

云蝉愣愣的："怎么走了？"

"进房间找了一圈儿没找到我，以为我不在，就差人寻我去了。"楼溇目光毫不避讳地盯着怀中人的凌乱衣衫，笑意更深，"穿成这样就跑出来了，你这么迫不及待要找我？"

云蝉莫名其妙地低头审视自己，然后瞬间晴天霹雳天崩地裂。

她怎么只穿着内衣啊，因为睡得太热领口还大大敞开着。

她猛然抱住胸口就要跑，楼溇眼疾手快一把将她拽了回来："你就这样出去，也不怕被人看见？"

那难道继续留在这里被你看哪！

云大小姐这回受的打击太大，瞬间杀人灭口的想法又涌上了心头，对着楼溇目露凶光。

楼溇看她一副要杀人的表情，好笑道："别瞪了，我可以对你负责啊。"他将她搂近了点儿，亮晶晶的双眸似乎在蛊惑她，"反正你不是一直说你和夏庄主关系不好吗？索性就不要再跟他……"

话还没说完，云蝉忽然猛力推倒了他，然后……开始扒他的衣服。

楼溇毫不抵抗，一副任由云大小姐为所欲为的样子，同时啧啧惊叹："这么主动？"

云蝉两三下就扒下了他的外衫套到自己身上，然后憋着红得可以滴血的脸，强撑着吼了一句"去死吧你"，立刻头也不回地跑掉了。

被剥得衣衫凌乱的男人仰天倒在草丛里，望着她离去的方向，笑眯了眼。

而云大小姐可一点儿也笑不出来，做贼似的躲躲闪闪往回跑。回去的路上依旧很狗屎运的没有遇到任何人，然而就在快要接近终点的时候，她的狗屎运终于到头了。

一个红色的身影堵在她门口，眼神阴晴不定地上下扫视她。

这件外衫，分明是男人的，而且没记错的话，好像还是那个男人的。

夏意的脸上满是山雨欲来的神情："怎么回事？"

"关……关你什么事。"云蝉对着夏意难得有些底气不足，她垂着头不敢看他的表情，又急着想进屋换衣服，只好硬着头皮撞开他就往里走。

可是身边的人哪会这么容易就放过她。云蝉的手臂突然被大力拽过去，一阵天旋地转后，她被拉进了屋内，伴随着一声巨大的关门声，她感到自己的身体被狠狠压在了门板上。

连往日里傲视一切的神情都退得无影无踪，夏意的表情是从未有过的生气。云蝉第一次感受到他这么剧烈的情绪，一时间吓得声音都有些发颤："死夏意，你、你干吗？"

"你和他，做了什么？"

云蝉顿时明白过来，奋力推开他："什么做了什么！你龌龊！"

"我龌龊？"夏意怒极反笑，"他的衣服就干净了是吗！"

眼见云蝉要推开自己，夏意简直气疯，一手抓住她反抗的双手，另一手大力一撕——"哗啦"一声，套在云蝉身上的男人外衫就被剥了下来。

云蝉这下真的害怕了："死夏意，你别……"后面的话已经来不及说出口，她的嘴被两片温热的唇狠狠堵住了。

"轰——"云蝉的脑袋再次炸开。

后脑勺儿被粗暴地扣住，牙关也被毫不温柔地撬开，带有侵略性的舌尖探了进来，伴着一种纠缠到死的感觉，惹得她不仅脑袋无法思考，连呼吸也不会了。

而就在她快要憋死的时候，门外忽然有敲门声响起。

"小姐，你在里面吗？"霁月捧着云蝉的衣服找了一圈儿没找到人，想到还是回来看看，却发现房门被反锁了。

敲门声一声急过一声，云蝉终于清醒了过来，开始死命挣扎。夏意却没有一点儿要放开她的意思，反而更加死死扣住了她的脑袋不许她躲。

妈呀，真的要憋死了。

本着求生的本能，云蝉的牙齿对着那纠缠自己的舌头狠狠咬了下去，血腥味顿时在口中弥漫开来，然而夏意像是感觉不到痛一般，仍是丝毫不肯放开她。云蝉无法可想，眼泪终于夺眶而出。

尝到嘴边有咸湿的味道，夏意总算缓缓离开她的唇。

得到解放，云蝉大口大口喘着气，然后抬手就抽。

一回生二回熟。"啪"的一声，夏大庄主短短几日内又收到了生平第二个耳刮子。

云蝉这次没有畏惧，恶狠狠地瞪他："夏意大浑蛋！"

夏意完全没了平日里的风采，漂亮的桃花眼里也一丝温度也没有："我知道了。"

他在她眼里就是个浑蛋而已，他知道了。

敲门声仍在继续，夏意再不看她一眼，漠然起身拉开门走了出去。

门外的雾月见到夏意一脸阴霾地走出来，吓了一跳，连忙挤进屋。只见地上有撕破的男子外衫，而云蝉散乱着头发抱膝而哭，嘴里好像还在呜咽着说着什么"夏意大浑蛋"。

雾月快步走过去，惊慌地捧起云蝉的脸，发现她的嘴唇红肿一片，心下立刻了然，大怒道："夏庄主对小姐用强的？我去宰了他。"

云蝉赶忙一把拉住了她，泪眼模糊："我要见爹娘。"

源清派的人寻了一圈儿都不见楼孤雁，众人都很是奇怪，聚在前厅商量。飞云堡堡主云天海是个身材高大的江湖豪客，此刻正踱着步子在厅里来来回回地走。

"爹，娘！"踏入前厅，一看到熟悉的身影，云蝉就跟小狗一样扑了上去。

"飞云堡的女儿，当着这么多人面撒娇，丢人不丢人。"秦湖见到女儿，面上一凶，手上却紧紧搂住了她。

云天海早就思女心切，要不是夫人坚持要先找到楼孤雁要紧，他早就跑去看小蝉了，此时看到小蝉，更是凑上去就想抱头痛哭，可惜被秦湖一巴掌拍开："小的爱撒娇，老的也不正经，所以我就说不能让你们先见面，一把鼻涕一把泪的丢人不丢人？"

娘亲，嫌丢人你还把这话说这么大声……

云蝉的嘴唇在雾月的帮忙处理下已经消了肿，因此也没人看出异样。见到久违的家人，云蝉心里一酸，举起还绑着木片的手指："疼。"

"断了两根手指而已，喊什么！"秦湖说归说，做娘的到底心疼，很快便抓过了女儿的手腕细细研究。

云天海抱不到女儿，只得围在一旁打转："小蝉，听谭掌门说是楼孤雁救了你？"

云蝉"嗯"了一声："爹和娘也听说过楼孤雁？"

"鸿雁孤飞，也是个江湖上响当当的侠士。你这丫头倒是运气好，怎么会碰上他出手相救？"秦湖琢磨了女儿的手指半响，又问，"听说他中了毒，娘本想先去看看他的，可是这会儿找不到他人。小蝉可有见到他？"

云蝉含糊地说："之前谭伯伯已经给楼大侠请了大夫，他已经好得差不多了，可能走了吧。那个……小蝉手指疼，娘先帮我看看手指。"

一旁的谭诗瑶蹙眉怀疑："楼大哥不像是不辞而别的人。不会是出了什么事吧？"

沈耀也开口了："也问过守门的几个弟子，今日没见楼大侠出门。"

云蝉信口搪塞："也许是在房里待闷了就去后山散步了吧。源清派这么大，风景又好，一时半会儿看不到人也不稀奇啊。他那么大个人，难道还能走丢了。"

谭诗瑶轻哼："楼大哥怎么说也是你救命恩人，还中着毒，你倒是一点儿也不关心。"

"瑶儿！"谭英立刻皱眉出声喝止，然后转向其余众人，"已经差了人去寻楼少侠，云堡主和云夫人旅途劳顿，还是先去休息。若寻到了人，老夫必会通知。"

众人点头，也只好这么办。

在谭英安排的客房里，秦湖将可怜的云天海赶了出去后就忙着帮云蝉检查伤势，顺口问道："对了，小蝉，那个楼孤雁是怎么救你出来的？"

"呃……还是多亏了娘的化功散啊。那个贼人想用内力强压，结果经脉逆行，我见状就逃跑了，那人在后面追我，被楼大侠看到了，就出手救下了我。"云蝉信口胡编，又话锋一转，"对了娘，你的化功散可真是厉害，身上还有没有？"

秦湖奇怪："你要化功散？"

云蝉立刻点头:"是啊,我瞧那化功散那么厉害,也想拿点儿防防身嘛。"

秦湖摇头:"就你那点儿身手,使得不小心怕是自己先中了化功散。"

上钩了,云蝉暗喜:"所以,娘把解药也一并给我嘛,那就不怕了啊。"

"笨丫头,临阵对敌,一个间隙的疏忽就足以致命,到时候哪还有工夫让你服解药?"秦湖鄙视地看着自己女儿,不客气地点她的脑袋,"想使化功散,先把撒暗器撒毒的那些手上功夫练好了再说。"

等她练好了?那时喽啰还有命在吗。

云蝉苦恼了,可一时半会儿又想不出别的借口,又怕问多了娘起疑,只得心虚地转移了别的话题。

等云蝉从秦湖那边出来的时候,天上的星星都出来了。

源清派建得确实诗情画意,连夜晚的风景都让人沉醉,云蝉不知不觉就走到了楼漊房前的假山之后。那是白天他俩分别的地方,她本是下意识随意看看而已,哪知抬眼竟然真的看到楼漊抱着胳膊靠在假山之上,似乎就在等她的样子。

她立刻跑过去:"你没躲起来?"

"我干吗要躲起来?"楼漊抱臂而立,满天的星光洒在他身上,衬得他更加美好得不真实。

云蝉急了:"你身上中着化功散,不能被我娘看见。否则你就死定了,知不知道!"

"就算不被她看见,我也一样要死了啊。"

云蝉讪讪地嗫嚅:"我刚刚没跟娘要到解药……"

"我知道。"

"你怎么知道?"

"你跟你娘要解药的时候,我在外面听着呢。"

云蝉惊出一身冷汗:"你不要命了?"竟然还敢跑到她娘附近晃悠。

楼漊却自顾自继续说:"你家人对你很好。"

好落寞的味道。云蝉岔开话题,拍拍胸脯:"放心,我一定能搞到化功散的解药,你再撑几天……"

楼溇忽然打断她:"根本就没有花容这种毒,我是骗你的。"

云蝉却不怎么惊讶:"我早猜到了啊。"死夏意曾搭过她的脉,看他当时的表情她就知道自己八成没中毒。而今日娘也给她搭过脉,更是没有发现异常。

"你猜到了?"楼溇的眼睛立即亮亮的,"那你还想给我找化功散解药?"

对于这个问题云蝉自己也很不解,有些别扭道:"总之本小姐恩怨分明,你也算为我挡过刀……"

"你不想我死。"楼溇再次打断她,笑容能照亮整个夜空。

云大小姐越发不自在了:"总之化功散的解药我会尽快想办法,你注意别给我娘看见,这几天你先待在房里不要出来,我娘来找你你就装睡,反正她总不能硬闯一个男子卧房……"

楼溇微笑着看她一脸絮絮叨叨的样子,忍不住就想伸手搂她。

云蝉却像受惊的兔子一样跳开:"你现在的生死可是掌握在本姑娘手里,还敢轻薄我!"

他莞尔:"反正轻薄一次也是轻薄,两次也是轻薄。再说你这么难看,我这么好看,其实吃亏的是我啊。"

简直岂有此理!云蝉炸毛:"谭诗瑶好看,你怎么不去轻薄她!"

"不要她。"楼溇一脸认真地蹭了过来,"白天的时候我说了要对你负责的。"

"负责你个头啊!别说得我们好像有什么一样!"

"我们没有什么吗?"楼溇顿时哀怨起来,眼神仍是牢牢地黏在她身上,"你白天都对我这样那样了,你不要我?"

脸皮薄的云蝉立马涨红了脸,转身就跑。

夜风吹起了路边娇羞的花儿。远处的一方暗角,正矗立着一红一青两个人影。而两人所在的角度,正好能将刚刚假山后面的情形尽收眼底。

"庄主,可要属下去杀了他？"青麒低头请示。

夏意远远望着云蝉离去的方向,声音里满是冰冷："你没看见她那么护着他,你要在这会儿杀了他……"

知道他口中的"她"是谁,青麒立刻惶恐跪下："属下一定不会让云大小姐发觉。"

"他现在的身份是楼孤雁,你当这里是哪里？我上次一时沉不住气对他出手,你不劝着,现在还想来坏事？"似乎连温和的夜风也变得瘆人起来,夏意的眼神里开始浮上一层戾气,"更何况,凭你的身手根本杀不了他,到时候恐怕还会反过来被他杀了。"

了解自家庄主的脾气,知道夏意此刻已是怒极,青麒额上不禁有冷汗流下："庄主放心,属下、属下即使肝脑涂地,也一定完成任务。"

夏意没有马上说话,许久,他才闭了闭眼："算了吧,你可不能死。"

跪在地上的青麒知道他没说完的后半句话。

你可不能死。因为她认识你,凡是和她有些交情的人死了,她都要伤心。

打道回府 (一八)

飞云堡众人来到源清派的第二日大早，谭诗瑶敲开楼溇的房门，却只在桌上发现了张字条。

众人接到消息，也都赶来了。

沈耀看完字条，说道："楼大侠说自己已痊愈，有要事先行离开了。"

云蝉立刻反驳："不可能。"

谭诗瑶狐疑地转头看她。

云蝉噎了噎："呃，你不是说他不会不告而别的嘛。"

"既是留了信的，就不算不告而别。"沈耀转身吩咐一个师弟，"昨晚守门的是哪位师弟，去问问。"

很快有源清弟子来报："昨天半夜确实见到楼孤雁大侠出去了，说是有要事要办，因为天晚，他吩咐我不用惊动各位了。"

真的走了？可是化功散的解药还没有给他拿到啊。

云蝉内心莫名焦躁了起来，忽然又一个源清弟子来报："夏庄主今天清晨也启程回庄了，说是走得匆忙未能告别，请掌门见谅。"

云蝉愣住，浑蛋夏意也走了？

秦湖察觉到女儿的表情有异，问道："小蝉，你和意儿发生了什么吗？"

飞云堡与夏明山庄相隔极近，云蝉与夏意又自小就有婚约，要回去的话于情于理都该两家一道同路。有什么事让他们撇下飞云堡先走，甚至连个招呼都不打？

云蝉咬住嘴唇心虚道："没发生什么啊。"

秦湖看她的表情就知道一定有事，但是当着其他外人的面也不好多问什么。等待众人散去后，她便和丈夫商量了下，再三谢过了谭掌门后，也决定告辞回去了。

从源清派出发的时候，云蝉因为手上的伤没好而握不住缰绳，于是就没有骑马，由霁月陪着坐在了马车里。她以前一向没有什么心事，这几日历经艰险，心里竟然压进了许多事来。

霁月看着云蝉闷闷不乐的样子心里也很担忧。她虽然经常见到云蝉与夏意吵架，但那日在源清派里，夏意从云蝉房里出来的模样实在是前所未有的凶狠。然而她追问了几次，云蝉都死活不肯多说，还不准她告诉堡主和夫人。

思绪飘了飘，霁月又想到在源清派时，曾听几个小弟子说起那个救了云蝉的楼孤雁长得惊为天人，云蝉之前天天跑去照看他。

难道夏庄主那日发飙，是与此有关？

想到这儿，霁月伸手在云蝉出神的脸前晃了晃："小姐，听说那个楼孤雁长得很好看？"

"还行吧。"云蝉回神，无精打采地答道。

"比起夏庄主呢？"

"比那个浑蛋当然好多了。"云蝉的声音忽然拔高。

霁月佯装自言自语："夏庄主之前听说小姐被劫，明明紧张得立即就来追查了。怎么如今倒是一声不吭先走了？"

"哼。拉倒，谁稀罕和他一起走呢。"云蝉自从昨天白天再度抽了他一巴掌过后也是再也没见到他，而且一想到他就懊恼。

云蝉狠狠吐出胸中一口闷气，干脆闭目养神了起来。

队伍里有了马车，行程就要慢许多，众人直到快要天黑的时候才赶到了镇上，按秦湖的吩咐在一个客栈前停下。

云蝉掀开帘子跳下马车，正要抬步往客栈走，忽然看到众人中有个水色长衫的身影。她奇怪道："沈耀，你怎么也在？"

沈耀听到问话，照旧是礼貌地行礼："家师要我去附近办事，所以云堡主邀我与你们同路。"

云蝉"哦"了一声，恹恹地也懒得多问，很没礼貌地就转身要走，结果被秦湖看见了，又赏了她一个大栗暴。

唉，总之越是心情不好的时候，越是诸事不顺。

入夜，云大小姐独自在客栈的一间上房里，正抱头在床上滚来滚去想心事时，耳边听到了一阵细微的铃铛声。

抬眼就看到千钧美丽的容颜，云蝉立马缩到床角："你又来干吗？"

千钧郁闷地爬上床，捏住云蝉的脸："来找你玩儿啊。"

云蝉拍开她的手："找我有什么好玩的。你……你后来没去伤害谭诗瑶吧？"

"那女人可比你厉害多了，哪那么容易被我得手。"千钧蹂躏不到云蝉的脸，便无聊地一头栽倒在床上，长长的青丝和纱质的罗裙铺散在床单上，当真是美不胜收，看得云蝉又是一阵咽口水。

千钧看着云蝉花痴的模样，总算找回一点儿在沈耀身上被挫败掉的自信，开心地引诱她："想来非礼吗？"

云蝉被她逗笑了，昨天以来的郁闷情绪一扫而空，笑道："你收敛点儿吧，我爹娘就在隔壁。你到底来干吗的？"

"来偷英雄令的。"

"英雄令？不是在沈耀手里吗？"

"是啊。可是我骗也骗不到，打也打不过，他一点儿都不中我的美人计。我问他难道我不够美吗？结果他说我不及他的小师妹美。"

哦，原来那次说的有人说她没有芙蓉仙子好看，指的就是沈耀啊。

云蝉安慰她:"他胡说的,你可比谭诗瑶美多了。"

"有什么用,还是吸引不了他。怎么办啊?"

呃……云蝉想了想,这个问题貌似她答不上来,只好转移话题:"你要英雄令做什么?"

"当然是要号令天下英雄为我做件事了。"

云蝉好心提醒道:"有英雄令在手也不是什么事都能做的,只能号令大家做不违反侠义的事啊。"

千钧撇嘴:"我知道啊。我只是想用英雄令找个如意郎君,不算违反侠义吧。"

找如意郎君?云蝉瞪眼无语。

千钧却扬扬自得:"到时候我看中了哪个,就动用英雄令让他娶我。就算是我师父也逼不了我去嫁给那个死老头了。"

云蝉接口问道:"那你看中谁了吗?"

一瞬间,千钧脑海中闪过一个正气凛然的水色身影,她用力将那身影甩出脑袋,撇嘴道:"还没有。"

云蝉转转眼珠,一拍掌:"那我给你介绍个!"

"要长得好看的。"

"好看,保证好看。"

"哦,那说来听听。"

"鸿雁孤飞——楼孤雁楼大侠,听说过吗?"

千钧歪着脑袋想了想:"好像听说过,不过没见过呢。你认识他?"

云蝉点头,语气是十分肯定:"认识认识,绝对风神俊秀玉树临风帅到天昏地暗日月无光。"

千钧果然动心:"他人在哪里?"

云蝉严肃道:"不知道,所以要靠你自己打探了。呃,你若找到了他,顺便来飞云堡告诉我一下。"

千钧不笨,立刻起疑:"丑丫头,你只是想利用我找人吧。"

"哪有哪有，主要目的是让你找到如意郎君啊，告诉我只是顺便而已。真的，他救过我，我还欠他一个人情没还，所以才想找他。"

"你为什么不自己去找？"

云蝉叹气："这里面有些复杂啦。"

楼溇中化功散的事不能让爹娘知道，所以不能动用飞云堡的力量去找，而死夏意那边……不行不行，想到就烦。

更何况也不知道墨阁那边还在不在追杀他，因此楼孤雁就是墨阁前阁主的事，更是不敢随便告诉千钧。

一旁的千钧观察了云蝉皱成一团的小脸许久，自己猜出了一番缘由后，恍然大悟道："我知道了，你不敢自己去找他，是怕那个夏庄主吃醋对不对？"

猛然听到那个刻意不去想的名字，云蝉立即臭起了脸。

"看来被我说对了呢。"千钧拍手笑道，八卦之心又起，"我今天先前还在前面一个镇上看到许多夏明山庄的人，那个夏庄主也是这样臭着一张脸呢，好像别人都杀了他全家一样。我当时还奇怪你们怎么不一起。怎么啦，你们吵架了？不会就是因为那个楼孤雁吧？"

云蝉把脸埋进枕头："别提他了。"

千钧哪里肯听，戳着她的后脑勺儿催促："说来听听嘛，说出来姐姐给你分析分析。"

"反正……我穿了楼孤雁的外衫……他看到了，气得不得了，就那个啥了我……然后我打了他，然后他就气走了……"

"等等，等等，最关键的部分你别含糊带过啊，他怎么了你，难道……"千钧捂嘴瞪大了眼睛。

云蝉大囧："你别乱想！就是、就是亲、亲了……"声音渐渐小得和蚊子一样。

"什么嘛，就亲了一下啊。"千钧无语地看着她，"姑且不论什么原因，你身为夏庄主的未婚妻，穿了别的男人的外衫，他能不生气吗？而且他就亲你一下，你竟然还打他？"

云蝉抗议:"什么叫就亲一下!"这可是很严重的事好不好!

"你不喜欢他亲你吗?你不喜欢他?"

云蝉被问得一愣,低头默然不语。

与其说是不喜欢,不如说是从没想过喜欢不喜欢这个问题。小时候爹娘擅自做主给他们定了亲,她仍是丝毫不认为长大以后就真的会嫁给他。说起来,他们两人从小每次说不过三句话就会吵架,她根本无法想象以后嫁入夏明山庄当他夫人的情形。不过,她倒是能想象夏意到时候悔婚的模样,肯定是一脸不屑地说"要本少爷娶你,你也配"。

千钧见她发呆,不由得出声:"丑丫头?"

云蝉木然地说:"反正,不管我喜不喜欢他,他以后都不会理我了。"昨天夏意夺门而出时的那副凶狠表情还历历在目,她还是生平第一次见他露出那么生气的表情。

千钧简直恨铁不成钢,死命戳着她的脑袋:"你笨啊。他生气说明他吃醋,他喜欢你还来不及,怎么会不理你。"

见云蝉还在发呆,千钧又自顾自一脸羡慕地感叹:"那天你从树上掉下后差点儿落入狼口,他赶来救你,抱着你的时候就像捧着一个宝,我在树上看得清清楚楚呢。"

可是死脑筋的云蝉依旧一口咬定:"下次我就算被狼吃掉,他也不会管我了。"

好难过,一直刻意不去想才能装得若无其事,因为只要想到就难过得想要掉泪。这是不是就算是喜欢呢?云蝉第一次思考起了这个问题。他是她的青梅竹马,虽然总是吵架,却不可否认他是她很重要的人。云蝉不知道这份感情,是不是就能归结为喜欢。

看着云蝉一脸纠结的表情,千钧摸着她的脑袋安慰:"没有那么严重啦,只要你去和夏庄主道个歉,我保证你们就能和好如初。"

"哦。"云蝉答得有气无力。就算她想和他解释,可是他一声不吭走掉,摆明了已经不想见她了。

见她还是不开心，千钧终于哄道："别不开心啦。楼孤雁那边我去找，嘿嘿，偷偷地找，你放心。"

云蝉感动："千钧，你真好。"

千钧别扭了，强调道："我是为了自己，可不是为了你。我是妖女，不是好人。"

云蝉只好换个夸法："嗯，全天下最美的妖女。"

注意到千钧今晚一直散着头发，她又问道："你的簪子呢？"

千钧毫不在意："丢了。反正我天生丽质，披着头发也好看。"

云蝉闻言，立刻拿过包裹打开："你挑几支我的簪子吧。若是和人打起来，披着头发也不方便啊。"正好霁月这次从飞云堡来接她时带了不少首饰。

第一次有师父以外的人送她东西，千钧也有些高兴，仔细挑了一支镶了明珠的海棠木簪抬手插入发中，然后晃着脑袋问云蝉："好看吗？"

云蝉笑得有些僵："好看，你戴什么都好看。"

糟糕，这支海棠木簪好像是几年前夏意送的。可是刚刚是她让千钧随便挑的，说出口的话实在收不回来。看着千钧高兴的模样，云蝉心里暗叹一口气，罢了，一支簪子而已，那个死夏意反正也没什么概率发现，应该没关系的吧。

回到飞云堡已经十日，云蝉手上和背上的伤在秦湖的调理下好得飞快。只是整整十日，夏意都没再来看过她。

原本飞云堡与夏明山庄同在乌城相隔极近，以前除非是出远门，否则夏意隔三岔五有事没事都会来惹一惹她的。

是不是该照千钧说的去道个歉。不，她又没错，就算错了，那也不是她有意的，可是……还是去解释下比较好？缩头乌龟云蝉酝酿了十日，脑海中总是盘旋着夏意那日的凶悍表情，结果始终迈不出这个步子。

而且还有另一个问题，距离楼渌中化功散快满一个月了，倘若他如今还在用内力强压，那死期差不多就要到了。

云蝉先前曾与千钧约定，若有楼孤雁的消息便去乌城最大的茶社传书香里找人留言给她，因此她回来以后每日都会跑一趟传书香，但是至今却还是一点儿消息都没收到。

无奈，她只好跑去试探她老娘秦湖：“娘，中了你的独门化功散，若是不服解药，有没有别的办法化解？”

秦湖瞪她：“你不相信你娘化功散的威力？没有我的独门解药，聪明点儿的不动用内力可以死慢点儿，若动了内力，活不过一个月。"

"就没有别的办法可解？如果那人内力非常非常强呢，化功散也排不出来？”

"做梦！"秦湖习惯性甩手一个栗暴赏过去，然后才开始思考女儿提出的问题，沉吟半晌道，"嗯，若是强到和我师父那样的话，说不定可以。不过，也要费起码半年的时间才能将体内的化功散散尽，还要冒着经脉尽断的危险。"

"哦。"云蝉抱着额头郁闷，要和师公一样强啊？可是她又没见过师公，也不知道楼溇有没有那么强啊。

"你问这个做什么？"秦湖注意着女儿的表情，"小蝉，你最近和意儿是不是有什么事？"

"没、没有啊。"云蝉低头，眼睛不敢和她对视。

秦湖见她这样，正待开口要再说些什么，霁月却忽然奔了进来喊道："夫人，南阳的罗大当家来了！"

云蝉立即惊讶地起身：“罗叔叔？"

南阳的罗大当家名为罗寿，乃是夏意的嫡亲舅舅。

夏明山庄近几代庄主都去世得早，上一代庄主夏岳更是刚过二十岁就得病去世，当时的夏夫人罗扇因伤心过度，没几年也去了。夏家几代香火不旺，如此便只留下了夏意一个。罗扇出身于南阳的商贾世家，乃是罗大当家罗寿的亲姐姐，因此如今罗寿便是夏意唯一的长辈。

飞云堡会客的前厅内，堡主云天海正与罗寿谈天，两人年岁相当，一个江湖豪客一个名门富商，倒也聊得高兴，谈笑声传得老远。秦湖带着云蝉进门，也笑道："聊什么呢，这么高兴。"

云天海立即一脸喜气地转向秦湖："夫人，罗大当家是来请期的。"

云蝉冷不丁听到"请期"两字，脚下重重一抖，幸亏拽紧了她娘才没摔倒。秦湖先是望了云蝉一眼，才转头看向两个男人，显然也是颇为意外："罗当家，是来给小蝉和意儿定婚期的？"

罗寿哈哈一笑："是啊，两个孩子也不小了，又是从小订的婚约，是时候该选个吉日办礼了。云夫人觉得呢？"

秦湖欲言又止，犹豫了两下还是转头去看女儿的意思，却只见云蝉满脸震惊，一副随时想夺门而逃的样子。

罗寿见了，叹气："小蝉，许久不见，连声罗叔叔也不肯喊了？"

云蝉勉强从震惊中回过神来，眼睛瞄来瞄去不知该看哪里好，只嗫嚅着小声喊了句"罗叔叔"。

罗寿似是料到她会有这种反应，再次叹息一声道："小蝉，罗叔叔知道阿意那小子之前使鞭子误伤了你。我身为阿意唯一的长辈，出了这事本早就该来看看的，无奈前阵子实在抽不开身。不过你放心，罗叔叔这次来，就是给你做主的。"

云蝉却听得发愣。

她挨了一鞭子的事？总觉得好像是很久很久以前的事了。这段日子过得太惊险太神奇，他不提她都快忘记这茬了。

云蝉一时间脑子里塞得满满的，又开始混混沌沌地自顾自出神，浑然不觉周遭的谈话声。至于后面罗大当家豪气云天拍着胸脯保证一定会帮她揍一顿夏意的宣言，她更是一句也没听进去。

半晌过后。

"小蝉，小蝉，你觉得怎样？"是娘的声音。

云蝉一惊，回神："啊？什么怎么样？"

秦湖重复："你罗叔叔和你爹想在中秋前选个日子把你俩婚事办了，你觉得怎么样?"

这种事怎么来问她!

而且,还是她从未考虑过的事。

怎么办?抗议拒绝?插科打诨?打岔捣乱?一瞬间各种想法浮现在云蝉的脑海,可最终她却还是很没用地选择落荒而逃:"爹、娘,罗叔叔,小蝉肚子不舒服,先失陪了。"说完,她也不看众人反应,一溜烟儿就跑了出去。

只听见罗寿在身后的大笑声:"小蝉到底是个姑娘家,害羞了。哈哈!"

害羞你个头!云蝉在心里郁闷得直嚷嚷。

秦湖见状,转头对云天海责备道:"罗当家许久没来飞云堡做客了,南阳至此旅途劳顿,夫君怎么也不先为客人接风洗尘。"

云天海拍腿:"夫人说的是。老罗,正事就等酒桌上谈吧。咱们先去堂内坐着。"

飞云堡备了宴席给罗大当家洗尘,然而云蝉哪还敢去大堂里饭桌上和众人一道吃饭,借口不舒服,躲凉亭里发呆去了。

一想到要嫁给夏意,她就手足无措,完全不知道要怎么面对才好。那个人和她从小吵到大,就算她是他的未婚妻,她也从未想过有一天会真的嫁给他。

更何况,就在这次回飞云堡之前,他们闹翻了。

云蝉一个人杵在院子里的凉亭中胡思乱想了许久许久,酒足饭饱后的罗当家找来了。

"小蝉,老实跟罗叔叔说,你是不是和那小子吵架了?"

云蝉吓了一跳,连忙回头,就望见罗当家一脸探究的表情。

南阳罗家世代经商,罗寿身上却没有商人的铜臭味。小蝉和夏意的婚事是夏夫人罗扇还在世时定下的,而罗寿也是借着这桩婚事才和飞云堡认识,他爱护夏意这个外甥,因此爱屋及乌,从小就待小蝉也很好。

云蝉看他的脸上有关心之色,不自觉地头就低了下来:"罗叔叔这次来,那个、那个……他知道吗?"

"罗叔叔赶着先来看小蝉了，所以还没去夏明山庄看过，那小子还不知道。不过小蝉你放心，只要你点头，那小子的事我说了算。"

怎么这样。云蝉无语："先不说我。就说他，他也不会同意啊。"

"你说阿意那小子？怎么会呢，那小子从小对谁都凶，独独对你不一样。小蝉，你以前可不是这么别扭的，这次是怎么了？"

别问她，其实她也不知道自己的心思是怎样。

云蝉暴躁地推着罗寿出了凉亭，不客气道："罗叔叔你别问了，你还是去找我爹聊天吧。"

今晚注定又是个不眠之夜。月上中天的时候，一个人实在憋得慌的云蝉偷摸进了霁月房里。

"霁月，霁月！怎么办？他们要我嫁给夏意。"云蝉摇着床上熟睡的人喊道。

霁月正睡得四仰八叉，翻了个身迷糊接口道："那就嫁呗。"

"怎么能这样！你不是也讨厌他的吗，还让我嫁他？"云蝉郁闷了，手上加大了劲儿死命地摇她。

霁月被她折腾得被迫睁开睡眼，终于彻底清醒过来："谁说的啊，我没有讨厌夏庄主啊。"

"可是他……"

"可是他讨厌我是不是？"霁月无奈地吐出一口气，"那是因为我是你的丫鬟，总是跟你寸步不离。他觉得我霸着你，所以碍着他的眼了。"

云蝉被这番理论震惊到了："你这是什么诡异的说法。"

霁月打了个哈欠："诡异的是小姐你好不好。三更半夜不睡觉，就为了纠结这个？"

这是很重要的事好不好，纠结一点儿有什么错。

云蝉郁闷："霁月，你要帮我。"

霁月警惕："要我帮你什么？"

"我娘的化功散解药,你知道放在哪里吗?"

"堡里的药房中啊。"

"你能认出解药的模样吗?"

"能啊,夫人以前教我用过。"

"太好了,帮我偷一瓶解药来。"

"小姐,你到底想干什么?"

……

开始逃婚 [九]

"你是说,她要逃婚?"夏明山庄的书房一角,一个红色的身影对窗而立,声音里透出刺骨的冷然。

前来禀告的人跪倒在地,浑身顶着巨大的压力,不敢多说半个字。

红衣男子转过身来,以不带一丝温度的声音继续发问:"而且,她打算去找楼孤雁,还叫你帮她偷化功散的解药?"

实在是被夏意说话时那股森冷的寒意吓到,雾月原本单膝跪地的姿势不自觉地改成双膝跪地,硬着头皮颤声确认:"庄主,是否需要属下阻止云小姐?"

夏意却傲慢地伸出一只手:"她要你偷的解药,偷到了吗?"

"拿到了。"雾月不敢怠慢,迅速从怀中取出了一个药瓶交到他手上。

夏意嘴角挂着笑,漂亮的桃花眼中却抹上了浓重的狠厉之色。接过药瓶,夏意缓缓拔开瓶盖,漫不经心地往瓶中滴了几滴无色的液体之后,他又将解药递还给跪在地上的雾月。

"既然她想救他,那就让她救吧。"他说话的语调没有起伏,听不出是在高兴还是在生气。

霁月迟疑着不敢去接药:"庄主,此举请三思。"

夏意眼神一冷:"怎么,仗着是她的丫鬟,以为我就不会杀你?"

霁月惶恐磕头:"属下不是这个意思。可是如果经由小姐的手杀了楼孤雁,以小姐的性格知道后一定会伤心自责。庄主一向最爱护小姐,最不愿看到她伤心的,所以……"

"这个你不用担心。"夏意打断她,眉眼渐渐舒展,"这噬魂之毒不会当场毒发,要等几日才能发作呢,小蝉不会察觉到他是被她给的解药害的。"

快天明的时候,在房中等候消息的云蝉正在打瞌睡,听到有脚步声走近,她很快惊醒:"霁月,你回来了?怎么样怎么样?偷到解药了吗?"

霁月的目光有些闪躲,"嗯"了一声后,取出药瓶交给她。

"啊哈,好霁月,就知道你厉害。"云蝉开开心心地接过了瓶子,迅速收好在布包里。

霁月看着那布包,试图做最后的劝阻:"小姐,你真就为了逃婚,要一个人偷溜出堡?"

云蝉立即争辩:"我这是要去闯荡江湖。"

"那起码带上我吧。"

"不要,不要,带着你个累赘不方便。"

霁月无语,该谁嫌弃谁啊?

云蝉拍拍霁月的肩:"天就快大亮了,你小姐我要走了。你乖乖待着,可不许偷偷告诉我娘。"

"夫人马上就会发现的啊。"

"能拖多久是多久,不说了,我走了。"

太阳完全升起的时候,云蝉已经脚步轻快地出了乌城。

城郊的湖面上,停留着一只等生意的客船,云蝉一跃而上,对着船夫说道:"船家,去邻镇。"

握篙的船夫却只是点了点头,并不动作,想必是打算多凑几个客人再走。云蝉心急,抛出大锭银子催道:"船家快开船,姑娘我急着赶路。"

船夫一见到银子,脸上顿时喜笑颜开,忙不迭就开始解绳撑船。

眼看客船离岸边渐行渐远,云蝉总算呼出一口气,转身钻入了船舱。然而进到里面,她这才发现船上还有第三个人。

那人一身白衣胜雪,懒洋洋地倚在后梢的舱门边眺望湖景,宁静致远,飘飘欲仙。

云蝉瞪着他惊呼:"喽啰?"

倚在舱门边的人转过脸看她,一笑就映得满舱如沐春风:"真巧。"

云蝉却不信这是巧合:"你怎么会在这里?"

"有个自称妖女的奇怪女人在江湖上到处打探楼孤雁的消息,所以我就来看看。"楼溇笑得温暖,"是你在派人找我?"

本来还担心找不到他,没想到他自己送上门来。云蝉一乐,揶揄道:"那个奇怪的女人是你未婚妻。"

楼溇皱眉:"我怎么不记得我有和谁定过婚约。她是什么人?"

呃,好像还真不知道千钧的来路。见楼溇不信,云蝉急了:"真的,她说她是墨阁阁主的未婚妻。"

"那也可能是那个叛徒夺位以后定的,和我无关。"

"她是个美人哦。"

楼溇显得不太高兴,又重复了一遍:"与我无关。"

大美人哦,不要拉倒。云蝉翻他一个白眼,问他:"当日在源清派,你为什么不告而别?"

没办法啊,当时再留下来怕被你家夏意宰了。楼溇没有回答她,只叹气:"余长老在我们当日离开墨阁后就被人杀了,墨阁又改由另一个人掌控,我那日赶回去收拾那群叛徒,耽误了些时日。"

又是这么云淡风轻的语气。云蝉却听得大急:"收拾叛徒?你身上还中着化功散呢!为什么不等我的解药!"

"你担心我？"楼溇双手抱在脑后，眼里满是笑意，"不过是个傀儡而已，也没费什么劲。再等下去墨阁原有的势力都要被瓦解光了，那时就算抢回来也只剩个空壳了。"

"这么说，你已经夺回墨阁了？"

"是啊。"楼溇眨眼，"我看你之前很喜欢那间湖中小阁的吧，我带你去玩玩？"

免了吧，提到那个地方只能让她想到某些血腥的回忆。云蝉岔开话题："你身体怎么样？"

"还行。"

吹牛！云蝉一脸不信地把目光移向他的脖子，却惊讶地发现那道青痕竟然真的变淡了许多。

"你能自行排出化功散？"按照娘的说法，如果真的很强的话，说不定是可以自行散去化功散。那么难道这人，真的很强很强？

楼溇不是很在意："有点儿费工夫，到现在还不能全部排尽。"想了想，还是觉得示弱比较好，"而且我不能太过动武，而且随时可能经脉尽断。我很可怜啊。"

云蝉撇嘴："我拿到解药了。"

她从包里摸出药瓶正要递给他，忽然像是想到了什么，又改变主意收回了手，转而说道："想要解药，你得先陪我去一个地方。"

楼溇也不问是什么地方，只逗她："化功散我自己也可以解，不过是慢了点儿。而且你之前说你恩怨分明，这解药是用来偿还欠我的人情，怎么能以此要挟我？"

云蝉一时被驳得哑口无言，恼了。

楼溇懒散地靠在木制的舱板上，漫不经心地问："南阳罗家来了，是不是要定夏庄主和你的婚事？"

你怎么知道？云蝉先是诧异，随后哼了一声："我才不会嫁给他。"

"哦？所以你现在是逃婚？"

逃婚吗？不知为什么她还是否认："我是要闯荡江湖！"

她瞥他一眼，恼道："反正你要解药，就得和我去一个地方。哼，你爱要不要。"

楼溇看她恼怨的样子，笑眯了眼："反正左右无事，我去就是了。"

正午的时候，船在邻镇靠了岸。此处并未离家太远，云蝉毕竟担心被堡里的人追上捉回去，一路走得飞快，只想着快点儿去集市买两匹马赶路，可偏偏身后的楼溇很不配合，负手慢悠悠地跟着，完全一副不慌不忙的样子。云蝉几次停下来等他，终于火大了："你乌龟啊你，走这么慢。"

楼溇见她回头催他，也不回嘴，只是一笑。

这一笑杀伤力巨大，如云开日出，连万年冰雪也能化了。一路上早有许多人偷瞄这个长相出奇好看的男人，这会儿更是全都目不转睛地看呆了。

云蝉这次是偷偷溜出来的，当然是力求低调，结果现在见此人光是在路上走着就吸引了这么多人围观，不禁又是后悔又是不满："祸害。你怎么不戴面具了？"要不然易个容也好哇。

楼溇却拿亮晶晶的星眸瞧她："因为某人曾问我，我长得这么好看，为什么要把脸遮起来。"

云蝉一噎，郁闷道："你给本姑娘低调点儿，不许笑了！"

他为难："见了你我心里高兴，控制不住怎么办？"

还调戏她？云蝉发飙："再笑就不给你解药！"

楼溇不以为然地摊手："随便。"

云蝉没辙了，只能暗自气闷不已。不是古话说风水轮流转吗？他以前威胁她时那么风生水起，为什么轮到她时就死活威胁不动他？！

楼溇看到她垂脸挫败的样子，心情愉快得不行。忽然侧耳倾听到一些响动，他笑得更加灿烂："有热闹看，去不？"

她狐疑，望一圈儿人来人往的街上："什么热闹？"

楼溇不语，忽然拎起她拐进一旁的小巷里，提气走了一阵后在一堵墙前停下。隐约听到刀剑声，云蝉刚想发问，楼溇却捂住了她的嘴，带她飞身跃到了一棵树上。

到了高处，云蝉便清楚地瞧见了墙的另一面的情景。那似乎是一个客栈的院子，几个人影斗成一团。她定睛细看，愕然发现其中一个身穿水色长衫的身影竟然是沈耀，此刻独自被一圈黄衣人围攻。

云蝉想起来，从源清派回来时这个沈耀确实说过来乌城有事要办，因此曾与他们同路回来，没想到隔了这么多日他还在附近。她凝神瞧了瞧围攻他的人，只可惜以她的眼力，看不出那些人的来路。

到底前不久才受过源清派的恩惠，如今见到他被人以多欺少，总不能不救。云蝉拉拉楼溇衣袖，掏出了化功散解药递给他，并低声道："我们去帮沈耀。"

楼溇惊讶地看她："'我们'？我去倒是可以，可是你去，你确定不是帮倒忙？"

什么意思嘛！身为飞云堡的大小姐，她也是有功夫的好不好。

"你就在这里睁大眼睛看着吧，本姑娘是不是去帮倒忙。"被看扁的云蝉立刻愤愤地收回解药，气哼哼地就要往树下跳。

楼溇一把捞紧了她，无奈道："好歹他也是英雄会的魁首，对付区区那几人，你还真以为需要旁人出手相助？"

果然，两人在树上说话间，下方已倒下三个黄衣人，而沈耀以一敌众，剑法精妙从容不迫，竟是连气都没喘一下。

余下的几个黄衣人似是知道再打下去也是无用，互相对望一眼后，忽然全数飞身想要撤走。沈耀见状冷哼，一剑解决了负责殿后的敌人后，立即执剑去追，那架势竟是一个都不打算放过。

云蝉看得心惊，待到他们都走远了，楼溇抱着她跃到墙内，稳稳落在了刚刚打斗的地方。

被沈耀刺倒在地上的三个黄衣人早已断了气，楼溇蹲下身检查了一番，眉头紧锁了起来。云蝉在一旁看了半天也看不出所以然，只好问他："他们是什么人？"

楼溇悠悠看了她一眼，不咸不淡地吐出三个字："青图教。"

这三个字如一声平地惊雷在空气中炸开。云蝉想也不想就反驳道："不可能！青图教早在五十年前就已经被夏明山庄剿灭。"

楼溇一笑："你怎么知道当年青图教是真的被灭了？就算灭了，难道就不会有漏网之色？"

这一番话立即提醒了云蝉，她恐惧道："你们墨阁……"

楼溇知道她在想什么，不悦地打断她："墨阁最早虽然是青图教当年的残余旧部所建立，但如今与青图早就没有半点儿关系。刚刚那群人不是我们的人，而是货真价实的青图教众。"

见她不信，他翻开黄衣人的衣领，道："这三人身上都有百兽刺青。百兽图腾乃是青图教的标志，当年江湖上人人闻之色变，想必你也该听过。"

云蝉仍是不敢相信真的是青图教重现江湖："也许是什么别有用心的人想要扰乱江湖安定，故意伪装成青图教的样子想迷惑人心呢。"

楼溇叹气，将黄衣人的衣襟撕开大一点儿，云蝉一惊之下忙转过头，眼角却仍是瞥见了那人胸前一片红点。

"这些红点是中了红露的迹象，此毒是青图教用来控制手下的手段，只有每任的教主会解，当年随着青图的灭亡，红露之毒就在江湖上销声匿迹，就算我们墨阁也无人知道此毒的配法与解法。"

云蝉瞪大了眼睛："你是说，当年青图教主根本未死，还将红露传了下来？"

楼溇站了起来，耸肩："这我就不得而知了。"

"不行，如果青图教真的死灰复燃，我要快点儿回去告诉爹娘……"

"以及你的那个未婚夫？"楼溇立刻一脸不高兴，拉住她，"你好不容易逃婚出来的，怎么这样就要回去了？"

云蝉大囧："都说了本姑娘是出来闯荡江湖，才不是逃婚。"

听到她一再否认要逃婚，难道她其实还是想嫁那人的？

楼溇更加不高兴，嘴上却哄道："你笨啊。刚刚沈耀与他们动手，说明源清派已发现了青图教重出江湖的事。源清派是匡扶正义的名门正派，这件事他们自会通知武林各派，需要你回去报信吗。"

呃，好像也有道理。

见她动摇，楼溇说道："就算你是出来闯荡江湖吧，才出来了半日，难道就想回去了？"

不想不想。这么快回去了非得被霁月笑死，而且，她还没想好要怎么面对那个人呢。

云蝉立刻止步："我不回去。"

又紧张地东张西望了一圈儿，此地不宜久留，她可不想被卷入祸事，趁着还没人发现，她立刻反手拉住楼溇急吼吼地催道："我们快走。"

眼见目的达成，楼溇暗自开心不已，摸摸她的脑袋道："好。"

锦绣小镇〔十〕

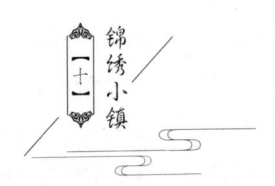

离家已有三日,两人抵达一处热闹的锦绣小镇。

望着满街繁华,云蝉欢欣地冲楼溇喊:"到了。"

这是个秀美的古镇,往来的旅客不少,她以前也和夏意来玩过许多次。路边商铺林立,货摊上的小贩们也都热情,一见到楼溇云蝉这对外来的俊俏男女就热心地介绍道:"公子小姐是来游玩的?今晚咱们镇上有烟花会,可一定不能错过。"

云蝉闻言,更是喜笑颜开。

见她这么开心,楼溇也不由得挑眉:"你一定要我陪你来的地方,就是这里?"

云蝉不答,只拿一脸高深莫测的表情瞅他。

她那日清晨离开飞云堡后,曾先去传书香里留了口信,让千钧来这里的锦绣客栈等她。她原先计划这次出来是想跟着千钧混的,只是没想到一出乌城就遇到了楼溇。

遇到了正好。嘿嘿，当初她听说千钧要找如意郎君，就很想让千钧见一见楼溇了。怎么说呢，楼溇这么好看的一个人，绝对拿得出手啊。就算千钧再怎么眼高手低，见了也会叹服吧。

她越想越嘚瑟，连前几日遇到青图教所产生的不安一时也都烟消云散了，心里已经在开始计划要拿晚上那什么烟花会撮合撮合他们。

楼溇却被她笑得发毛，怀疑道："你笑什么？"

云蝉咳了一声，故意用不怀好意的目光打量了他一会儿，然后颇为满意地点头："本姑娘累了，我们先去前面的锦绣客栈歇一会儿。"

锦绣客栈虽小，但是格调还挺高。一楼的大堂是客人吃饭的地方，竹制的帘子，白漆的小桌，墙上挂着各式山水画，装饰得颇为典雅。

这地方一看就适合美人们相亲啊，自己可真有先见之明。云蝉一脚踏进门，就忍不住又开始在心里大笑，然而才笑到第三声，她就再也笑不出来了。

满堂的客人里有一个显眼又熟悉的红色身影，带着张扬肆意的傲慢，让人完全无法忽视。

云蝉的笑容就这么僵在了脸上。自从和夏意那次闹翻过后，这还是两人多日来的第一次见面。她对于这突如其来的相遇完全没有心理准备，瞬间有些不知所措，拽着楼溇胳膊的手也忘记松开。

夏意神色冷冷地望着门口并肩而立的一男一女，胸中有气血翻涌。

就算早已知道她是出来找楼孤雁的，但是亲眼见到他们在一起的样子，他还是忍不住有掀桌的冲动。

当千钧风尘仆仆地踏入锦绣客栈的时候，看到的就是这样一幅诡异的景象——夏庄主眼神冰冷地与一个好看的白衣男人四目相对，空气中是满满的敌意，似乎一触即发。而丑丫头独自在旁满脸心虚纠结，一副想说什么又说不出来的样子。三人中只有好看的白衣男人在笑，那笑容流光溢彩，望着夏庄主的神情里分明带着挑衅。

千钧脑子一转，立马就自我脑补出了眼下的情况——哇！丑丫头竟然这么大胆，背着夏庄主和小白脸幽会，结果太笨了现在被未婚夫抓个正着？！

美丽的千钧摸了摸头发上的海棠簪——丑丫头，看在簪子的分上，就让姐姐我来帮你解围吧。

她当下转动袅娜的身姿，众目睽睽之下就一把扑上了楼溇，紧接着开口的声音更是柔媚得可以滴出水来："死冤家，等奴家很久了吧。"

于是，原本三人间的诡异气氛就这么被更诡异地给打断了。

客栈内的其他客人早就察觉到这两男一女之间有些不寻常，纷纷竖着耳朵想听一出好戏，没想到现在中途又杀出来个如此妖娆的大美人，真是精彩纷呈！众人不由得偷眼围观得越发起劲。

云蝉却是眼珠子都要瞪出来了，她一脸诧异地转头看着千钧和楼溇，刚刚想好要对夏意讲的话都在一惊之下抛到了脑后。

什么情况啊？千钧你和喽啰原来是认识的？——云蝉眨着眼睛询问千钧。

丑丫头，你情人我帮你挡着，你快找夏庄主解释去。——千钧眨眼示意云蝉。

这一边两个女人间正做着牛头不对马嘴的眼神交流，那一边的两个男人也不爽了。

楼溇瞟了眼像八爪鱼一样扒在自己身上的千钧，原本上扬的嘴角沉了下来，果断一运内劲就震开了她。千钧猝不及防，差点儿被震得内伤。

——懂不懂怜香惜玉啊，长得好看了不起啊。

千钧心里勃然大怒，更加坚定了要撮合云蝉和夏庄主的决心，于是再次飘动身形死死贴上了楼溇，娇嗔道："讨厌，死冤家，几日不见就对人家这么粗暴。不过，奴家喜欢哦。"

云蝉望着千钧与楼溇之间纠缠不已的情形，当场石化。

与此同时，夏意也看着云蝉，眼神越发冰冷——她的目光始终不在他的身上，哪怕他就站在她的面前。

他明明已经吩咐了影卫一路保护她，却还是不放心，担心她在外面会不会吃苦，会不会受委屈，终于还是忍不住跑出来见她。

可她却不看他。

漂亮的桃花眼里说不清是伤心还是愤怒，夏庄主终于冷哼一声，拂袖转身走向掌柜，表情阴狠地要了一间客房后，他便头也不回地跟着吓得哆嗦的小二离开了。

听到身后之人离去的脚步声，云蝉的身体顿时又僵了。

隔了这么多日不见，原来夏意已经到了见面都不想再和她说话的地步了吗？

云蝉呆呆地站在原地，耷拉下了脑袋。千钧见状，立刻一把放开楼溇跳到她面前，恨铁不成钢地敲着她的脑袋："丑丫头，你怎么不和夏庄主去说话。"枉费她拼着受内伤的危险为她掩护！

云蝉勉强笑道："他走了啊。"

千钧简直要咬碎一口银牙："你不会拦着他？"

云蝉被千钧狰狞的表情吓到，后退两步便生硬地转移话题："对了，千钧，你们以前认识？"手指指向楼溇。

千钧瞟了一眼刚刚她纠缠半日的白衣男子，坦然道："不认识。"

"呃？"云蝉傻了，"那你刚刚是？"

千钧暴躁了，老娘刚刚是在帮你打掩护解围啊。你看不出来吗？蠢死了！

注意到大美人表情不善，云蝉强打起精神，慌忙拉过楼溇介绍："他就是楼孤雁啊，好看吧？"

千钧却一点儿都不在意眼前的美男，只顾推搡着云蝉："他是很好看。可是你这副笑得比哭还难看的表情是要怎样？真那么介意的话你快去追夏庄主啦。"

沉默许久的楼溇听了两人的对话，神色终于也崩了，他盯着云蝉问道："你一定要带我来这里，原来是想要我见她？"

云蝉不知该摇头还是点头。准确地说，不是想让你见她，而是想让她见你。

楼溇盯着她的表情看了一会儿，再不多问，转身自顾自问掌柜要了一间住宿的房，也沉着脸走了。

"哎？都走了呢。"千钧挠头，这个……该不是她害的吧？

她转向云蝉："丑丫头，忘了问你了，你找我来是干吗？你……没事吧？"

"没事。"云大小姐低垂的脑袋忽然抬起。死夏意，要滚就滚好了，谁稀罕和你说话呢！她朝着周围偷眼窥看多时的围观群众一阵爆发，"看什么看！再看本姑娘就挖了你们的眼！"

受到恐吓，众人立刻转头，喝茶的喝茶，扒饭的扒饭。

云蝉拉着千钧气势汹汹地走向掌柜："给本姑娘两间上房！"

短短不到一盏茶的时间，掌柜就连续受到三个面色阴沉的人的恫吓，忙不迭就冲小二喊："快，带两位姑娘去梅院二号房和四号房！"

锦绣客栈的档次不差，给客人住宿的房间还是带有院落的那种。而那掌柜也不知是太有眼色还是太没眼色，竟然将夏意、楼渌、云蝉和千钧四人安排在了同一个院落的四间房里，而且还是呈一男一女一男一女排列状。

夜幕降临的时候，梅院的四间房里四种心思，无人入眠。

云蝉从床头滚到床尾，终于，她枕头一扔，还是决定去找那个傲慢的大浑蛋谈一谈。趁着勇气未退，她当机立断滚下床，急匆匆地推门就要出去，却见门外站着一个人。

"喽啰？"她呆了呆。

楼渌的表情原本是不太高兴的，结果看到她的呆样又展颜了："晚上有烟花会，你不是想去看吗？"

云蝉郁闷，本来是想撮合你和千钧去看的啦。她想了想，朝门外的人说了句"你等我下"，便噔噔噔跑回床边从包裹里挖出了化功散解药，然后走回门边说道："走吧。"

见她肯去，楼渌眼里溢满笑意："好。"

云大小姐跟着楼渌走得轻快，几步就出了梅院外，自然就听不到她隔壁房间的门在随后被"砰"的一声踹开。夏大庄主站在门口抿着嘴，望着那两人离去的方向，面容肃杀。

然后"嘎吱"一声，隔壁的房门也开了，千钧美丽的脑袋从门口冒出来探头探脑，见到脸黑得跟锅底一样的夏意，便咋咋呼呼跑上来打招呼："丑丫头的未婚夫，你怎么不去追？"

夏意理都不理，冷冷地就要关门，没想到转身时眼角却忽然瞥见千钧的脑袋。他的脚步顿时硬生生定住，望着她一言不发。

千钧不由得摸摸自己的脸。难道本妖女天姿绝色，终于勾引到男人了？可是夏庄主是丑丫头的未婚夫，这样好像不太好哇。

她还在自我陶醉和自我纠结，夏意已经出手如风地向她袭来。

千钧大惊，连忙脚下后退堪堪避开。一招过后她还来不及喘气，却发现自己的头发散了下来，凌乱地落在肩上。她又惊又奇地朝夏意望去，却发现他手里赫然握着那支海棠簪！

千钧顿时气得直叫，也不顾对方手中迎面刺来的剑，头脑一发昏就向他冲了过去："那是丑丫头送我的！还给我！"

冒着森冷寒意的剑尖在她脑门处刹住，夏意单手握剑，不带表情地提问："你和她，关系很好？"

瞄了瞄那还在嗡嗡鸣动的剑刃，千钧总算后知后觉地发现自己刚刚在鬼门关前走了一圈儿，不由得花容失色："我和丑丫头关系好得不得了，你可别乱来啊，你要是伤到我她一定恨死你。"

恨死他？

夏意的面色非但没有好转，反而更加阴沉。千钧不禁咽咽口水，就在她以为那剑要刺下来的时候，他忽然收剑，转身就要进屋。

所谓大难不死得寸进尺，千钧大着胆子冲他的背影喊了句："喂，簪子还我啊……"

凭你也配戴这支海棠簪？夏意回头，随手折下身旁的一根树枝抛给她："用这个。"

树枝！竟然是根树枝！强盗，抢了她的簪子，还要她堂堂千钧美人头上插根树枝？！

云蝉跟着楼溇在街上走着,她正想向个路人打听烟花会的地点,忽然就被身边的男人熟练地拎起,风驰电掣就是一阵疾驰。

到了远离人群的一处偏僻草地,楼溇将她拎上了一棵树,舒展眉头道:"总算甩掉了。"

莫名被拎到这里,云蝉本想发火,听到他这句话后却不解了。

"甩掉什么?"

"你不知道?"看了看她一头雾水的表情,楼溇决定挑拨离间,"你那个未婚夫,这几日里一路都派了夏明山庄的人跟踪你呢。"

云蝉愕然。

怎么只是吃惊?楼溇挑眉:"你不生气?"

云蝉反应慢半拍地接话:"呃,为什么生气?不,我当然生气!死夏意,竟然派人跟踪我监视我?!"

脸上做出一副气鼓鼓的样子,云大小姐的心却在刹那间百花盛开,笼罩内心多日的乌云顿时消散无踪了。

原来死夏意,没有不理她啊。起码,他没有不理她的死活嘛。

记得小时候,叛逆期的云大小姐常常一个人偷溜出家门玩,有一次玩得了迷路了,差点儿被山贼掳去。危急时刻有个青衣人凭空出现,唰唰唰地就解决了那几个山贼。自那次过后,她便认识了夏明山庄的影卫青麒。之后,她死性不改又数次遇险,结果每次都有人来救,于是她又逐渐认识了青蛛青狸青鲛青狸等等,夏明山庄的影卫就这样被她认识了大半。

她也曾气呼呼跑去质问过那个大浑蛋怎么派人监视她跟踪她。

结果一向傲慢的夏意竟然红了脸来个死不承认:"谁理你啊少自作多情。"

"那小子从小对谁都凶,独独对你可是宝贝得紧。"

——离家前日罗寿对她讲的话,此刻忽然不知怎的蹿入了她的脑海。

云蝉的嘴角不自觉扬起。

他对她的好，其实她是知道的啊。

等下回去后，还是主动去跟他和好吧。

看到傻丫头突然抿着嘴傻笑，楼溇就知道挑拨离间完全起到了反效果，他于是不爽地企图转移她的注意力："烟花会开始了。"

远处有礼花升空的轰鸣声，云蝉果然回神，坐在树顶远远望去，只见黑沉沉的夜空里接二连三地绽开了一朵朵灿烂的花，一如她的心情。

她乐颠颠地询问身边的男人："喽啰，你觉得千钧怎么样啊？"

楼溇不甚感兴趣："你说在白天客栈里的那个女人？"

"是啊，是啊，她很美吧？"看你还稀罕不稀罕。

"是很美。"楼溇答得直接，话锋转得也直接，"不提这个，我们聊别的。"

可是不提这个我们好像就没有别的话题可聊了啊。唉，长得好的人就是个个都眼高于顶的。云蝉就算再迟钝也明白楼溇看不上千钧了，红娘当不成，她有些失望。想了半天，她总算找到另一个话题："你是一个人夺回墨阁的？"

楼溇点头："是啊。"

"这不行啊。喽啰你要学会用人，多培养几个心腹手下才好嘛。总是一个人，出了事都没人照顾。"

"习惯一个人了。"楼溇不甚在意，又忽然笑了，"要不然你来陪我？"

云蝉对他的调戏已经免疫，只自顾自继续苦口婆心循循善诱："你好歹也是个阁主。放眼江湖，哪个掌门啊教主啊帮主啊手下没几个跟班的？我看上次来找你的那个紫衣服的姑娘对你挺忠心的，你考虑下多重用重用她？"

"不需要。"见云蝉一脸不赞同，他无奈，"墨阁不是你们名门正派，无所谓忠心不忠心，有的只是弱肉强食，能者居之。"

云蝉仍是不服气："可你是老大，底下一帮子手下要来干吗用啊？"

"也不是不能用，只不过失势的时候不敢用罢了。我现在既已恢复阁主之位，当然可以让他们办事了，但是之前不行。"

"真的没有一个可信的人？"想了想，她迟疑着发问，"你上次说，你的家人……"

"都死了。"察觉到这个话题也不怎么愉快，楼溇转过脸看着她，"你要我来这里我也来了，接下来你要去哪里？"要跟那个夏意回去吗？

云蝉受到提醒，连忙拿出化功散解药递给他："接下来我想去望舒城玩儿。喏，这是解药，你快服下去吧。"

不和夏意回去吗？楼溇眼里闪过一丝笑意，顺手接了药："好，我陪你去。"

云蝉吓一跳："啊？为什么？解药已经给你了，你不用再陪我了啊。"

男人拿药的手立刻顿住："不喜欢和我在一起？"

瞧这话说得，什么喜欢不喜欢在一起的。怎么说他也是断过她手指，外加杀起人来像切菜的墨阁老大，虽然她也不知道他俩是怎么神奇地发展到并肩坐在一起看烟花的情形，但她内心对他还是有疙瘩还是害怕的啊。

现在解药一给，他俩就该彻底恩怨两清了啊，还要一起同路干吗。

云蝉还在思量该怎么接话，楼溇的眸中却已经笑意渐冷，他抬头将瓶中解药一饮而下，然后丢开药瓶就跃下树去，竟然一言不发地离开了。

云蝉傻了："等等啊，喽啰，把我一起带下去啊！"

你也知道这么高，以本姑娘的轻功下不去的啊！！

最终，等云蝉回到客栈的时候已是半夜。天可怜见的，烟花没看到多少，下树倒下了个惊心动魄。

她在自己的房门前站定，思前想后，终是吐出了一口气，抬腿朝着隔壁房间走了一步，正打算迈第二步，旁边阴影处忽然蹿出了个人来，她连惊叫都来不及，就被那人推进了自己屋里。

跟跄了两下，云蝉总算看清来人，诧异道："千钧？你干吗？"

千钧反乎锁上门，抬脸就控诉："你家那个果然是浑蛋。"

虽然这话云蝉自己也常说，但是从别人的口里听见怎么这么让人不爽呢。

云蝉刚要撇嘴，忽然注意到千钧披头散发的样子，心中隐隐升起不祥的预感："发生了什么事吗？"

"那个浑蛋抢了你送我的簪子，还叫我用这个。"千钧举起一根树枝，气愤得直发抖。

"呃……"云蝉顿时心虚，立马附和，"他神经病，从小就喜欢抢别人东西的，你以后躲远点儿就是了。"

千钧也有些后怕："真是神经病，他还想杀我呢。"

云蝉皱眉："夏意虽然是浑蛋了点儿，但是要杀你还不至于吧。"

"真的，我绝对感受到杀意了！"千钧哆嗦了一下，复又怀疑，"你那簪子很值钱？他为什么要抢？"

"都说了他有毛病的嘛。"云蝉搪塞，急急地从包袱里翻出一条新的丝绸发带，然后拉过千钧就开始给她绑头发。

从未和师父以外的人有过这么亲昵的接触，被按在梳妆台前的千钧一怔之下，心里觉得暖暖的，但是该说的话还是必须要说的："总之我讨厌那个夏庄主，他太危险了，相比之下还是楼孤雁好多了，丑丫头，你还是跟楼孤雁在一起吧，顺便气死你那个未婚夫！"

为什么变成是千钧在撮合她和喽啰了啊。

"看来千钧你也看不上他了。"云蝉叹气，将手里的丝绸发带绕了几个圈后打上一个结。那丝绸发带光润华丽，与美人滑顺乌黑的长发实在是说不出的相配。

云蝉欣赏了美人一会儿，感慨："你真的不再考虑考虑？楼孤雁他多好看啊。"多养眼的两人，怎么就互相看不上呢。

千钧照照镜子，随口说道："他很好看吗？我觉得一般般啊。气质过于温润了些，太爱笑了。"

姑娘你眼睛真是长头顶上的！云蝉嘟囔："那真不知道要什么样的人才能入你的眼了。"

"我要求也没那么高啦。"千钧捧着镜子开始出神，"要正经一点儿的，君子一点儿的，剑法也要好。嗯，古板一些也可以，调戏起来会脸红也很可爱啊。"

听描述怎么觉得有些似曾相识。云蝉思忖，好像她认识的人里就有这么一号人？想了一会儿，她终于兴高采烈地开口："那个源清派……"

千钧忽然挥手打断她："太晚了，我回去了。丑丫头你也早点儿休息。"

看着美人瞬间离去的身影，云蝉讷讷地补完后面半句话："……的沈耀好像符合你的要求。"

千钧一走，房里就空寂了下来，那好不容易攒起来的勇气也退下去了。云蝉滚倒在床上又缩起了脑袋。还是等明天早上再找大浑蛋和好吧。

一夜辗转反侧。

终于等到清晨鸟鸣声起，云大小姐砰地推开门就跑到隔壁拍门："死夏意是我，开门！"

门很快就开了，走出来的却是客栈的小二，他客客气气道："这房里的客人昨晚就走啦。小的是来收拾房间的。"

"走了？"云蝉的手僵在门上，心渐渐又沉了下去。

隔壁房的千钧听到声响探出了脑袋："丑丫头怎么啦？"

云蝉失落地呆站在门口。

走了就走了吧，只不过是恢复到原计划而已，接下来她便跟着千钧混，才不要大浑蛋管，可是鼻子还是忍不住有些酸："夏意走了。"

千钧闻言大乐，飞快地跑到她身边："走了最好。你可以直接去和楼孤雁浪迹天涯了嘛。"说完，拽过她就往楼媵房间走。

一旁还杵着的小二适时地插嘴："若是两位姑娘要找梅院一号房的那位姓楼的客人，他昨晚也走了。"

又来同时不告而别？

只不过这次解药已经给了，云蝉就懒得多管，她转脸看千钧："我跟你混。"

千钧头疼嫌弃："我是要去找如意郎君，很忙的，带着你做什么？"

"当你的陪衬啊。"

"……"

介于骑马不能显示美人曼妙的身姿,千钧坚持徒步。徒步云蝉也没意见,可是能不能走着走着就飘啊!知道美人你的轻功出神入化,也不要这么显摆吧。

可怜的云蝉在千钧身后追得气喘吁吁,跟都跟不上。

眼看天黑也没走到下一个镇,千钧也没耐心了:"丑丫头你好没用啊。等到了下一个镇还是给你买匹马吧。"

"我骑马了,你呢?"

"我徒步也跟得上。"

云蝉泪目,喘着气羡慕:"你的轻功这么厉害?"

"当然,本门轻功天下第一。"千钧单手叉腰一撩长发,"你要学吗?"

云蝉愣住:"你教我?"

武林中各门各派一招一式均不会轻易地外传,尤其是这么绝世的轻功,怎么有人这么大方随随便便教给外人?

千钧却以为她是怕学不会,安慰道:"放心啦。本门的轻功叫'莲步生花',是专为女子所创,不难学的。而且轻灵无比,练好了还能踏水而行呢。"说完抬头看看天色,估计今晚左右是要露宿了,她索性又道,"不如现在就开始学吧。"

云蝉再次感动:"千钧,你真好呢。"

"只是发带的回礼啦。"

云蝉连忙摆手:"那根发带可没这么值钱。"

谁说的,这发带可比什么武功典籍都值钱多了。千钧咳了一声:"还不是丑丫头你走得实在太慢,我可不要带个累赘。别啰唆了,快学啦。"

"哦。"

然而三盏茶之后,千钧就后悔了。

"心法都念给你听了三遍了,怎么还是记不住。"

"才三遍啊,那么长的一串,再来三十遍还差不多。"

"……算了,不管心法了,先来练步法。"

"哦。"

又过了三盏茶。

"不就是将六十四卦按顺位走一遍,走的时候再带点儿飘逸再带点儿袅娜再自由发挥一下而已,你怎么这么笨!"

云蝉苦着脸:"我还是明天买匹马骑吧。"

千钧抬脚就踢她:"不许,快再练一遍看看。功夫这么差,你要怎么在江湖上自保。"

云蝉无奈,只好扭着腰又走了两步,忽然被千钧一把拎了起来。

泪,轻功好了不起啊,一个个都喜欢把人拎来拎去。

千钧带着她躲在树后,严肃:"有人来了。"

果然很快有马蹄声接近。

两个女人悄悄从树后探出脑袋观望。天色已黑,荒郊野外,隐约可见四个人带着腾腾杀气策马而来。快接近的时候,其中一人忽然凌空而起,与另三个人斗成一团。

云蝉瞪大了眼睛,怎么还是沈耀和那拨黄衣人,竟然还没打完?

很快又有一个黄衣人被结果掉,余下的两人见状发了狂,攻势越来越狠。

千钧观望了一会儿,转头问云蝉:"源清派救过你的吧,你要不要去救他?"

云蝉大手一挥:"没事,他可是英雄会的魁首,对付区区这几个人,你以为还需要旁人出手……"

她话还未说完,前方的沈耀忽然直直倒了下去。

这么不给面子?云蝉一身冷汗。

其中一个黄衣人站在倒地的沈耀面前哈哈大笑:"你这几日杀了我这么多兄弟,我就等这一刻。还道你当真防得滴水不漏,最后关头也还是大意了。源清派的小子,软筋散的滋味如何?"

沈耀撑剑跪地,不发一言。

树后的云蝉立马缩回了脑袋,低声问道:"那个,千钧,你打得过他们吗?"

"好吧,既然丑丫头你要我救,那我就去救吧。"最后那个"救"字还未说完,千钧已如离弦之箭般蹿了出去。

喂!喂!等等,我只问你打不打得过他们,哪句话说要你去救了啊你回来啊。

黄衣人正要挥剑落下,忽然听到空中飕飕作响。有暗器射来,两个黄衣人立刻旋身躲开,惊疑不定地转头望去,却看见一个美丽惊人的女子立于树上,手中抛着石子。

沈耀失了力气,本以为必死无疑,哪想到这妖女会突然冒出来。他大感意外,竟然也怔住了。

一个黄衣人打量了下千钧,见她貌美,便以为是沈耀的同门,问道:"芙蓉仙子?"

千钧立刻怒目,不假思索便挥手将手中石子全数掷出:"我长得哪里像谭诗瑶那个丑八怪了?"

她的暗器功夫极佳,虽是以石子做暗器,但对准的都是敌方要害,两黄衣人不得已被逼得退开沈耀身边几步。

可是好不容易才设计成功了沈耀,对方如何甘心白白放过这个机会,眼见千钧暗器功夫虽然好,但也不过是个娇滴滴的女子不足为惧。两个人当下对望一眼,瞬间一人袭向沈耀,另一人向千钧欺身上来。

千钧轻功卓越,一升一落间便已避开了来人闪身到沈耀跟前,她挥环挡住另一个人的剑,语气有些急:"木头,怎么不跑?"

沈耀神色复杂:"你走。"

黄衣人冷笑:"那小子中了爷爷的软筋散,动不了了。小娘子长这么标致,杀了可惜,不如跟爷爷走。"

千钧大怒:"丑东西!姑奶奶也是你们能轻薄的!"当下转守为攻,毫不客气地挥掌出去。

云蝉在树后看得心惊胆战,可又怕自己出去真的只能拖后腿,一时想不出办法,只慌张地转头四处张望,期望着青麒青蛛青鲛青狸或者某人突然出现。忽然耳边响起千钧一声尖叫,云蝉连忙回头,惊骇地看见千钧被刺伤了肩头,血流不止。

飞云堡的女儿,就算明知一死也不能不讲江湖义气。云蝉不再犹豫,立刻抽出随身的短剑冲上前,一招"行云流水"就递了过去。剑法本身虽然精湛,云蝉使得也算是熟门熟路,但她内力浅薄,又从未真刀真枪临阵对敌,奇迹到底没有发生。

被袭之人轻而易举地躲开,回手就震飞了云蝉手里的剑,随后毫不犹豫地一剑朝她颈间刺去。

以自己的身手这下绝对避不开。云蝉心脏狂跳,本能地闭眼。

耳边似有一声叹息拂过,她忽然被搂进了一个温暖的怀抱里,紧接着听到了黄衣人的闷哼声。

云蝉战战兢兢地睁眼,只见两个黄衣人皆已倒地死去。她立刻回头看向救她的人,嘴里喜道:"死……"

四目相触,后面的两字被云蝉硬生生吞回了肚里,喜悦变成意外,她瞪眼:"喽啰?"

楼溇放开云蝉,抬手自然地摸摸她的脑袋,笑了:"明明这么胆小,还要跳出来救人。该说你是有骨气,还是太笨?"

云蝉难得地没有反驳,乖乖知恩图报:"谢谢。"

似乎是不喜欢她这么客气,楼溇继续激她:"还能动,这次倒没吓得四肢发僵了。"

云蝉果然恼怒:"本姑娘什么时候被吓得不能动过?"她拍开楼溇的手,转身就要去看千钧,却见千钧美人捂着肩头的伤,朝着沈耀走了过去。

走到了沈耀跟前,千钧弯腰似是要扶他起来,没想到对方却侧头避开,冷冷道:"不必使计了,我不会给你这妖女英雄令的。"

千钧一愣,随即气得跳脚:"英雄令?对,我是要拿你的英雄令。你以为以你现在的模样能挡得住我?"说罢,她气哼哼地伸手往他身上探去。

沈耀像是早就料到她会有此举，忽然手腕一抬就利落地出剑。千钧毫无防备，大惊之下飞速地闪开，却仍是被削落了一撮头发。

千钧爱美，立刻气得哭了："你……你！"

才哭了两下，一根轻飘飘的带子落到了地上，原来竟是云蝉送她的发带也被削断了。千钧简直吐血，伤心地捧起发带，"哇"的一声哭得更惨。

沈耀完全没料到这妖女会有这样的反应，倘若她要杀要打他倒还能从容应对，可眼下这副样子，他反倒觉得手足无措起来。

云蝉跑了上去抱住千钧，冲沈耀怒道："她刚刚出来救了你，你没看见吗？你怎么可以恩将仇报！"

一旁的楼溇忽然冷哼："好像某人也常常做恩将仇报的事啊。有什么资格说别人。"

云蝉瞪他。本姑娘教训人呢你来捣什么乱啊！

沈耀看看千钧，又看看云蝉，犹豫道："云姑娘，她、她是……"

"她是妖女嘛，可是她救了你。"

千钧原本哭得伤心，听到这话仍是恨恨地吼了一句："我才不是要救他，我是要他的英雄令。"

云蝉晕倒："你怎么这么别扭？"

千钧抽抽鼻子反驳："你有资格说我吗？"

我怎么没资格啦我才不别扭！云蝉火大地抓过沈耀的肩凶神恶煞道："你不许欺负千钧！"

好凶，多日不见，云姑娘还是这么凶啊！

沈耀一抖，不自觉就点头。

楼溇上前，不动声色地掰开云蝉搭在沈耀肩上的手，询问道："沈兄是中了软筋散？"

"惭愧，是在下一时不慎。"沈耀撑剑想要起身，"楼大侠，这次多谢你出手相助。"

云蝉立刻嚷道："喂，你是不是少谢了两个人？"

沈耀闻言，费力地看向两个女人，思量再三后终于做双手抱拳状，眼见那"谢"字就要说出口了，他竟然身体一晃，倒了。

晕得这么巧？该不是故意的吧。

云蝉怀疑地就想凑上前查看，却被楼溇一把拎开。

认命地扛起沈耀，楼溇苦笑："先离开这里。"

木头美人（十一）

带着一个不能动的男人和一个肩部受伤的女人也走不了太远，楼溇带着他们找到附近一户农家借住。

千钧肩头的伤已经被处理过，只是耳鬓被削断一截的长发却是好不了了。如墨的长发变得左长右短，看着极度不和谐。好在顶着一头凌乱，千钧也依旧美得天怒人怨，她问农家主人讨了一副针线，捧着断掉的丝绸发带缝了起来。

美人显然没做过女红，原本精致的发带被缝得歪扭扭丑陋不堪。千钧望着发带一脸忧伤地叹气，她该不会是和丑丫头犯冲吧，身上戴不得她送的东西？

身后有人轻步走来，站立许久后，缓缓递上来一支金簪。

千钧回头，见金簪眼熟，正是她之前当暗器扔给沈耀的那支。她心里莫名一喜，看向来人："你一直留着我的簪子？"

沈耀犹豫了一下，仍是决定实话实说："你来路不正，这簪子是查你来历的唯一线索。"

所以他才会留着啊。千钧撇嘴，既不说话也不去接那金簪。

沈耀的手举在半空中，有些尴尬："千钧姑娘。"

千钧忽然把头凑了上来："你帮我戴上。"

"胡闹，怎可……怎可如此轻佻。"沈耀立刻缩回了手，远离两步。

千钧一脸无辜："我左肩被砍了一剑，手抬不起来啊，怎么戴簪子？"

沈耀一听，果然面露愧色，但是要他为一个女子束发插簪又实在不妥，为难了半晌，他总算脑袋清醒了过来："姑娘可以用右手。"

千钧瞪他。

沈耀神色狼狈："我去叫云姑娘来帮你。"

云蝉正蹲在窗外偷看两人的情形，听到他这话不由得小声骂道："这人怎么这么不懂风情。"

被迫一起躲在窗外进不了屋的楼溇叹气："你就懂了？"说罢站起身，活动了两下快要蹲麻的双腿。

云蝉一惊，连忙拉他："你干吗？动作小点儿。"被人发现咱们在偷听多不好。

楼溇斜眼看她："笨，你连屏息都不会，真以为躲在外面他们不知道？"

果然屋里响起了沈耀客气礼貌的声音："楼大侠、云姑娘。"

楼溇习惯性地拎起云蝉，大大方方推门而入，对着屋里的人寒暄："沈兄、千钧姑娘，身体可都无碍了？"

千钧不答话，只看着像小猫一样被楼溇拎进来的云蝉偷笑。还是沈耀比较有礼数地抱拳："已经好了，多谢楼大侠。"

软筋散不难解，高手自行运功就可排出体外。

楼溇点头，对大侠二字脸不红心不跳地照单全收。

云蝉心里鄙夷地哼了一声，转脸问沈耀："那拨儿黄衣人是什么人？你们怎么会打起来？"

其实已不是第一次遇见那拨儿黄衣人，对他们的来历楼溇也告诉过云蝉了，她本是随口想再向沈耀打听打听，却没想到一向光明磊落的沈耀竟然看着她迟疑着不开口。

楼溇微笑:"看来沈兄是信不过我们?"

对方先前才救过自己,沈耀被问得有些惭愧,虽然事关重大也觉得再不好隐瞒,他目光转向楼溇,沉声道:"家师收到消息,这附近一带有魔教重出江湖的迹象,派我来暗中调查。"

千钧不由得插嘴:"魔教?墨阁的那些人?"

沈耀摇头:"不是墨阁,墨阁早已脱离魔教几十年自成一派。而那拨儿黄衣人身上都有百兽图腾,看起来是货真价实的青图教。"

云蝉早已知道,所以并不太震惊,只急急问他:"那你们有没有通知武林各派防范?"

沈耀看她一眼,摇头:"青图教已湮灭近五十年,此番突然现世,疑点甚多。何况百兽图腾也可以伪造,在未弄清他们的目的和真假之前,我派不便鲁莽行事,免得无端引起江湖恐慌。家师派我暗中调查,也是想多得些线索再作打算。"

楼溇道:"那沈兄有查到什么线索没?"

沈耀更加惭愧:"原本确实是追查到了几个青图教的人,原想抓一个活口回去。可是昨晚在下技不如人,如今线索便断了。"

楼溇闻言也显出一副惭愧模样:"倒是我思虑不周,坏了沈兄的大事,昨天该留个活口的。"

沈耀忙道:"在下不是这个意思。昨晚承蒙楼孤雁大侠出手相助,沈某感激不尽。"

楼溇莞尔:"青图教重现江湖是何等大事,如今线索却断在我手里,总是心里有愧。沈兄如不嫌弃,我助你一起调查。"

沈耀正要接话,云蝉抢先嚷了起来:"我也来帮忙。"

楼溇轻哼:"你不是说你要去望舒城?"而且还不要他陪。

"本姑娘要去哪里你记那么牢干吗?"云蝉瞪他,然后转身对着沈耀大义凛然道:"魔教为祸江湖,我们飞云堡一向匡扶正义,如今既然给我知道了这事,怎么能置之不理。"一通说完,她又顺手拉过千钧,大声道,"千钧也去。"

冷不丁被拉过来,千钧直冲她翻白眼——谁说我要去了,就算武林人士都死光光了又关我这个妖女什么事儿啊。

云蝉却眨眼回复——我是在帮你和沈耀那木头制造机会啦。

沈耀皱眉:"云姑娘,此事不是儿戏,途中会有危险。你……"

云蝉想也不想就打断他:"怎么?嫌弃我们?哼,就你最厉害,昨晚还不是一样着道了?也不想想是谁救了你。"

千钧无语,什么"我们",人家嫌弃的就只有你好不好。

老实的沈耀怎么说得过云大小姐,一张俊脸渐渐涨得通红:"在下、在下不是这个意思……"

"不是这个意思又是什么意思?"

"……"

看见云蝉追着沈耀说话,楼溇眼里闪过不悦,出声道:"只是调查线索,也不会有太大危险,何况有我和沈兄在,便是让云大小姐和千钧姑娘跟着也无妨。"

云蝉一听,放开沈耀就跳到楼溇身边,开心道:"喽啰,还是你好。"本姑娘代千钧谢谢你哦。

"那是。"楼溇舒展了眉眼,大方收下称赞。

见楼孤雁都如此说,修养良好的沈耀也不能驳了他面子,只好不语。

然而眼下已毫无线索,要从何查起?

楼溇瞥一眼他的神情,似笑非笑:"各位若信得过我,可跟我去一个地方。"

就算夜深人静之时,每个大点儿的城镇中都必会有几处灯火通明奢华绮丽的地方。楼溇带着三人停在万花楼的不远处。

耳边不断有缥缈的靡靡之音传来,沈耀的神色有些难看:"楼大侠,这是……"

楼溇嘴角含笑:"沈兄可听过千金殿?"

千金殿是个古怪的门派,门下人数不算多,却有女飞贼女杀手女神医女花魁女镖师,门中弟子的职业五花八门包罗万象,一个弟子占一种职业,唯一的共通点是全是女人,且都是漂亮的女人。

门中没有任何一个响当当的高手,却由于门中弟子的鱼龙混杂,千金殿成了江湖上消息最灵通的门派——没有千金殿不知道的事,如此神奇的门派放眼全江湖也只此一家。

沈耀抬眼望望歌舞升平的万花楼,犹疑不定:"这里……是千金殿?"

云蝉也很吃惊,这地方以前被喽啰劫着来过一次,以为就是个普通的青楼,怎么一转眼成了江湖门派?

只有千钧偷眼瞟着四周,似乎有些不安。

楼溇状似无意地瞥了一眼千钧,微笑着向众人解释:"这里不是千金殿,却有千金殿的人。要打听魔教的消息,找她们最好,沈兄以为呢?"

沈耀却觉得不妥:"千金殿行事古怪,亦正亦邪,虽然消息灵通,却未必会帮我们。"

千钧忽然点头:"我也听说千金殿和墨阁关系匪浅,说不定是向着魔教的。我们若是就这样找上去,弄不好是自投罗网了,我看还是另想法子吧。"

楼溇轻笑:"我倒不知千金殿还和墨阁关系不一般,敢问千钧姑娘如何得知的?"

千钧噎住。

一旁的云蝉眼珠转转,馊主意就上来了:"反正眼下也没别的线索,还是值得冒险去向她们打听的。要不这样吧,我和楼孤雁进去打探,千钧你和沈公子留在外面,万一有什么事,你们再来接应嘛。"

沈耀眉头皱起来:"还是沈某和楼大侠去吧。"一个姑娘家进青楼,不好吧……

云蝉一心想让沈耀和千钧独处,哪容得他反驳,再说青楼她也不是第一次进了,再进一次又有什么关系。

她当即推开沈耀,恶声道:"这里就你和楼孤雁两个武功高的,若你们两个进去了被抓住,难道指望我和千钧两个弱女子来救?你懂不懂战术懂不懂策略啊!"说完,她也不管沈耀微弱的抗议,拉过楼溇就往里走,走出两步又回头道,"你不许跟来,陪着千钧!"

沈耀生平接触过的女子其实少得可怜,平时接触最多的就是他那个温温雅雅仙子般的小师妹谭诗瑶,所以对着暴脾气的云大小姐当真头疼,心下不禁又怜悯起夏庄主来。

一旁的千钧却像是松了口气,眼见他们两人进去了,她笑嘻嘻地拉过沈耀:"别杵在这儿啦,我们去对面的酒楼里等着嘛。"

沈耀身体一震,像被烫到般挣开她的手,正色:"千钧姑娘,男女授受不亲。"

千钧无语。拉个胳膊而已,你是有多迂腐啊。

"刚刚丑丫头也拉着楼孤雁的胳膊,难道这是什么见不得人的事?"

"在下不是这个意思,只是觉得男女之间,还是守些礼数为好⋯⋯"

"碰一下又不是要吃了你。淫者见淫,莫非你心中有鬼,满心就想着男女之事?"

外面的女子嘴巴怎么都这么厉害?

不远处万花楼里又传出女子的调笑声,像是在嘲笑他一般。沈耀的脸越发红了,有些生气:"千钧姑娘请自重。"

千钧对着这个迂腐的木头也烦了:"那你就杵着吧,我走了。"

见她走得干脆,沈耀愣了一下,却还是追了上去,递过一块令牌给她。

千钧果然停步,瞥他:"什么意思?"

沈耀斟酌着回答:"前日承蒙千钧姑娘搭救,我知道姑娘一直想要英雄令,所以⋯⋯"

"所以拿这个报答我?"千钧笑,"你之前不是认为这是我这妖女使的苦肉计,故意要骗取你的英雄令吗?"

沈耀看一眼千钧受伤的左肩，眼中有歉意："是在下小人之心了。"

千钧也不再客气，劈手拿过英雄令道："我要号令天下英雄去划花你那小师妹的脸。"

沈耀神色一变，立即怒声："你这……"

话到一半，瞥见她那断了一截的凌乱长发，"妖女"两字总算强行咽下，他尽量克制着说道："英雄令只能号令天下英雄做一件不违反侠义的事。"

千钧点头，笑得妩媚："那要你娶我，算不算违反侠义？"

就算知道这妖女素来行事乖张，沈耀闻言仍是一脸被雷劈了的表情，连一身的正气都快崩塌了："这……这……"

千钧却不依不饶紧盯着他的眼睛："算不算？"

沈耀简直恨不得时光倒流，明知道对方是个来路不正的妖女，自己竟然还双手奉上英雄令给她，结果现在逼死了自己。可是大丈夫绝不可言而无信，身为武林中人听英雄令的号令，这乃是武林结盟的各派人士都需要自觉遵守的共识。

沉默许久，他终于艰难道："如果千钧姑娘一定要……"

千钧早已将他挣扎为难的表情尽收眼底，挥手打断了他："不要了。"

沈耀大喜，刚想谢过她，没想到她又来了一句："那我用这个号令你对我换个称呼，可以吧？"

沈耀一愣："换什么称呼？"

"不要叫我什么千钧姑娘啦。我师父叫我钧儿的。"

钧、钧儿？非亲非故的，怎可直呼女子的闺名。沈耀脸色发红，深深觉得这个要求的难度完全不比上一个低。

"那小钧，或者就叫千钧也行，总之不要叫我千钧姑娘啦。"

沈耀完全难以理解："英雄令可以号令天下英雄做事。千钧姑娘这么用，不觉得浪费？"

"我高兴。你不肯直接叫我的名字吗？还是说你想娶我？"

沈耀简直想一头撞死。要动用英雄令需要去天下第一庄，并且召集群雄做个公证,由于只能用一次,号令一旦当众发布后,英雄令将由夏明山庄收回。

难道这妖女要当着武林群雄的面号令自己直呼她的闺名?不行,这太荒唐了。

"千钧。"吐出这两个字,沈耀的脸直接红到耳根,"你要在下称呼你千钧,在下以后这么称呼就是了,不需要拿英雄令来号令。此英雄令只能用一次,你且收好,不可胡乱就这么用掉。如今魔教蠢蠢欲动,此令留着团结武林之用岂不好得多。"

武林团不团结关我什么事?千钧忍不住翻他一个白眼。不过好在目的已经达成了,她也不想跟他再纠结英雄令要怎么用才更好的问题,便点点头,将令牌收进了怀里。

沈耀见状,胸中总算舒了一口气。

两人却没注意到,不远处阴影里有两个人影掠过——

"去通知师父,大师姐来了!"

千金牡丹 [十二]

楼溇和云蝉这次都没有易容,所以两人踏进万花楼的时候,众姑娘见到这个白衣男子的时候眼都直了,但在瞥见跟在他身后的云蝉后,又纷纷开始指指点点,失望嫉妒鄙夷兼而有之。

咦,为什么还有鄙夷?云大小姐刚想发火,楼溇已经大方拉着她走到老鸨面前,微笑:"要个房间,西院第二间。"

老鸨摇着团扇,脸上挂出招牌笑容:"西院左边第二间是香兰阁,右边第二间是牡丹阁。不知客人要哪间?"

"牡丹一朵值千金,自然是要牡丹阁。"

老鸨满面堆笑:"果然是贵客,你们跟我来。"

没有想象中的神秘,穿过长廊就直接到了西院,从外面看这里与别处没什么不同,只是脂粉味淡了不少。老鸨既没有进右边第二间,也没有进左边第二间,而是领着他们进了角落里一间不起眼的小屋后,就退下了。

屋里没人,看来是要等。云蝉四处张望,只见窗台上一朵朵玉雕的牡丹,玉质晶莹清澈,显不出牡丹的华贵,反而有种别样的诱惑感。

云蝉拉拉楼溇的衣袖:"喽啰,千金殿和你们墨阁有交情?"

"以前没有。"楼溇歪着头想了想，笑道，"余金智叛变夺了墨阁的那阵子，不知怎的拉拢到了千金殿。我夺回墨阁后觉得还不错，就顺带把这层关系网也一并接收了。"

云蝉沉默了一会儿，小心地试探："你帮着源清派查青图教，岂不是在与青图教为敌？"

"那又怎样？"楼溇拿湖水般明亮的眸子盯了云蝉一会儿，表情有些淡，"你不放心我。"

瞒不过他，云蝉索性也把话说开了："你们曾经是同宗。"

见她坦然，楼溇又笑了，颇有些意味深长："那也是曾经。如今的青图可未必是曾经的青图。"

云蝉不解："什么意思？你不是说有百兽图腾和红露，不会是假冒的吗？"

"查下去就知道了。"楼溇避而不答，目光移向了外间。

外间有环佩叮当声传来，华美的珠帘被掀开，随后走进一个女人。

女人看起来已有三十来岁的年纪，风姿绰约，一点儿粉黛也不施，举手投足间都是浑然天成的妩媚，在见到了懒懒靠在椅背上的楼溇后，女人扬起柳眉："倒没想到是阁主亲自来了。"

她知道喽啰的身份？云蝉转眼看他，他却只是笑："我也没想到这次是桂月夫人亲自来了。"

"不肖徒儿跑不见了，做师父的只能亲自出来抓。"被唤作桂月夫人的女人笑得明媚，目光淡淡地扫过云蝉，却没有过多的好奇，再转向楼溇时语气颇为客气，"阁主是想要打听什么？"

"桂月夫人猜不到？"

桂月夫人一步一生花地缓缓走至榻前，坐下后却极没形象地跷起一腿，朱唇轻启道："青图教最近在江湖上动静不小，倒像是不想再隐蔽下去了。"

不想再隐蔽下去？

云蝉讶然地插嘴："什么意思？青图教不是最近才重现江湖的吗？"

"最近？"桂月咯咯一笑，美目转向云蝉，"二十年前西江的木家满门被灭，就是那个传说中在五十年前就已消失的青图教所为。此事江湖上的其他门派不知道，但是夏明山庄一定清楚，夏庄主没告诉过云大小姐？"

这人怎么知道自己是飞云堡的？云蝉心里越发惊讶："你是说青图教在二十年前就死灰复燃了？"

桂月夫人看着她说："说不定是从未灭亡过呢。"

"西江的木家……"云蝉试图搜索自己脑中的记忆，可是二十年前她和夏意还未出生呢，怎么可能知道这些。

楼溇忽然开口，声音有些沉："青图教如今在哪里？"

见是他发话，桂月夫人神色正经了许多："阁主也未免太高估我们千金殿了。青图教死而复生，他们的藏身之处，我们如何得知。"

"没有千金殿打听不到的事。"楼溇似笑非笑，"青图教要对付你们，那些名门正派绝不会帮你们，你们如今可仰仗的只有墨阁。"

威胁老娘？桂月在心里呸了一声。死小子真以为我们巴着你们的庇佑呢！要不是为了老娘那宝贝徒儿，谁理你啊。

"烟山。"桂月夫人凉凉地吐出这两字，想了想还是好心地补充了一句，"但是这消息我们得来太容易，怕是故意想引谁过去。"

云蝉一听后面那句话就不安了，刚想继续发问，却被楼溇拎了起来。

泪。再这么被拎下去，本姑娘的面子都快在江湖上丢光了。

"多谢。"不似平时的温润，楼溇简短地告了辞，带着云蝉转身就走。

背后的桂月夫人倒不是很在意他的失礼，只是盯着两人的动作，微不可察地蹙眉。

从万花楼出来，云蝉还有些恍惚。好像听到了很多消息，又好像什么都一头雾水。

在客栈里和沈耀千钧会合了后，楼溇负责将打探到的情报告诉他们，而云蝉负责回房睡觉。

到底还是不习惯奔波，云大小姐几乎是一沾到床就睡着了，结果醒来的时候分外悲剧。

明明记得自己睡在客栈的，怎么一睁眼自己又回到了万花楼的牡丹阁里。云蝉望着窗台上朵朵玉雕的牡丹发呆。

——本姑娘这是又被人劫了？

月色正好，看来自己并未睡多久，今夜还没有过去。

面前的桂月夫人也容颜正好，只是盯着醒来的云蝉，神情一脸鄙夷："丑丫头，你和墨阁阁主什么关系？"

"你半夜抓我来就为问这个？"

"少啰唆，阁主是属于我徒儿的，你个丑丫头别妄想坏她好事。"

"你徒儿是千钧？"

桂月夫人有些诧异："你怎么知道？"

能不知道吗？你们师徒俩说话简直一个调调。本姑娘是丑丫头？云蝉气得直哼哼："可惜你算盘打错了，千钧一点儿也不喜欢楼溇。"

"钧儿喜欢好看的男人，我费了那么大劲儿才找到这么一个天下无双的男人，她怎么会不喜欢。"

这个师父倒是很关心千钧。云蝉软了语气："真的，她喜欢的是沈耀。"

"沈耀？那个和你们在一起的木头？"桂月夫人皱眉，"那人看起来一板一眼傻里傻气，又自诩名门正派，有什么好的。"

感情的事就是这么奇怪啊。云蝉决定还是按良心说话："沈耀不差。一表人才相貌堂堂，武功也不差，你知道今年的英雄会吧，他是第一呀。"

桂月夫人先是不屑，后来大概被说得心里也有些动摇了，竟然认真打听起来："那木头的家世如何？年岁多大？生辰八字是什么？"

我怎么知道！我又不是他娘！云蝉瞪眼。

桂月夫人看着云蝉的表情又怀疑起来，两手制住了她的肩："你个丑丫头该不是骗我的吧？你是不是也喜欢阁主，所以要阻挠钧儿和阁主的好事，骗我说什么她喜欢那个木头。"

一个姑娘家被人说成喜欢某个男子都要羞恼的,更何况云大小姐脸皮薄,她当即就嚷开了:"你哪只眼睛看到本姑娘喜欢那个阁主?那个喽啰,喜欢折人手指,杀人像切菜,除了一张脸长得好看些,其他根本一无是处!"

她还在气愤地滔滔不绝,桂月夫人却忽然松开了她,神色忌惮地瞅了她后面两眼后,竟然一眨眼不见了。

云蝉莫名其妙地回头一看,瞬间也傻掉了。

楼溇白衣如雪,飘飘然立于窗外栏杆之上,月华清冷,这么天仙般的一个人,笑容里竟也带上了浓浓的冷意:"一无是处?"

好久违的压迫感。云蝉下意识地就把手藏到身后,讪笑。

楼溇眼神更冷:"你怕我?"他从栏杆踏上前一步,生生踏碎了窗台上那一圈玉雕的牡丹。

这是在恐吓我吧!你露出这么可怕的表情我还能不怕啊?

"有点儿。"云蝉瞅瞅那碎了一地的白玉,老实地答道。

可说完又觉得他脸色更不好看,她只好硬着头皮违心道:"不是……我是说刚开始怕的,现在已经不怕了。你救我很多次的嘛,咱们已经那啥……化干戈为玉帛了。"

楼溇轻笑:"怕我也好。"起码她害怕的表情还是很有趣的。他伸手熟练地拎起她,"回去了。"

走在路上,云蝉不安地瞅瞅楼溇,发现这人的心情好像还没恢复。

思来想去,云蝉还是决定打破僵局聊聊天:"喽啰,你为什么想要查青图教?"就算你们墨阁如今与魔教无关,但也不该是敌对关系吧。

楼溇冷哼:"当初阁中叛变,背后有人主导。白道中人若要对付墨阁,通常是直接来攻,不会策划叛变夺权,余长老他们也绝不会听白道的。"

"所以你怀疑背后操纵的人是青图教?"云蝉想了想,还是不解,"你们墨阁不是青图的残余旧部所组成的吗?当年青图教还有没有其他残留教众留下,你们无人知道?"

说来说去这丫头还是对他有疑心。楼溇淡淡地瞥她一眼:"墨阁是当年青图教左护法手下的余部出逃组成,对青图教的其他势力便不知了。"

云蝉默然。

魔教当年盛极一时,势力遍布武林。一个组织一旦太过庞大,日子久了必定人心各异,说不定内部早已各自为营。说墨阁不知道教内其他的势力,也确实有可能。

见楼溇神色不悦,云蝉忙换了个话题:"那个千金殿的消息可靠吗?烟山在哪里啊?"

这丫头倒还挺关心这事儿的,是为了她那天下第一庄的未婚夫?

楼溇心情一点儿也没有好转,冷声:"青图教的旧址在烟山。"

"啊?传说当年青图教被一把火都烧了干净。那里早成废墟啦,他们还会在那里吗?"

"青图教行事向来自负。不肯另换据点,倒像是他们的作风。"

"哦。"云蝉点点头,忽然闻到一股食物的香味,便寻着香味望去。烟花柳巷之地,夜间永远是最热闹的时候,这会儿附近的路边竟然还有个包子铺未收摊。

摸摸肚子也有些饿了,云蝉回头对楼溇说了句"等下",便噔噔噔地跑去买了两个灌汤肉包,嘴里咬了一个,还不忘很有良心地转身赏给楼溇一个。

楼溇瞟一眼她吃得满嘴油的模样:"好吃?"

"当然。"云蝉忙不迭点头,却一口下去咬得太急,被汤汁烫了嘴哇哇直叫。

楼溇忍不住笑了:"难怪你叫小蝉,原来是小馋鬼。"

印象中喽啰是第一次喊她的名字,云蝉嘴里塞着包子,望着他那天上有地上无的容颜,心跳竟然漏了一拍。

其实,她刚刚也不算说谎,她确实早已不怎么怕他了。

"千钧是千金殿的,桂月夫人给你和她定了婚约,你知道吗?"

楼溇纠正:"是和余金智定的,和我无关。"

"哦,那现在余金智死了,这个婚约就不作数了吧?"

楼溇含笑看她:"你希望不作数吗?"

"希望啊。"

"为什么?"

云大小姐一本正经:"千钧喜欢沈耀啊,你看不出来吗?"

"那我呢?"

"呢?"

楼溇俯身靠向她:"我喜欢谁,你看得出来吗?"

又、又想来调戏她吗?云蝉心头狂跳,一手油腻都拍到了他的白衣上退开两步:"反正你不喜欢千钧,千钧也不喜欢你就是了。"

楼溇默默望了望自己胸前一摊油渍,叹气:"你还是怕我比较好。"

烟山探险（十三）

烟山不大不小，据说在很久以前也是个仙境般云烟岚气缭绕的地方，如今周围却连个猎户都没有，鬼影重重，山道全部被一尺高的杂草矮树盖住。四人小心翼翼地爬了半日才上到山顶，然后对着山顶的一圈儿平地发呆。

青图教曾经盛极一时，教中都是名震四海的高手，却偏偏不干好事专门为祸武林。最后一任教主图月山在练成了绝世神功无量诀之后，只为试试功力，竟然接连屠了四个门派。如此狠辣残忍的行事作风，终于引得以夏明山庄为首的武林各大正派联手来围攻。

那么大的一座宫殿般的建筑，最后全都被一把火烧了干净。只剩乌黑梁柱架成的空架子，遍布着藤蔓，要倒不倒地立在那里。

云蝉盯着那片废墟使劲儿看，皱眉："都成这样了，待不了人的吧。那桂月夫人诓我们的呢。"

千钧敲了云蝉一记脑袋："来都来了，进去看看。"

沈耀闻言，上前一步阻住两个女子："云姑娘和千钧还是在外等吧。"

千钧哪里肯听，不爽地瞪向他："只是进去探探虚实，怕什么？有情况跑就是了。"

云蝉也跟着点头,这么些日子总算有些闯荡江湖的味道了,怎么肯甘心就乖乖在外面等着。楼溇更是不在意,一手拎了云蝉就道:"那就进去看看。"

沈耀完全争不过,只能由着众人。四人一起向前迈了步子,千钧暗器功夫最好,负责投石问路。

石子儿一个一个蹦到地上柱子上房梁上,安安全全地什么也没发生。千钧放心地几下莲步生花轻点了过去——

"哐当——"

地面就这么开了个洞。

在掉下去的那一瞬间,千钧眼疾手快地拽住了身边的沈耀,两人一前一后,连叫声都来不及发出就没入了地下。

云蝉见状傻了,噔噔噔跑到洞口边儿就要往下看,这一下却又踩塌了旁边另一块石板,"唰"的一下,云大小姐也被突然出现的洞口吞没了。

看着地面上渐渐就要合拢的石板,楼溇叹气,白衣一拂,便也跟着跃了下去。

底下不深,云蝉很快就滚落到了地面。她灰头土脸地刚爬起来,就听头顶"哐当"一声,石板合上了。四周顿时陷入了黑漆漆一片,她不由得害怕地喊道:"喽啰、千钧,你们在吗?"

"我在。"黑暗里响起楼溇温润有力的声音,随后云蝉的手被握住。

她的心镇定了下来:"千钧和沈耀呢?"

"被分开了,没和我们落在一处。"楼溇牵着她的手走了两步,"先找找出路。"

"这里是青图教布下的陷阱?"

"不像,倒像是教内的密道。"

好黑。云蝉适应了好一会儿,还是什么都看不见,只能由楼溇牵着走。记得那次跟着他去墨阁做七返灵砂的交易,也曾这样被他牵着走过地下的暗道。

不知道这次能不能和那次一样安然无恙。

伸手不见五指的地底，除了两人的脚步声，还不时有什么爬虫爬过的声音，云蝉浑身的汗毛都竖了起来，便决定说说话缓解下恐惧。

"喽啰，你是怎么加入墨阁的？"而且这么年轻，怎么就当上了头头。

没有回答。长久的沉默。

难道问了不该问的？云蝉暗自懊恼，因为他总是满不在乎的语气，她就没了顾忌随口乱问，这下可搞尴尬了。她正想着打个圆场，楼溇却开口了："二十年前，西江的木家满门被灭。"

云蝉一怔，不明白他为什么忽然说这个，只好默默往下听。

"灭门案的凶手，目的只为了木家的冰蚕。其实冰蚕虽然珍贵，又如何及得上一家人的性命，木老爷当初早已经答应交出冰蚕，可他们仍是一个活口都不留。"

云蝉小心地接口："是青图教做的？"

楼溇的语气平静无波："木家无名无望，这事在江湖上连一丝风浪也没激起就过去了，并没有多少人知道是青图教所为，更没人知道木家还留下了个孩子没死。"

云蝉的声音有些干涩起来："那个孩子……是你？"

"是我。"楼溇握着她的手忽然紧了紧，"木家无端惹上了灭门之灾，官府不敢管，父亲以往江湖上的朋友更不敢来看。我一直在屋梁下被压了七天，后来下了雨，泥土松动，木梁滑动了些方位，我才爬了出来。"

"那后来呢？"

楼溇似是回忆了一下，才慢慢说道："我记着父亲临死前告诉我凶手是青图教。可是我到江湖上一打听，才知道魔教早已灭亡，我当时便以为一切是魔教的余孽墨阁所做，所以我想方设法混进了墨阁。"

云蝉惊讶地"啊"了一声："那你加入墨阁，是为了报仇？"

"自然是报仇。"楼溇轻笑，"我在里面混得不错，成了阁主的亲传弟子，他把图教主当年纵横天下的无量诀都传给了我，我练成了以后，就取代了他。"

云蝉咽了咽唾沫："怎么个取代法？难道……你杀了他？"

楼溇没有回答，似是默认。

云蝉的手不自觉地一缩。

如今知道木家当年并不是墨阁所杀的，那他……那他岂不是等于错杀了自己师父？

楼溇仿佛知道她所想，毫不在意地说道："不管怎样，我需要墨阁的势力。而师父绝不会允许墨阁与青图教为敌。我想要报仇，早晚都是要取而代之的。"

无边的黑暗包围了两个人，牵着她的手温暖无比，可是还是抵不住地底下侵人的寒气，云蝉忽然觉得步子很沉，脚下走得慢了下来。

楼楼察觉到她的停顿："怕我了？"

云蝉沉默良久，才道："你不是好人，我早就知道的。"

楼溇对这个回答有些不满："你以为你那个未婚夫又是什么好人了？"

云蝉一阵没好气："我还没说完呢。你救过我几次，我如今已经不怕你了，要不然我怎么会跟着你来这个鬼地方。"

楼溇心里一动，刚想说话，就又听她说道："不过你弑师夺位实在太混账，等这次出去以后，我要离你远点儿。"再不和你混了。

楼溇苦笑："怕是出不去了。"

"怎么会。"

"走到头了。"

云蝉心里"咯噔"一下，一只手越过他就往前摸去，果然摸到潮湿的石板堵住了前方，一丝缝隙也没有。

是条死路，果然是封死的陷阱。

"怎么办？"她哭丧起脸，一只手拽着楼溇，另一只手贴着他的侧腰向前伸着还在摸石板，全然没注意到自己整个身体都伏进了他的怀里。

楼溇见状，索性顺势搂住了她："出不去了，我们要死在这边了。你想离我远点儿，可是老天不让呢。"

云蝉大急。难道真要无声无息地死在这种地方？简直上对不起天地，下对不起爹娘。

　　总是习惯了危急的时刻会有人来救，倒忘了这次自己早已和夏意吵翻了，现在还有谁会来救她？

　　云蝉心里懊悔得不得了。她还没来得及和夏意和好，难道连死都要带着这份懊悔的心情死掉吗？

　　绝对不行。

　　想到这里，她仿佛生出了无限的勇气："再看看有没有别的路。"

　　楼溇还在等着欣赏她惊慌失措的模样，听到这话不禁有些意外："这么镇定啊。"

　　"你不也很镇定吗？"

　　"因为某人说过，两个人在一起比较安心啊。"

　　他说这话时脸紧贴着她，呼出的温热气息吹得她脖子里痒痒的。云蝉侧开头，恼怒："别废话了，快一起找出路。"

　　一起啊？

　　楼溇嘴角一弯，抱着她舍不得撒手："你说得对，两个人一起确实比一个人安心。"

　　云蝉摸索石板的动作一顿，认真道："不想以后一个人的话，你就要学会多信任身边的人。"

　　楼溇一动不动："青图教要对木家赶尽杀绝，我以前不能泄露身份，只能处处防备。而如今我有了自保的能力，可是墨阁里却多的是和我一样想篡位的人。"他语气平静道，"从七岁开始，我就已经不能相信任何人。"

　　云蝉张了张嘴，想接话，却又觉得无话可说。

　　楼溇等了一会儿，不见她回答，只得再度出声，这次的语气里竟然带上了小心翼翼，问："两个人在一起比较安心，以后你陪着我好吗？"

　　尽管什么都看不见，云蝉还是猛然睁大了眼睛，用力挣开他："不好！"

　　"我没有杀他。"

　　云蝉一愣，有些没反应过来。

"我没有杀自己的师父,我只是废了他的武功。"

楼溇的声音很轻,他向来我行我素惯了,即使受到误解也不屑于澄清,然而此刻看到云蝉的躲避与抗拒,他竟破天荒地忍不住解释起来,带着蛊惑:"我没有你想的那么坏,以后我也……我可以试着相信你的。"

他的语气里没有调戏和轻薄,似是带上了几分真意,云蝉却不敢去深究。

他和她可是两个世界的人。

更何况她从小到大已经有一个号称青梅竹马的大浑蛋陪着了,如今想起来,她竟是觉得只要有那大浑蛋陪着就好,其他人是半点儿也容不下的。

云蝉微微笑了起来,双手抵在了石板的一处,对着楼溇说道:"相信我也没错啊。你看,出路在这里。"

黑黑的地底下静谧无声。千钧摔得眼冒金星,半晌才爬起来。她摸出身上的火折子点着了火,周围瞬间亮了起来。

一抬眼,她就看见那个水色长衫的身影站在一旁,脸色不怎么好看。

也是,危急时刻被人拉着垫背,任谁都不会太高兴的。

沈耀望了千钧一眼,硬邦邦地抛出三个字:"找出口。"

到底是连累了别人,千钧自知有愧,顾不得身上疼痛,一个大步就抢先走到了他身前:"我来走在前面探路。"

她脚下踏出一步,却冷不丁睬上了一个圆圆的凸起处,刹那间嗖嗖嗖地几支冷箭朝她飞来。

千钧立即移步避开。暗道狭窄,她避得狼狈,一个旋身过后,手里的火折子就掉在地上灭了。

四周又变得黑暗起来。暗箭的破空声很快平息,却也听不见千钧的呼吸声,沈耀心里一惊,唤道:"千钧?"

有微弱的女子声响起:"我中箭了。"

黑暗之中看不清楚女子的方位,沈耀寻着声音快步走去,然后弯腰伸手一探,没想到却碰到了个不该碰的地方,他顿时像被烫到了一样缩回手。

正犹豫间，鼻尖处却有一阵好闻的香气萦绕了上来，随之而来的还有一双绵软无力的手臂钩住了他的脖子。千钧似是用尽了力气，瘫软地靠在沈耀的胸前："木头，怎么办，我要死了。"

沈耀条件反射地要推开她，听见这话又止了动作，皱眉问道："伤到哪里了？"

千钧的语气很是虚弱："木头，我要死了。可我还没有嫁人呢，你娶我吧。"

声音渐渐轻了下去，最后的几个字几乎都要听不见。沈耀越发焦急，也顾不得计较她的胡言乱语，伸手就往她的脖颈间探去。

感觉到他的手向自己伸来，千钧娇笑："木头要在这里和我洞房花烛？"

沈耀的脸色却越发难看了。

那颈间的脉搏沉稳有力丝毫不乱，哪里有半分受伤的样子？

反倒是自己，被她身上的香味纠缠，这心跳得莫名加快，像是中了什么毒药。

他气得甩开她："胡闹！"

"我错了，我错了，你别生气。"千钧听出他语气中的怒意，知道不能再惹他了。她迅速又点了个火折子，然后一骨碌爬起来冲上前就要开路。

沈耀却一言不发地堵在了她的身前，抬步走在了她的前面。

笔直的背影好像能挡去一切风雨，无端让人感到安心。

千钧一手捧起自己的脸发笑。哎呀呀，这个木头怎么这么可爱呢。

她举步追上了他："我们能出得去吗？"

沈耀心里虽然还未气消，但是良好的修养又使他不能无视别人的提问，只好答道："这里应该是青图教的密道，既是通道，就必定有出路。"

走了一阵，面前却遇到一堵墙。

千钧撇嘴："是死路啊。"

沈耀抬眼看上方："出口在上面。"

"所以说，前后左右的路都被堵了，但是还有头顶上的路嘛。"云蝉掀开地面上的石板钻出暗道，对着楼溇嘚瑟，"我聪明吧。"

楼溇无语了一阵。刚刚的对话正到关键处，怎么就被这丫头忽然注意到了出口所在，发现得可真不是时候。

他郁闷地望一圈儿周围，忽然神色一凝。

云蝉顺着他的目光望去，也吃了一惊。

他们出来的地方已经不是烟山山顶，似乎在半山腰上，此刻下坡的远处站有五个黄衣人，与之前的青图教人是一样的打扮。

而那五个黄衣人对面，却还站了几十个人。

几十个人都是江湖白道中的人，那些装束云蝉全都认得出。

蛟龙帮、凤华山、源清派、青云堂……还有，夏明山庄。

噬魂之毒〔十四〕

正邪两方人马在对峙。在场的白道各门各派这次来的全是领头人物，手下带着的也全是门中数一数二的高手。

云蝉放眼望去，一眼就看到某个熟悉的身影也在其中，老远都能看见他一身红衣肆意张扬，眉眼间似是泛着桃花，耀眼夺目。她几乎就想不计前嫌地立刻奔过去找他，结果下一瞬间，她猛然看到谭诗瑶站在他身旁。

云蝉气得鼻子里一哼气，又定住了脚步。

下坡的双方很快打了起来。青图教只有五个人，白道也不以多欺少，就派了五个人出战，其余人在一旁观战。

云蝉拉拉楼溇的衣袖，低声道："我们要过去吗？"

楼溇望着不远处两方相斗的场面，心思转动。他冲云蝉一笑："过去了你未婚夫就要杀我，你到时帮不帮我？"

云蝉瞥一眼与夏意靠得极近的谭诗瑶，也不去想夏意为什么会要杀楼溇，气哼哼地答道："帮你，我当然帮你。"

她又瞪了夏意好几眼，仿佛感应到她的目光，原本在观战的夏意忽然转过头来，一眼就望见了在上方并肩而立的云蝉和楼溇，桃花眼中不知闪过了什么神色。

突然间与死夏意的目光对个正着，云蝉心里莫名打起了鼓，正犹豫着要不要过去，身边的楼溇却忽然俯下了身，附在她耳边亲昵道："别忘了你刚刚说过的话。"

他话才一说完，那个红色的身影就已带着狠厉的掌风，以不可思议的速度劈了过来。楼溇侧身一让，也起手对掌。察觉到对方挥出的是要置人于死地的凶狠力度，楼溇心里一笑，后退两步卸去掌力，待站定时，云蝉已经毫不意外地被夏意拉到了身边。

胳膊被夏意死死扣住，云蝉疼得就要发飙，忽然听到几声惊呼。

原来和正派众人相斗中的青图教人自知难敌，在被抓住之前，全部自尽了。蛟龙帮的赵帮主见抓不到活口，很是懊恼，大声对手下的弟子道："再搜，魔教里一定还有其他人。"

夏意不由分说地抱起云蝉就飞身回到众人处，随后提剑指向楼溇站立的方向，冷然地开口："那边就有个魔教的。"

众人先前只顾盯着面前与黄衣人的打斗，并无人注意到夏庄主刚刚忽然冲出去夺人，这会儿看清楚他忽然抱了云大小姐回来，都感到有些吃惊，又顺着夏庄主剑端指着的方向望去，不由得更是讶然。

山腰上方站着一个容姿绝佳的白衣男子，腰间佩着把刀，对着众人似笑非笑。

谭诗瑶最是回不过神，轻声道："夏哥哥，他不是楼孤雁大侠吗？"

夏意不答，身后的青麒站出来说道："源清派和我们夏明山庄先前都被他骗了，楼孤雁只是个掩饰的假身份，我们如今已经查明他的真正身份是墨阁阁主。"

此语一出，众人哗然，立时有人拔剑相向："竟是魔教余孽，此次魔教复出，必与墨阁也脱不了关系！"

云蝉一听就急了，连忙拽着夏意大声解释："他和魔教没关系的。"

众人都认得云蝉是夏庄主的未婚妻，见她这么说，便有人问道："那他不是墨阁阁主？"

"这……"云蝉语塞，说谎恐怕只会让情况更糟。

她不由得求助似的看向夏意，哪知夏意看也不看她，反而望着楼渺漠然道："魔教余孽，人人得而诛之。"

楼渺闻言，也一脸有趣地回望着夏意，既不开口也不离开。

见楼渺不闪不避还傻傻地站在那里，周围已经有人蠢蠢欲动想要提剑去抓。云蝉终于焦急大喊："他虽然是墨阁的，但是墨阁已经与魔教没有关系了。他和魔教有仇呢。"

"有仇？"蛟龙帮的赵帮主眼里满是讥讽，总算看在夏庄主的面子上没有直接嗤笑出声，"云小姐太单纯了。谁不知道墨阁是魔教当年的余孽所组成，你说他们同气连枝还成，说他们有仇，这可不是消遣我们来着？难不成墨阁还是站在江湖正派这一边的？"

"站在正派一边？"楼渺突然冷笑，嘲弄的声音不高不低地响起："一群道貌岸然的伪君子，偏偏自诩江湖正派。"当年木家也是站在江湖正派一边的，可是出了事，所谓的名门正派中有谁过问过？

众人立即变了脸色，蛟龙帮里已有两个年轻弟子提剑冲了过去："帮主，我们先抓了这满嘴胡言的魔头。"

楼渺轻哼，利落地也抽出了刀。他的刀法向来极快，等那两个蛟龙帮弟子注意到的时候，全身都已笼罩在他的刀风之下了。

避无可避，眼见那两个年轻弟子就要毙命当场，众人忍不住惊呼。忽然，横空飞来一支金簪，拨开了楼渺的刀。那两个弟子得了间隙，立即狼狈地退了开去。

随后一个身穿水色长衫的俊朗男子飞身而至挡在双方中间，竟是沈耀。

千钧也跟在后面，气得跳脚："你个破木头，还说男女授受不亲，怎么随便拔了人家的簪子！"

沈耀面上一红，道歉道："事出紧急，对不住。"

千钧气恼，又见到云蝉就在人群里站着，可那个夏庄主也在，她不敢过去，只得掉转了脚步跑到沈耀身边。她看看那两个蛟龙帮弟子，奇怪地问楼溇："怎么回事？怎么打起来了？他们好像不是魔教的啊？"

沈耀也一脸不解，向楼溇疑问道："楼大侠，你这是？"

获救的蛟龙帮弟子连忙指着楼溇："他不是什么楼大侠，这魔头可是墨阁阁主。"

"啊！"千钧显然吃了一惊，"你是墨阁阁主？怎么不是老头子？"

沈耀也吃惊不小："楼大侠？这可是真的？"

楼溇无所谓地点头："你们让开，我不伤你们。"

好猖狂的语气。沈耀肃穆起来："你既是魔教余孽，便是与沈某势不两立。你要伤人，须得先过我这一关。"

云蝉的胳膊被夏意紧紧抓着，跑不过去，简直急得没有办法，听到这话只能冲着沈耀大吼："墨阁也不等于魔教啊。你个木头怎么真的这么木头，他若是魔教的，怎么还会和我们一起来烟山查看？"

沈耀闻言果然有些犹豫，于是抬眼看向人群里的师父，源清派掌门人谭英却神色不动，只微微对他点了点头。

听到云蝉的言语中再三向着那个魔头，一旁的赵帮主已是很不耐烦："那必定是魔教的奸计，谁知道他们打的什么主意。"

其余各派也有人附和："墨阁蛰伏了这么多年，恐怕早就图谋已久想恢复青图教。如今百兽图腾重现江湖，我青云堂和南海派近来接连有人被魔教所杀，今日必要抓他来查个清楚。"

该怎么办，所有人一听到楼溇是墨阁阁主就认定他是魔头了，这会儿连沈耀也对他拔剑相向。云蝉刚刚在上方的时候就看到了这次来的都是高手，如若打起来喽啰恐怕逃脱不掉。她没了办法，只好用尽力气朝着前方大吼："喽啰，你快跑！"

赵帮主终于忍不住，厉声道："你这丫头怎得不分轻重，处处维护那个魔头！再出言捣乱，可别怪老夫……"

"赵帮主要如何？"夏意冷眼扫向赵帮主，眼神里带着煞气。那赵帮主被看得心中一凛，竟有些说不下去。

夏意却忽然微微一笑："小蝉不懂事，先前都是被那魔头骗了，赵帮主可别与她计较。"他转脸看向云蝉，这些日子以来第一次对她开了口，"小蝉，那人都是骗你的。劫走你的人就是他，他先扮作歹人劫了你，再以楼孤雁的身份救了你，一切都是他自导自演的圈套。"

云蝉欲哭无泪。这些她都知道啊，可是要怎么和夏意解释？

她哀求地看着夏意，希望事情能有转圜余地："可是墨阁这些年来也没有做过什么十恶不赦的坏事。他真的与魔教没有关系，真的，我跟你保证。"

"保证？你很了解他吗？"夏意的笑容彻底隐去，声音骤然变冷，"是不是魔教的，试试就知道了。"说着，他一把将云蝉交给青麒，随即起身迅如雷电般地绕过了沈耀和千钧，出剑直直袭向楼溇。

竟是夏庄主亲自上阵了，众人皆是一惊，随即纷纷叫好。

楼溇也笑了。

一刀一剑很快交织在一起，发出狂妄的声响。两人同一时间出手，不约而同使的都是杀招。夏意剑势凌厉，一招刺出就已连扫过对方周身数十个方位，然而楼溇的刀更快，以攻势来卸攻势，只见空气中剑芒刀锋银星点点，双方竟然都是在抢攻。

骇人的杀气掀得周围树木摇动不已，旁人全看得目瞪口呆，只觉得有股寒意从背脊上直透了下来。

渐渐地，刀锋压过了剑芒。楼溇越攻越快，刀上似是隐隐笼罩上了一层金光般，击在夏意的剑上，有光华散开。

源清派的谭掌门倒抽一口冷气，喃喃道："竟是无量诀。"

众人闻言，神色皆变。

无量诀无量诀，魔教当年的图教主练成之后连屠了四大门派三百条人命，武林中无人能敌。如今隔了五十年，提到这门功夫依然能让江湖中人心生胆寒。

赵帮主冲云蝉冷哼一声："无量诀都使出来了，那人果然是魔教的。"他刚刚就在心里看云大小姐不顺眼，只想着这丫头若再出言帮着魔头，便要给她点儿教训。

青麒皱眉，闪身挡在云蝉身前。然而云蝉的心思却没有在这里，根本就未听见赵帮主的话，只死死盯着前方对打的两人，心也跳到了嗓子眼。

虽然人人都说夏意的武功卓绝，可他们知道楼溇的武功又有多卓绝吗？她见过楼溇杀人的场景，她知道那刀锋有多寒有多利，被砍到的人无声无息地就死了。

刚刚还没开打的时候她在为楼溇着急，而如今她已全然忘记了，整颗心整颗心都挂在那抹红色的身影上。

夏庄主落了下风，且越来越明显。

楼溇的刀好像每一下都砍落在了云蝉的心尖上，她几乎都要哭了，害怕得抓住青麒："你快去帮夏意啊。"

青麒居然不动。

其余人更是不敢动。

那缠斗的两人攻势太过狠厉，连一丝缝隙也没有，旁人根本没有插手的余地，连靠得近了都会受到波及，保不准就少胳膊少腿或者掉脑袋了。

千钧听见云蝉的声音，犹豫了两下想要上前试试阻开相斗的两人，沈耀一把拉着她退开，语气竟是难得的有些气急："你想死吗？"

千钧蹙眉，刚想说什么，人群中忽然发出一阵惊呼。

夏意终究是慢了一招，他才避开一刀，那刀尖已经变换了方向，顺势剜向了他的胸口。

夏意的嘴角忽然扬起一抹笑。他的目的不过是为了引楼溇使出无量诀，而楼溇如今已在众人面前使得清清楚楚，今后这人便再难与魔教脱开关系。

如此，他便可光明正大地召集武林正道，将墨阁杀得干干净净，一个不留。

一个不留，所有阻着他的人都得死。

夏意眼神一凛，手上的剑似是突然活了般一改颓势，正要挑剑直上。

变故就在这一刻发生。云蝉竟然凭空冒出，挡在了夏意身前。

说是凭空冒出，只因无人看清她是何时冲过去的。

楼溇大惊。距离太近了，他手上根本来不及收刀，那刀锋无可阻挡地直朝着云蝉的左胸就要落下。

而背后夏意的剑是从侧面刺上的，这一剑本可以用来挡住楼溇的刀，但如此一来却也会刺中云蝉。来不及多做思考，夏意手上运力，剑并未刺出，剑身上却猛然迸发出一阵金光，千钧一发之际，一股剑气震开了刀头的方向。

是无量诀。尽管只有一瞬间，楼溇还是看清了夏意所使的招。

夏意却吓得脸色发白，抱着云蝉的手都有些颤。平日里那么不可一世的一个人，这会儿却从头到脚都充斥着难以自抑的后怕，漂亮的桃花眼里一片惊慌："小蝉，小蝉，你有没有伤到？"

云蝉也是吓得半死。她的勇气就那么一瞬，刚刚已经全部用完了，此刻只能手脚无力地软倒在夏意怀里说不出话来。

沈耀都有些震惊："云姑娘的身法怎么可能这么快？"她刚刚所在的地方距那两人可有几丈远，他完全没看清她是如何过去的。

千钧呆呆默然不语。别人看不清，她却知道的，那丑丫头刚刚使的是莲步生花，当初学的时候明明连步法都走不好，刚刚居然被丑丫头使出来了。而这套轻功本是她教给丑丫头关键时刻用来保命的，这丑丫头竟然用来自杀？真是气死她了。

楼溇收了刀，看着云蝉眼神复杂："你不是说了，你会帮我？"

云蝉还没缓过神，结结巴巴道："那、那只是气话。我不许你伤他。"

楼溇沉着脸，向她的方向走了一步。云蝉不由自主向后靠了靠，夏意立即一手抱紧了她，再度朝对面举起了剑。

然而楼溇却只走了一步就顿住身形，随后竟然吐了一口血出来。

云蝉瞪大了眼睛。不会吧？因为她不帮他，他就气得吐血了？

楼溇的脸色更沉了几分，他擦去嘴角血迹，再抬眼时眼神凌厉得像寒冰。

是毒，噬魂之毒。

他一直分外小心，是什么时候中的毒？只有那次，只有那次他服化功散的解药。他盯住云蝉，总是如星星般明朗的双眸里满是暗沉："是你？"

云蝉看着楼溇一脸惊恐："什么是我？喽啰，你怎么了？"

她的表情里透着担忧，楼溇却不信这里面有几分真意，向来温润的声音里也染上了怒意："我想要相信你，你却骗我。很好，很好，很好！"

他一连说了三个"很好"，几乎要笑出来，结果嘴里又是一口血吐出。

云蝉真的开始急了："喽啰，你到底怎么了？"

身后的众人却看出端倪来了。赵帮主立刻挥手："这魔头是中了毒，大家趁此机会上去制住他！"

除了源清派没有动，其余各派闻言都冲了上去。

楼溇一把单刀撑地，神情却依然不屑，仿佛又是那个炼狱里的天上人般高高在上："凭你们？做梦！"

夏意冷哼一声，也要提剑上前，云蝉却死死拉住了他："夏意，别去。你救救他好不好？你说的话他们一定听的，喽啰他真的不是魔教的人。"

夏意看着她沉默。

那个男人他是一定要杀的，可是如果让那男人就这么死在她眼前，她会难过吧，还是舍不得看到她难过的……

见夏意沉默不语，云蝉还想再说话，周围却忽然起了雾，她顿时觉得身体有些发软。夏意脸色一变，忙从身上摸出药瓶喂了她一颗药："雾气有毒，快闭气。"

正说着，人群里已经倒下了几个人，有人大喊："那魔头逃了。"

沈耀伸手想要拉千钧，却发现拉了个空，千钧已经不知到了哪里去了。混乱中他来不及多想，当即快速去和师父师妹会合。

云蝉昏昏沉沉，在闭上眼的前一刻，她看到一个紫衣女子带着楼溇飞身而去，心里终于感到有些安心。

又被劫了【十五】

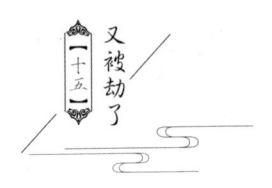

云蝉晕倒前是伏在夏意怀里的,醒来的时候仍是伏在他怀里,连姿势都没有变,一瞬间她差点儿以为自己还在烟山的半山腰上。

她静悄悄地抬眼,才发现自己在床上,而夏意则坐在床沿抱着她一动不动,一双桃花眼安然地闭着,长长的睫毛微微垂下,眉心也舒展着,平日里的傲慢不可一世全都消失不见,整个人安静得像一幅画,只有圈着自己的手臂是紧紧的。

云蝉忍不住嘴角弯了几分,偷偷又朝他靠近了些,哪知那双桃花眼忽地睁开了,望住她就笑:"醒了?"

云蝉尴尬得要命,连忙推开他,怒声道:"你装睡?"

夏意却收紧了手臂不让她跑,眼里的笑意似要溢出来:"小蝉。"

"干吗?"她不安地接口。他看着她的眼神怎么好像在看一盘可口的食物,随时都要一口吞下去的样子,有点儿让人发毛啊。

夏意大力地把她按回到自己怀里,然后将下巴轻轻抵在了她的脑袋上,闷笑着开口:"以后不许再那么乱来了。就你这点儿功夫,还来替本少爷挡刀。"

哎哎,这浑蛋,总是话里话外不忘损她一下,说一句感谢会死啊,云大小姐轻哼了一声，埋头不理。

可是两人好像很久都没有这样说话了，云蝉想了一会儿，又自个儿乐呵呵地笑了起来。夏意听到笑声，不由得伸手捏她的脸："你笑什么？"

"没什么。"云蝉气呼呼地掰开他的手，随口问道，"其他人呢？"

"都在。当时不少人都中了迷谷，所以都来烟山附近的龙风镖局这里借个地方休息。"

"哦。"

等了半晌，不见她有其他的话要说，夏意有些失望，又再次抬手去捏她的脸："你也中了迷谷，这会儿虽然毒性都差不多已经清了，但也要好好休息。"

"哦。"云蝉心不在焉地又应了一声。什么迷谷，听都没听说过，应该也不是什么很厉害的毒吧。

不过说到中毒，她脑袋里忽然闪过了什么，不禁又猛地抬眼看向他："死夏意，喽啰当时和你打着打着，怎么后来会中毒了？"

夏意的手就这么僵住了。

啊，是这样。她才一醒过来，就想着问那个男人的事。他一时间不知自己心里是什么滋味，只望着她不说话。

云蝉本就怀疑，喽啰先前和她在一起时还都好好的，和夏意打斗一番过后也没受什么伤怎么就突然吐血了。如今见夏意面有异色，她不禁更有些心惊，犹疑道："难道那毒……是你下的？"

内心忽然就涌上了一股无名的愤怒，他直视着她："是又如何？"

云蝉顿时又急又惊："喽啰不是魔教的，你都不查清楚，随随便便害死了他怎么办。"

刚刚还溢满在心里的喜悦刹那间荡然无存，夏意冷笑："我就是要他死，又怎样？"

云蝉被他眼里流露出一瞬间的阴狠吓住了。

她心里有一个小小的声音说服自己，不是的，不是的，夏意是因为把喽啰当作了魔教中人呢,可不是在胡乱杀人。她定了定神,回看他:"你骗我呢。你们打的时候我从头到尾都看着,你哪有什么机会给他下毒。若真是你,你又是什么时候下的?"

夏意的神情终于彻底僵住。

"可是如果经由小姐的手杀了楼孤雁,以小姐的性格知道后一定会伤心自责。"

他抱着她的手渐渐松开,然后又握拳攥紧,指甲似要刻进手心的肉里。

许久,夏意缓缓别开脸:"在锦绣客栈的时候。我那时已经查到楼孤雁的身份。"

云蝉听了这话,只怔怔地看他。他在那个时候就知道了?然后暗地里给喽啰下了毒?

眼前的夏意忽然变得有些陌生了。她心里莫名发寒,不想再看也拒绝再看这个让她感到陌生的夏意。

"卑鄙!"云蝉猛地一掌推开他,然后跳下床就走。

夏意却仍是僵着没有动。

那一掌的掌力绵薄不济,可为什么打得他难过得连呼吸都疼了。

明明差一点儿他们就能回归到从前,如今却似乎又越行越远了。两个人之间,是从什么时候起变成这样子,又是为什么会变成这样子。

桃花眼中忽然聚起了煞气——早点儿杀掉那个男人就好了,当初在源清派的时候就该杀掉他的。

良久,他终于提了剑,沉默着出了门去。

云蝉出了房门,才发现这镖局大得很,她也不认识这里的人。正想找个人问问千钧在不在,忽然见到沈耀风尘仆仆地似是刚从哪里回来,见他推门进了某间房里,她连忙跟进。

沈耀见她闯入,吓了一跳,神色又开始不稳:"云姑娘你……"你怎么随便进一个男子的房间。

云蝉也不理他，径自在他房里找了一圈儿，才开口问道："千钧在哪里啊？"

敢情你是跑到我房里找千钧的？沈耀神色更加不稳了："我也不知。而且千钧姑娘在哪里，云姑娘怎么来问我？"

云蝉瞅瞅他："她不在这镖局里吗？"

"她并没有跟来。"

"什么？当时周围起雾，雾里有毒你竟然扔下她不管了？"

沈耀被她质问得微微锁眉："千钧应当没事，云姑娘可放心。"

"你怎么知道？"云蝉反问。然而注意到他满脸倦色，联想到他刚刚风尘仆仆地回来，她立刻又笑了，"你刚刚去烟山找她了是不是？"

沈耀的俊脸红了。

云蝉看也不看他，陡然拔高了声音："你有没有脑子啊！你以为烟山上没有她的尸体就是安然无恙了？说不定她当时中毒昏倒被魔教人带走了呢！"

沈耀果然神色立变。

见他脸色变来变去，云蝉顿时觉得心情好了很多，挥挥手道："我吓你的啦。千钧本事那么大，轻功又好，肯定早就跑远啦，哪会和你一样傻乎乎的。"

沈耀终于怒瞪她。

云蝉却挥挥衣袖，转身走了。

她胡乱走着，一路就走出了镖局。此时已是黄昏，这附近也不是什么热闹的地方。云蝉在街上走得心烦意乱，不知不觉已经走出了老远。她望望周围，还是决定回去。

不管怎样，死夏意就是死夏意，她怕谁也没道理怕他啊。想她先前还决定再见到他时一定一定要和他和好呢，前次的吵架真是太难受了，她再也不想和他那样闹翻了，再说喽啰的事也得心平气和地好好和他说。

就这么胡思乱想着，云蝉眼角的余光忽然瞥到一个紫衣女子从街角穿梭而去。她顿时觉得有些眼熟，想了想终于记起来，那不就是那次见过的喽啰的手下吗？难道喽啰也在附近没有逃远？眼看那紫衣女子一下子蹿没了影，云蝉来不及多做思考，脚下已经施展莲步生花追了过去。

紫衣女子身形很快，云蝉怕跟丢了，大气不敢喘一下地死命在后面追。可是当初千钧教她的莲步生花心法她也就每天晚上睡觉前随便练上一练，步法更是生疏，追了一段路下来，她早已经力不从心。

果然，就在她一愣神的工夫，紫衣女子不见了。

云蝉不禁懊恼，又察觉到这周围荒凉无比也不知是什么地方，心下更有些惴惴不安起来。

还是试着原路返回吧。她丧气地转过身，却见到前方几步之遥立着一个人。

白衣翻飞，在荒郊野外随便一站也有出尘之姿。

云蝉惊喜："喽啰？"

楼溇看着她，缓缓地笑："原来云大小姐有这么好的轻功却一直深藏不露，连我都骗过了。"

"我哪有骗你！我轻功本来……"云蝉想说我轻功本来就废，但是转念一想这岂不是在损自己？于是改口道，"轻功都是后来千钧教我的。"

楼溇笑得更畅快："是吗？那给我下毒，又是谁教你的？"

云蝉瞪大了眼睛。什么意思？喽啰难道认为他的毒是她下的？

她急着就想反驳，可是又该怎么说呢？告诉他毒是夏意下的？那他会不会去找死夏意的麻烦啊，他的武功好像比死夏意高啊……

心思绕了几圈，云蝉终究只是担忧地开口："你的毒，要不要紧？"

楼溇的笑意却更冷了。

她不反驳？真的是她，竟然真的是她。

怪谁呢？早就习惯不要去相信任何人，可那化功散的解药，是他自己那么毫无防备地就吞下了的。

两个人在一起比较安心。当初也不过是她为了求生讨饶而说的一句话，偏偏只有自己从头到尾当了真。

他终于再也笑不出来,手中的刀一点一点地提起,最终朝着她的咽喉处刺去。

"铛"的一声,一把剑凌空掷来,劈开了楼溇就要下落的刀。

楼溇飞身而来,抱过云蝉退后几步,随后一脚挑起剑握在手里,又再次要朝着楼溇袭去。云蝉却猛然死死抱住了夏意的腰:"不要!夏意,不要再伤他了!"

楼溇的脸色青白可怕,好像站都站不稳,云蝉看着都觉得心惊。他中的那毒应该很厉害吧,要不然从来都是笑容满面的他,怎么会这样一丝表情都没有。就好像,就好像被她刚刚的一句话,给彻底杀死了一样。

"不想以后一个人的话,你就要学会多信任身边的人。"

她没有骗他。她没有给他下毒。

云蝉很想大喊出来,她该澄清的,这样也许能让他好受一点儿。可是喽啰的武功那么厉害,她不要也不许他去找夏意的麻烦。所有所有的话,她终究是没有说出口。

云蝉用尽了全身力气拖住夏意,直到看见楼溇转身离去,她才木讷地松开了手,脚下却不由自主朝着楼溇离去的方向走了几步。

夏意气急败坏地一把拉住她:"他要杀你!你还去追他?"

云蝉挣脱了他的手,气愤道:"我是要回家!"

她也说不出自己在气什么,愤愤地施展莲步生花就想甩开夏意。可是没走出几步却忽然感到自己身体一轻,显然是被人拎了起来。

是喽啰?云蝉又惊又怕地转头看过去,却发现提着她的竟是桂月夫人!

桂月夫人提着云蝉风风火火地进了一处破宅子,然后甩手将她扔在了地上。过了没多久,又有一个人也风风火火地进来了,却是千钧。

"吓死我了,差点儿就被他追上了。"千钧一抹额角的汗,见了桂月夫人就大声嚷嚷,"死老太婆,下次你要死自己死。招呼都不打一声就忽然从那个夏庄主的眼皮子底下掳人,想害死我啊。"

桂月夫人不屑:"瞧你那点儿出息。凭你师父的轻功,他能追得上?"

千钧简直跳脚:"他追不上你,那我呢?好。你最了不起,待会儿他要是杀上来了,你去顶着啊。"

"喊,他能找到这里再说吧。"桂月夫人说完不再理千钧,转头盯住云蝉,"丑丫头,你怎么会莲步生花?"

云蝉被提了一路,这会儿还坐在地上顺气呢,冷不丁被桂月夫人这么一问也不知该怎么回答,只得抬头看向千钧。

千钧心虚:"是我教的,怎么啦!"

桂月夫人大怒,上去就揪她的耳朵:"我说这丫头怎么偷学我派的轻功,还费力把她抓来想收拾一顿。原来竟是你个不肖东西,本门轻功至高无上,怎么可以随随便便传给外人!"

千钧疼得直缩脖子:"那你收了丑丫头做徒弟不就好了,这样她就不是外人啦。"

桂月夫人一听,立马放开了千钧,转而上上下下打量起云蝉来,半晌终于下了结论:"这也太丑了,本派创派以来还没收过这么丑的丫头。"

云蝉直给气得七窍生烟。想她眼睛是眼睛鼻子是鼻子的,哪里就那么不堪了!她刚要发火,哪知桂月夫人又勉为其难地对她开口了:"不过既然学都学了,也只好收你入门了。"

"我才不要入你们的门!"一群以貌取人的家伙!

"嘿嘿……"桂月夫人阴笑了两下,"祖师奶奶传下来的规矩,莲步生花只有我们千金殿的人才可以使。你若执意不加入我们,那我只有砍了你两条腿,叫你再也使不出这套轻功来!"

这么狠?!云蝉立刻目光悲愤地移向千钧。

千钧尴尬地嘟囔:"死老太婆你胡诌的吧,我怎么没听说过祖师奶奶还定下过这种规矩。"

桂月夫人瞪她:"你个不肖东西能记得住祖训?!老娘先前给你找了那么一个举世无双的男人你都敢不要!你就只会欺师灭祖!"

"哪里举世无双啊,再说你刚刚不也见到他那样子了,都快噘屁了哎。"

"这么挑剔,以后嫁不出去老娘可不管了。"

"喊,你不也没嫁出去?"

"放肆!"

师徒俩正吵得火热,云蝉却忽然插话了:"你们刚刚说,喽啰快死了吗?"

千钧瞧见她脸色不好,忙抢道:"我胡说的啦。他厉害着呢,哪会因为那点儿毒就死了。"

云蝉沉默。也是,当初中了娘的化功散他都能自行慢慢解了,夏意的破毒药应该更没问题的⋯⋯吧?

她还在不安,桂月夫人却已经伸手在她身上左摸右摸开了。

云蝉回神,又尴尬又莫名道:"你干吗?"

"筋骨奇差,体质娇弱,内力不济⋯⋯"桂月夫人简直是越摸越嫌弃,眉毛都拧成了一个川字,"连基本的呼吸吐纳都没个样子,收了你简直是给我们千金殿丢脸,老娘还是砍了你的腿吧。"

云蝉吓坏了,连忙抱住她喊:"师父,别啊!我这是大器晚成型的,勤能补拙,我以后天天练功,一定不给您丢脸啊。"

桂月夫人眯着眼,晃悠悠地看了她一会儿,终于满意地点点头:"态度还成。"起码看着比千钧那个死丫头乖顺多了。

云蝉只有含泪不语。

桂月夫人立刻兴致勃勃地抓起她:"那为师先来教你把吐纳功夫学好了!"说完,她一掌拍上了云蝉的百会穴,"顺气,把气吸到命门!"

百会穴那是能乱拍的吗!这是要杀人吧!云蝉颤声道:"师父,您还是先教我背心法吧?"

桂月夫人收了手,歪头道:"也好。这套吐纳功夫是本门内功的入门之法,学好了以后从此气息控制自若,想屏息就屏息,躲在暗处偷听再高的高手说话也不会被发现⋯⋯"

默⋯⋯敢情你们千金殿的内功就是练来偷听人说话的啊。

一盏茶过后。

"笨死了,长得丑脑袋也不灵!就这么几句心法,说了一遍都记不住。"

云蝉眼泪汪汪,这什么师父啊,比千钧还没有耐心。太憋屈了,她不要学了。

千钧却突然跳过来大喊:"坏了,坏了,丑丫头那个杀人不眨眼的未婚夫真的杀来了。"

云蝉一听这话就不舒服了,你才杀人不眨眼呢!她刚想说她两句,桂月夫人师徒俩却早已经一眨眼从后门跑得无影无踪了。与此同时,破宅的正门被人一脚踢开。

云蝉站起来,下意识地就朝来人扑了过去急道:"别追她们,别伤她们。"

一开门就被投怀送抱,夏意僵硬了好一会儿,终于没好气地推开她:"你还会说点儿别的吗?"

"全天下我最喜欢你,我们不要再吵架了。"

世界忽然就安静了下来。

云蝉低着头,眼睛根本不敢看对面,可是一双手却出乎意料勇气十足地死死拽住了夏意的袖子。

这是他们在源清派那次闹翻以后,已经盘旋在她心里好多好多日的话。原以为自己这辈子绝对不会有勇气说出来的。可天晓得在眼下这种气氛诡异时辰欠佳的情况下,她竟然鬼使神差地脱口而出了。

自己大概是在害怕吧。最近发生了好多好多事,他们吵架了,比十几年来任何一次都要严重,最后好不容易以为接近了一点点,结果却是越离越远,她不要再这样下去了。

屋内很静。夏意完全没了反应,似是要就此沉默到天荒地老。

云大小姐只觉得自己的脸都要煮沸了,就在心跳得七上八下快要死掉的时候,她终于感到自己的身体被人猛地一下狠狠抱住。

那双手臂紧得不能再紧,简直像是要把她揉进自己的身体里一样。就在云蝉被箍得气都喘不过来之时,头顶上方终于传来了他的声音:"嗯,以后不吵架了。"

就这一句?云蝉挣扎着抬头瞪他,却惊奇地发现死夏意的脸竟然也红得够可以。见她不满,他总算有些别扭地再添了一句:"好吧。本少爷最喜欢你。"

咦,说得好像有点儿勉强啊。云蝉脸上红晕渐退,开始变换成气愤之色。

哪知那双桃花眼继续一眨不眨地盯着她:"最最喜欢,不会再有比我更喜欢你的人了。"

轻轻地,却又非常非常珍重的声音。世间上所有的花便在这一刻都绽放了。

云蝉只觉得自己全身都变得滚烫,脸也不知红成了什么样,大概就差头顶冒烟了。

下一刻,唇瓣被轻轻吮住,带着细细的温柔。她感受到唇上的热度,却僵着身体不知该如何反应。渐渐地,那吻越来越深,夏意温暖的气息拂在她的脸上,痒痒的,终于让她忍不住笑出来。

本该一起陷入意乱神迷,却被她不在状况的表现生生打断。夏意离开她的唇,气闷道:"你又笑什么?"

不知道,就是很想笑嘛。云蝉乐颠颠地抱住他:"没什么,我们回去吧。"

夜幕降下,两人在一片林间牵手而行。

云蝉抬头看着天上的星星,开口道:"以后你不许再丢下我了。"

夏意转眸看她:"我什么时候丢下过你了?"

"怎么没有?"云蝉举起拳头,"九岁那次你骗我去树林里试胆,你就偷偷跑掉了。"

"我不是后来回来找你了吗?你却够狠的,把我引到猎户的陷阱里困了整整三天。"

"我不是故意的啊。我以为就那么个破洞,你肯定自己有办法上得来的啊!再说后来我发现你三天没回山庄,带人来找你的时候你却一动不动装死吓我！"

夏意嘴角弯了弯，他犹记得那次小蝉找到自己的时候，差点儿哭死过去的样子。

"好啦，我以后都不会丢下你。"此生此世，永生永世，都不会丢下你。

见他这么认真，云蝉反而害羞了，她低下头"哦"了一声，心跳又开始不稳。

哎，好像不吵架了，也很不习惯啊。

两人似是都尴尬无话，沉默着走了一阵后，云蝉再次认真地开口："夏意，我要跟你说个事。"

哪知夏意立马臭起脸："我不要听。"

"我还没说呢。"

"不就是那个破烂喽啰的事。"

哎，你怎么知道？！云蝉傻傻地看了他一会儿，还是决定无视他的不爽开口道："这事很重要的，你好好听着啦！"

夏意哼了一声，转开脸不理。

云蝉也不管他，只自顾自地说了下去："你知道二十年前西江的木家吗？他们被青图教灭了，而喽啰就是当年木家幸存下来的孩子。所以说他找魔教报仇还来不及，又怎么会是魔教的人呢。"

她说得起劲，几下就把所有自己知道的事全都一股脑儿都道了出来，却没注意到身旁的男人眼中忽然一闪而逝的寒光。

原来是西江的木家，夏意握着云蝉的手不自觉地紧了紧。

云蝉感受到他的动作，转头却看见他一副不知在想什么的表情，不禁嚷道："喂，你到底在不在听我说啊！"

夏意回神，越发不爽道："听到啦。"

"哦，那你可不要再抓他了。还有武林中的其他人，也要快点儿告诉他们喽啰和魔教无关的。"

夏意轻哼一声，再次转脸不理。不杀楼溇？那怎么行，那个人他是一定要杀的。

可是小蝉会难过……

或者，就不集结武林的势力了，只暗地里动用夏明山庄的影卫去把那个男人连带着墨阁偷偷地踹了？

月光一片温柔，夏意回过头，瞥见云蝉一脸在意的神色，心里开始默默思量起了偷偷干掉楼溇和墨阁的可行性。

【十六】真相初现

同样是时隔多日回到飞云堡,被人劫走和私自偷溜出家的待遇当然不一样,秦湖的暴脾气上来一个没忍住,当着夏意的面就揪住云蝉开揍了。

夏意刚开始还有些幸灾乐祸,待看到某人的耳朵被揪得通红时,他不禁变了脸色,等再看到某人疼得眼泪都飙出来了,他终于忍不住插嘴了:"秦姨!"你倒是轻点儿呀!

听到这声呼喊,秦湖总算想起来旁边还有个夏庄主在,只好收了手气势汹汹地一推云蝉:"滚回房去,闭门思过。"

云蝉立刻乖乖应声龇牙咧嘴地去了。她才揉着耳朵没走出几步,夏意就追了上来,一见她这模样就皱眉:"疼不疼?"

"你给我揪下试试就知道了。"

"活该。"夏意鼻子里哼了哼,"谁叫你逃婚的。"

"谁谁……谁逃婚了!我不是逃婚,不对,虽然不是逃婚,我也……也不是要嫁给你的意思……"云蝉涨红了脸,郁闷得不知道要怎么说才好。

瞧她这样,夏意也莫名红了脸,移开目光道:"好啦。过几天乌城有糖会,带你去玩玩?"

"哦。"云蝉犹自心头乱跳,胡乱应声。

他又端详了她一会儿,恋恋不舍道:"那我走了。"

云蝉仍是低着头:"哦。"

嘴上说走,夏意却一步都没有动,等了一会儿,他到底还是不甘心地问道:"你没别的话要说?"

云蝉的脸忽然又红了。怎么回事!都认识了这么多年,如今对着夏意就脸红这是什么毛病!她在心里骂了自己一会儿,抬头道:"你过来。再过来点儿,嗯,弯下腰。"

桃花眼眨了眨,夏意毫不犹豫地就乖乖弯腰,正想着双手要不要搂上去,肩头忽然就一阵疼痛,夏意"嗷"了一声:"死小蝉你干吗?"又咬他。

"要疼一起疼嘛。"云蝉松开口,嘚瑟。

夏意气哼哼地扭头,瞧见了云蝉小脸通红还在偷笑的模样,心头一跳,突然快速在她脸颊上啄了一下,然后趁着她还没反应过来,更加嘚瑟地走了。

霁月推门而入的时候,见到的就是云蝉坐在桌边捧着脸傻笑的情景,她不禁吃惊:"小姐,你发什么疯呢?"

云蝉见了霁月,更加欢喜。她对霁月向来掏心掏肺,当下就忍不住乐颠颠地告诉她自己和夏意和好了。

"嗯。"霁月听完,也似是松了一口气,"小姐这次出门在外,没遇到什么危险吧?"

"怎么没有?闯荡江湖可险了。你知道吗?我还遇到青图教的人了。"难得自己也有些拿得出手的经历了,云蝉兴致上来,立刻就滔滔不绝地拉着霁月扯开了。

她才说到在烟山上喽啰和夏意打架的事,霁月突然打断她:"那楼大侠原来是墨阁阁主?小姐,你早就知道对不对?上次要我帮你偷解药怎么没告诉我?"

云蝉被说得有些惭愧,她向来对霁月没什么秘密的,这次却瞒了她好多事,一定害她担心了。她正不知该怎么说,霁月却继续发问:"那他后来中了毒后……死了吗？"

云蝉神色立刻一暗，叹气："他中了毒，不过没死。只不过……不知道为什么他以为毒是我下的。"

霁月心里"咯噔"一下："那他没对你不利吧？"

"没，没有呢。他后来就跑了。"

霁月看出她神色不对，急道："小姐，不许再瞒我。"

云蝉忙道："真的啦。他后来虽然是有一次想杀我，不过死夏意来救我了，现在已经没事啦。"

"嗯。"霁月却没办法宽心，"小姐这两日不要再乱跑了。"

"你放心，我被娘勒令闭门思过呢。"云蝉知道霁月是担心了，也不顶嘴，完全一副乖乖听话状。

见她这样，霁月忍不住笑了一下，又听云蝉唠叨了一阵后才匆匆走了。

云蝉被秦湖禁止出门，也不敢违逆。可她在房间里憋得慌，便又开始勤快地练起桂月夫人教她的内功心法起来。千金殿所有的功夫都是专为女子所创，和云蝉以前练的那些功夫比起来，这套心法练着是分外顺手。

气息在体内慢慢地运转了一周，云蝉只觉得脸上身上都微微出了些薄汗，待睁眼时，竟然已经到了深夜。出了汗身上难受，可她也不好意思再麻烦霁月，便打算自己去烧些水洗洗擦擦。她欢快地下了床，蹑手蹑脚地出了院子便朝厨房走去，快行至一处假山处时，忽然隐约听到说话声。

有什么人会三更半夜鬼鬼祟祟在堡里说话呢？云蝉在自己家里，胆子那是分外大，当下忍不住好奇心就偷偷朝声音的来源偷偷挪了过去。月光朦胧，两个说话的人隐在假山后面，云蝉照着心法所教努力控制着自己的气息，然后眯入了眼从假山缝里偷望过去。却不想一看之下，大惊失色。

哇呀呀！竟然是霁月……和青麒？夜深人静的，难道他们是在幽会？

肯定是幽会啊！除此以外，云蝉也想不出别的可能了。她于是忍不住气愤起来，太坏了！太坏了！她自己有什么事都会告诉霁月，可霁月和青麒好上了这么大的事，竟然瞒着她？

云蝉一面气愤，一面屏着气息就要往回走。不管怎么样，偷听别人的情话总是不好的。可不知是她耳朵太灵还是怎的，有几个字还是随风断断续续飘进了她耳朵里。

"……你不必管，庄主只吩咐……你护好云小姐便是。"

咦，怎么好像提到了夏意和她？云蝉心下奇怪，又猫着身子转身挪了两步竖起耳朵。

哪知霁月竟忽然对着青麒单膝下跪："属下知道。不过我怕如今堡里这几个人拦不住那墨阁阁主，为以防万一，请禀告庄主再派几个人到飞云堡来护小姐周全。"

青麒奇怪："你的意思是那墨阁阁主会要对付云小姐？"

霁月点头："从今日小姐对我说的话听来，他似乎已经察觉到那毒是下在了化功散的解药里，恐怕他如今认定了是小姐给他下的毒。所以我担心他会来找小姐报仇。"

青麒思忖了下，低声道："这个倒是不用太担心，他中的可是噬魂，就算他有天大的本事，此刻恐怕也奄奄一息翻不出什么花样来了。不过你顾忌的也有道理，墨阁没了他也有别人，防着点儿也是好的。我会回去禀告庄主，你自己近日也且多留神些……"

说话声忽然断了。霁月疑惑地抬头，却见青麒神色凛然地望着前面，像是见鬼了一般，她不禁也回头望去。

那朦胧的月光下，云蝉正僵硬地站在假山前呆呆地望向这边。霁月顿时惊骇万分，怎么可能？小姐是什么时候来的？她和青麒竟然都没有发现？

云蝉的脑袋嗡嗡作响，只觉得自己浑身上下都冰冰凉凉的。她望着霁月颤声道："霁月，你是我的人，为什么要对着青麒自称属下？"

小姐到底听到了多少？霁月怀着一丝侥幸心理，佯装镇定道："我和青麒闹着玩呢。小姐，这么晚了你出来做什么？夫人不是要你闭门思过的吗？"

云蝉却几乎要哭了出来："那毒……是你放在化功散解药里的？"

她都听到了？雾月望着她，再也说不出一个字来。

眼看对面两人都不说话，云蝉发狠道："好！你不说，我自己去问他！"说完，她不顾一切地转身就跑，脚下一个莲步生花已经飘出几丈远。

青麒大惊，忙拉起雾月道："不好，快去拦住她。若让她见到了庄主对质起来，我们都要没命！"

雾月木然道："拦住了有什么用？难道你还能让小姐从此不再和庄主见面了？"

青麒额上冷汗狂冒："就没办法先哄住她吗？"

"来不及了。"雾月摇头，"我们回去领罪。"

云蝉生平第一次在半夜里冲上了夏明山庄。她心中满满的仓皇无措，连正门也顾不得走了，直接纵身一跃翻墙而过。

山庄的一个影卫甲察觉到动静就要出去，身边的影卫乙却及时拉住了他："你眼睛瞎了？那可是云大小姐，你也敢拦？就不怕庄主回头剁了你的一只手！"

影卫甲闻言，不禁擦了擦眼睛："真的是云大小姐？她轻功什么时候这么好了？"

影卫乙数落他："你管得着。想多活几年的话，刚刚的就当没看见！"啧啧，三更半夜火急火燎地找上门，看来庄主这次出门一趟与云大小姐的关系突飞猛进啊。

虽是半夜，但夏明山庄的书房里仍是灯火通明。青蛛半跪在地上，语气是前所未有的踌躇："庄主的意思是，就派他们六个人去诛杀楼孤雁以及灭了墨阁？"

大概自己也觉得有些强人所难了，夏意竟然难得询问了起来："有把握吗？"

"这……"青蛛冷汗直冒。当然没把握了！可这话他不敢直说。

青蛛实在想不通，明明计划进展一切顺利，已经成功把墨阁推向风口浪尖了，如今只要山庄一声号令，便可正大光明集合武林各派去围剿，为什么事到临头庄主却改变了主意，非要改成暗中行事了？

山庄里的影卫一共就二十个人，可从未在武林中露过面的只有六个人。庄主竟想只靠这六个人去将墨阁杀得一个不留，就为了绝不走漏半点儿风声。

若那墨阁是这么容易摆平的话，他们夏明山庄也不用头疼这么多年了。何况那个阁主楼孤雁的实力，他和青麒是领教过的。虽说楼孤雁如今中了噬魂，可依然是个不能掉以轻心的角色。

夏意沉思良久，难得体贴道："那么，墨阁其他人先不管，你们先去把楼孤雁找出来杀了。他已经中了噬魂，这应该不难吧？"

门外有风声接近，夏意微微皱眉，桃花眼不悦地眯起。青蛛也迅速起身，厉声道："什么人？"

门被缓缓推开，青蛛见到来人，彻底愣住了。

夏意也神色微微一变，却又很快不动声色地隐去。他快步朝门外的人走去："小蝉，你怎么来了？"

云蝉怔怔地望着他。

青蛛见这情景，识相地退出去了。

书房里只剩下两人，夏意压住心底的一丝惊慌，伸手想碰她的脸："怎么哭了？"

云蝉却躲开了他的手，一字一顿道："喽啰中的是你的毒，把解药给我。"

夏意呼吸一滞，定了定神后故作轻松地笑道："你半夜过来就是担心这个？你放心，我如今既已知道他与魔教无关的，自然会派人找到他给他解药。"

云蝉闻言，心里苦涩难当，连喉咙里发出的声音似都不是自己的了。

"你是真的相信了我的话，所以放过他了？"顿了顿，她又艰难地道，"夏意，你不要骗我。"

夏意笑得有些难看："小蝉，为什么这样说？"

她深吸一口气，终于抬头盯住他："不管他是不是魔教的，你都要杀他是不是?'墨阁其他人先不管,你们先去把楼孤雁找出来杀了',是不是?"

他的神色终于慌张起来:"你听到了?"

云蝉咬住嘴唇:"为什么?"

夏意掩住慌张,强辩:"墨阁是魔教余孽,纵是和青图教无关,也绝非善类。你心思单纯才会受了他的骗,你不记得最早是谁劫了你吗?怎么还要护着他?"

云蝉的眼泪再也控制不住:"为什么要骗我?喽啰中的毒,根本不是你在锦绣客栈时下的,而是放在了化功散的解药里!是我给他吃的,所以他恨我了!"

她都知道了?夏意彻底慌了,"小蝉,你听我说……"

云蝉却什么也不要听,近乎崩溃,大喊:"就连霁月,也是你安排在我身边的!"

她和霁月那么好那么好,霁月像她姐姐一样,她受了任何欺负霁月都会替她出头,她有任何秘密都会告诉霁月,她还为霁月挡鞭子。结果呢,结果呢?多么可笑,就像个傻瓜。

"小蝉,我只是、只是想保护你。"

"让我骗楼溇服下了毒药,也是保护我吗?你给他下了噬魂对不对!"

噬魂噬魂,毒如其名,会噬掉一个人的魂,中毒之人从此意识尽失武功尽废。云蝉曾听她娘叹息过,给江湖中人下这种毒,倒还不如给他喂砒霜来得痛快,谁愿意做一个活死人呢。

她听后就问娘:那么噬魂就无解吗?

有解,但只有下毒的人才知如何解。噬魂有三十六种配法,该用哪一味药去解,只有下毒的人清楚,否则用错即死。只不过到了这种地步,三十六分之一的概率也好,中毒之人大部分也宁愿碰碰运气。

三十六分之一的概率。喽啰那样天仙般的一个人,一定不甘心自己变成活死人的吧。他有没有试了?有没有……死了?

手心渐渐攥紧,云蝉再次开口:"把解药给我。"

夏意却看着她良久，终于轻声道："给了你解药，然后呢？"

云蝉愣住，这短短几日来溢满在她心房里的快乐，似乎全都远去了。她木然地回望着他："没有然后了。我不要再见你。"

夏意脸色发白："不是说好了，再也不吵架了吗！"

云蝉捂起耳朵，只倔强地重复："把解药给我。"

"他对你这么重要？比我重要吗？"

"解药。"

"我不会给的。"

"你浑蛋！"

"给了你以后，就没有以后了。"夏意眼中终于染上一抹狠色，"那我为什么还要容他活？"

这算什么？威胁她？他竟然一点儿也不觉得自己做错了吗？

多么美好的一个人，气过她哄过她宠过她，两人从六岁开始就一直在一起，吵了那么多年，她也从未真正讨厌过他。

可她的夏意，为什么变得这么可怕了？

又或者，是自己从未真正认识过他。

云蝉忽然就止住了泪，只觉得昔日种种都很荒唐。

"好，你不给，我们也一样没有以后了！"

【十七】弄巧成拙

　　这几日堡里不知怎的开始忙碌起来，戒备也比以往严了许多，似是要有大事发生。然而云蝉却像是丢了魂，躲在了房里不出来。秦湖来看了几次，以为她又是和夏意吵架了。她一向懒得理这些小女儿心思，摸了云蝉的脑袋说了句不再禁她的足后，就又匆匆走了。

　　夜深的时候云蝉躺在床上，刚闭上眼就有许多刀光剑影钻入她脑海中。一片混沌的梦境里楼溇脸色青白地走了出来，仰头笑着连说了三声"很好"后，便提着刀刺向了她。她害怕得动不了，眼睁睁地看着那刀尖一点一点凑近，然后像切菜一样削骨断筋，却是刺进了夏意的身体里。

　　"啊——"云蝉尖叫着惊醒了。

　　霁月很快奔进屋来，紧张道："小姐，做噩梦了？"

　　云蝉看也不看她一眼，只抱着被子独自喘气。

　　霁月便又退了出去，一直退到院里的花圃边，然后一动不动地在外面守着。自从云蝉从夏明山庄回来后，便再没主动和她说过一句话。霁月苦笑，以前小姐和庄主吵架吵得狠了，也是不理庄主的，哪知她也会有受到这种待遇的一天。

思绪忍不住飘了飘。雾月还记得那日她和青麒赶回山庄领罪，本以为必死无疑，可是等她和青麒见到了庄主，却发现庄主的脸色是从未有过的了无生气，竟比他们还像个将死之人。

庄主那晚对着她只说了一句话——

"你回去小蝉身边，若她还要你，你就继续护着她。若她不要你了，你自行了断吧。"

雾月甩甩头，将这些纷乱的思绪抛出脑后，迅速站了起来。小姐不喜晚间在院落里点灯火，于是到了晚上院落里通常很黑，好在这么多年下来她已经习惯在这样的黑夜里视物了。正在此时，有一人影在屋檐下闪动，她抽出短剑，一个箭步就朝着屋檐阴影下的某个鬼鬼祟祟的人影刺了过去。

那人影正想偷偷跃入屋内，突然感受到身后的攻击，忙转身跳开一步后用手上的金环挡住了雾月的短剑，还轻声嚷道："别打，别打，我是丑丫头的朋友，自己人自己人。"

屋里的云蝉听到动静，很快开门跑了出来。见到屋外的情景，她立即上前护住千钧，随后瞪着雾月道："不许伤她。"

云蝉说话时的神情，好像在看敌人。

雾月心里有些发苦。她大概是高估了自己，那些听小姐撒娇唠叨八卦倒苦水的日子，恐怕都是一去不回了。她收了短剑，低头退回到花圃边。

坏人，都是坏人。全都联合起来骗了她，转头来却还做出一副被她欺负了的样子。云蝉看着雾月落寞的模样，嘴唇动了动似是想说什么，可最终仍是沉默着回了房。反倒是千钧有些奇怪，跟在云蝉后面进屋就问："你这护卫可真奇怪，怎么一脸欠你钱的表情？"

云蝉懒得答她，只兴致缺缺地问了句："你怎么来了？"

千钧生气地伸出魔爪蹂躏着她的头："你干吗也一副我欠你钱的表情？我现在可是你师姐，要尊师重道懂不懂。"

云蝉有气无力地哼了哼，算是回答。

千钧停下了手："怎么不说话？难道又和你那个恐怖的未婚夫吵架啦？"

哪知云蝉却撇着嘴回了一句:"我们再也不会吵架了。"

千钧一时没反应过来:"什么意思啊?"

"千钧,我讨厌他,讨厌他!大浑蛋,大骗子!"毫无征兆地,云蝉忽然扑到千钧怀里大哭起来,似是要将多日来的抑郁都发泄出来一般,直哭得上气不接下气。

千钧抱着云蝉忍了又忍,终于还是忍不住一把推开了她。

一脸恶心地擦着衣服上被蹭到的鼻涕眼泪,千钧恶狠狠道:"你最好告诉我发生了什么大事,值得你哭成这个德性。"

云蝉哭够了,终于挂着眼泪打着嗝,断断续续地把那日发生的一切都告诉了千钧。

千钧听得叹为观止:"哇,那夏庄主这么阴啊?哎,我早看出来他不是什么好东西了。"

听到她这么说,云蝉抽抽鼻子又想哭了:"怎么办,我要我原来的那个死夏意。"

千钧没好气道:"他就是原来的那个夏庄主啊。"

"才不是。"

"就是的。"千钧掰正了云蝉的脸,趁机挑拨离间,"他本来就是这个阴险的样子的,你以前不知道而已。"

"不是!你才阴险呢!"云蝉对着美人凶狠道。

千钧气得青筋暴起:"我阴险?哼,我阴险就不会赶来通知你了!"

云蝉不解:"通知我什么?"

通知你,你那个阴损的未婚夫最近正在号召武林正道一起去诛杀墨阁!千钧憋着一口气,差点儿就想把这句话说出口了,可看看云蝉的憔悴样,她终究是没忍心,只好改口道:"通知你最近青图教又杀了好几个门派的掌门人,如今江湖上危险得很,你这阵子可别出去乱闯了。还有师父那个死老太婆叫我转告你,她过几天要来考验你的武功进展,如果练不好就砍了你的腿,听到了吗?"

见云蝉一副半死不活的样子,千钧想了想还是又劝慰了一句:"别想了,他就是你原来的那个夏意。你现在只不过是多了解到他的阴险狠毒一面,又不代表原来那个一心一意对你好的夏意就消失了。"

云蝉却已经跳上了床,把脸埋在枕头里装死不理。

千钧瞧了她半晌,终于叹了口气走了。

第二日早上,云蝉出了房门,却见到她老爹云天海和老娘秦湖带了不少人像是要出门的样子。她心中奇怪,立刻跑过去问道:"爹、娘,你们要去哪里?发生了什么事吗?"

云天海望了她一眼,嘱咐道:"我和你娘去一趟夏明山庄,晚上就回。小蝉待在堡里不要乱跑。"

云蝉隐隐升起一股不安的预感:"爹娘去夏明山庄做什么?"

秦湖倒也没想瞒着她:"最近魔教余孽又在江湖上肆虐,夏明山庄作为武林的泰山北斗,号召各派前去商议对付魔教的事。"

云天海也道:"魔教余孽贼心不死,此次他们死灰复燃,我们若不趁早遏制,恐怕将来又成武林大祸。"

云蝉忙问:"那你们说的魔教余孽,是指墨阁?"

"自是墨阁了。"秦湖望了她一眼,"小蝉,我之前听说,救过你的楼孤雁就是墨阁阁主?"

"呃,他……他是墨阁的。"云蝉支吾了下,又着急道,"所以我们飞云堡不要参与了吧。他们就算再坏,也和我们无冤无仇啊。"

秦湖忽然冷下了脸:"怎会无仇?二十多年前,你师公就是被魔教所害!"

云蝉呆住:"师公?"又是二十多年前?

秦湖却不再多说,转身和云天海走了。

云蝉抱住脑袋兀自着急。墨阁和青图教无关,到底要怎样才能让人相信呢。她已经害得喽啰够惨了,难道她现在还要眼睁睁地看着大家去灭掉墨阁吗?如今也不知喽啰是死是活……想到这里,云蝉终于一咬牙,追出了门去。

她出了门才发现，这附近的街上竟是有不少江湖人士也在往夏明山庄赶。

云蝉心惊，死夏意到底召集了多少人啊。她心中着急，拐入一条无人的小巷就想抄近道，却不想巷中突然蹿出了一个紫衣女子，抬手就向她袭来。

云蝉旋身险险地避开一掌，随即认出了那女子来，不禁叫道："你是喽啰的那个手下？"

紫莹根本不答，翻转手掌再次攻向云蝉，她武功极高，只因为想活捉云蝉，下手时才留了力。云蝉也察觉到了这一点，勉强对了几招后抓住空隙急道："你是要抓了我去救喽啰吗？"

紫莹脚下一顿，复又更狠的一掌拍来："你害阁主受噬魂之苦，今天不把解药交出来，我必让你死无葬身之地。"

紫莹会出现问她要解药，那说明喽啰还没死，云蝉心中一喜。她怕说话声太大会惊动到大街上那些江湖人士，当下一边脚下轻点朝着巷子深处跃去，一边对着紫莹说："你等下，别打了。我也想给你解药，可是我没有啊。"

"你以为我会信？若没有解药，那我就送你给阁主陪葬。"

"真的，解药在夏意那里。你抓我去和他换解药好了。"说完，云蝉停下了身形，一副束手就擒乖乖配合的样子。

紫莹立即毫不犹豫地一把抓住云蝉，架着她就要往夏明山庄走。

云蝉大叫："等等，等等，你就这样架我出去？外面街上那么多武林人士，就你这一副劫持人质的模样能让你走得到夏明山庄吗？你放开我啦，我会和你走的。"

紫莹冷声："你别想要什么诡计。我若放开你，到了街上你必定立刻就会喊人来救。"

"我要是真打算喊人来，也不会引你来巷子深处了！"云蝉耐心解释，"我也想救喽啰的，你相信我。我会配合你让夏意给解药的！"

"信你？阁主的毒是你下的，你会想救他？"

"毒不是我下的。你若不信我，你也给我喂一颗毒药好了，如果死夏意不给你解药，那你就让我毒发死掉。"云蝉望着紫莹说得一脸诚恳，心里却虚得紧,就怕这女的真的给自己来一颗毒药,而夏意又不肯交噬魂解药,那她就真的翘辫子了。

可是除此之外,她想不到别的办法救喽啰了。

幸好紫莹似是有几分信了她,放开她道:"你最好别玩花样,如果你敢喊人,我立刻一剑杀了你。看是他们救人快,还是我的剑快。"

云蝉老老实实点头:"嗯,那我们走吧。到了山庄里,我会伺机假装被你挟持的。"

夏明山庄离飞云堡很近,云蝉与紫莹没多久就到了山庄的大门外,见到一拨儿又一拨儿的江湖人马陆陆续续进入庄内,云蝉到底有些紧张,只怕自己弄不好连紫莹也害了,神经兮兮地上下打量了紫莹一番后,嘱咐道:"你别板着一张脸啦,被人看出端倪来怎么办。"

紫莹瞥她一眼,只问:"你打算怎么进去?"

"从正门进啊。你就装作是飞云堡的人跟着我进去。不过进去以后你先别轻举妄动,等见到了夏意我会给你使眼色的,你得了暗号再劫持我。"

紫莹的目光在云蝉脸上停留了一会儿,不置可否。

云蝉又望了大门处一眼,终于咽咽口水拉着紫莹道:"进去吧。"

门口的几个守卫都认识云蝉,一见到她来了,立刻恭敬地垂首道:"云堡主和云夫人刚刚已经到了,小的来领云小姐过去吧。"

云蝉慌忙摆手:"不用,不用,我是偷偷过来的,你们不要声张。"

偷偷来的?守卫心里虽然觉得奇怪,但云大小姐的事谁敢多管,便应声放了行。

因为来的人多,此次群雄合议的地点便定在了山庄内一个地势广阔的露天练武场上。云蝉进了庄内,一路通行无阻。她担心遇到爹娘会坏事,便领着紫莹净往角落里走,最后混到了一处离飞云堡众人距离较远的人堆里,便停在那里等着夏意出来。

白日里的太阳明晃晃的,练武场上人声鼎沸,不知是谁高喊了一声"夏庄主来了",众人闻言,立刻全都转头望了过去。云蝉紧张得手心出汗,也急忙仰着脖子搜索起夏意的身影来。

一袭红衣如火,夏意从众人后方缓缓走了出来。刚才还闹哄哄的群雄霎时就安静了下来。

而云蝉藏在人群里静静地望着他,只一眼,就再也移不开目光。

那双漂亮的桃花眼里暗淡无光,眼眶深陷,似是几天几夜没合眼,整个人都像是蒙上了一层灰,再也见不到往日里的一丝傲气。

这还是那个永远意气风发的夏意吗?怎么会,怎么会变成这样子?

我们没有以后了。

我们没有以后了。

她那晚伤心失望之下对他说的话,现在忽然间反过来像是一把刀一样扎在了她自己心上。

恍惚中想起当日夏意一鞭子误抽在她身上,事后他惊慌地抱起她,表情似是比她还疼。这些她都知道的,她一点儿也不想伤他的,可是今日如果他再看到她被人劫持来威胁他,大概又要露出那样的表情了吧。

一时间,云蝉只觉得胸中闷得透不过气来,她低下了头,对紫莹低声道:"要不,你先别劫持我,我再去和他商量下要解药好不好……"

听到此话,紫莹以为云蝉果然要反悔,立刻伸手就想去抓云蝉,却不想人群拥挤,背后正巧有人被推搡着挤到了她们中间阻住了她的手。就这么一个间隙,云蝉已经跑向了夏意。

"夏意,我有话跟你说。"云蝉拨开人群,冲着夏意喊,"你能不能,单独跟我过去那边一会儿?"她指向不远处的竹林。

猛然间听到云蝉的声音,夏意身体微微一震。

人群里却因这一声呼喊起了骚动。蛟龙帮的赵帮主最是忍不住,不客气道:"云大小姐,眼下武林群雄有要事要商议。你有什么话等正事结束了再说不迟!"

云蝉却坚持道:"我也是有重要的事要找他。"

群雄面面相觑，只觉得这位云大小姐果然如传言般刁蛮任性，不知轻重。人群中已经有不少人开始不满了，而云天海和秦湖见到小蝉突然出现也是吃了一惊，夫妇俩正要出言斥责她回来，夏意却向众人开口了："诸位英雄对不起，还请稍候夏某片刻。"说完，夏意也不管众人表情，竟是自己先朝竹林走了过去。云蝉见状，忙跟了上去。

竹林很静，夏意背对着云蝉，也很静。云蝉看着他的背影踌躇片刻，开口道："对不起，刚刚让你在众人面前为难了。"

夏意仍是背对着她，声音里没有起伏："你要说的重要的事，就是这个？"

"当然不是。"云蝉咬着嘴唇，"夏意，把解药给我好不好。解药给我，我们就和好，像以前一样好好的。"

果然是为了那个男人！手心猛然攥紧，夏意转身，看着她眼神漠然："为他解了噬魂又如何？我还是要杀他。"

"你可以不杀他的。为什么一定要杀他？他和魔教无关，你不相信我吗？"

夏意沉默半晌，却仍是道："已经晚了，我今日召集了这么多武林同道，剿灭墨阁势在必行。"

"你有办法阻止的。"

"我不愿意。"

话说到这个份上，便是再无一丝转圜余地。云蝉终于失望至极，转身就走。

众人见她回来了，倒是自动给她让出了一条路，可看向她的目光中都带上了不屑。秦湖心中也颇为生气，沉声唤云蝉过去，云蝉却像没听见般，直直朝着另一头走了过去。

紫莹还隐在人群里，眼见云蝉走来就打算出手。一步，两步。紫莹的手按在剑柄上蓄势待发，却在只差一步之遥的时候，竟然有风声迎面接近，一眨眼的工夫，一道红色身影已经飞身而来隔开了她们，夏意长剑出鞘，迅猛地刺向了紫莹。

紫莹自进入庄内开始就一直在留神戒备，却也无论如何都料不到夏意的剑会这么快,在受袭的瞬间,她伸手想抓云蝉已经来不及,只得急急后退避过,抽出腰间软剑拼死一搏。

变故来得太快,众人茫然,云蝉率先回过了神来。

该死的!夏意是怎么发现紫莹有问题的!眼角瞥见青麒青蛛也在往这个方向赶来,云蝉大急,这样下去紫莹武功再高也插翅难飞了。时间紧急,她来不及多想,双足轻点就出其不意地绕到了打斗中的两人身边。紫莹眼疾手快,软剑便如灵蛇般卷上了云蝉的腰。

短短几个瞬间内变故连生,众人总算反应过来,纷纷变了脸色。青麒青蛛见状也不敢妄动,挥手示意手下人退后几步。

紫莹的软剑抵在了云蝉的脖子上,对着夏意厉声道:"不想她死的话,交出噬魂的解药!"

人群里有人认出了紫莹来:"她不就是那日在烟山救走那魔头的紫衣女人吗,怎会混进了夏明山庄来?"

蛟龙帮的赵帮主忽然拨开人群走了上来,冷声:"哼,云大小姐这是做戏?老夫刚才分明见到这个女人是跟着你一起进来的。"

此话一出,又有几个声音也低声窃窃私语起来:

"我好像也看见了,她们先前还在说话呢。"

"我瞧也是,那云大小姐像是自己故意跑上去被抓住的,怎么回事啊?"

云天海和秦湖也已经走上了前,望着眼前一幕震惊不已。

云蝉一阵心虚,完全不敢看他们,更不敢看夏意的脸。忽然间,她脖子里一凉,那软剑竟刺入了几分,很快有鲜血流出。

"解药给是不给?"紫莹握着剑毫不手软,手上似是又加了几分力。

喂,姐姐你来真的啊?!云大小姐冷汗直冒,顿时什么心虚都没了,只吓得一动都不敢动。

云蝉颈间的鲜血顺着剑刃流淌而下,夏意眼中瞳孔骤缩,脸色难看至极:"放了她,解药可以给你。"

众人不清楚什么解药的事,却也都听出来夏庄主是为了云大小姐在向那女人妥协了，顿时不满和不赞同之声此起彼伏，有些忍不住的都开始叫嚷起来。云蝉越发不敢抬头，夏意却已经没有犹豫地抛出了解药。

紫莹接住药，也抛出一纸片包的药扔给夏意道："吞了。"

是毒药？云蝉眼睛猛然睁大。姐姐！这和说好的不一样啊！我是让你给我下毒，可没说让你给夏意下毒！

群雄激愤，夏意虽然接了毒药，也是岿然不动。

紫莹却道："只要你给我的噬魂解药是真的，我日后自会回来给你解药。"

云蝉忍不住大喊："不要，夏意，别听她的！"就算解药是真的，喽啰噬魂一解，紫莹怎么可能还会管夏意死活回来送解药？这毒一旦吞下，只怕要送命。

眼看夏意不表态，云蝉只怕他犯傻，心里急得要命，忙对紫莹道："有什么毒药你给我吃好了。"

紫莹却看也不看她，只盯着夏意道："你若不按我说的做，我先斩了她一只手！"

刚刚还明晃晃的阳光也似乎有些暗了。

夏意缓缓抬手，将纸包里的药尽数服下。一时间周围寂静无声。他扔掉包药的纸，仿佛刚刚饮的不过是一杯茶，他神色平静地再次开口："放了她。"

云蝉看着夏意，面色苍白。

是她害了他，是她害了他。

他明明应该已经看出来是她自己跑上前故意让紫莹抓住的了。

为什么这么傻……她一点儿也不想伤他的……

紫莹当然不会放人，刀尖死死抵住云蝉的脖颈，压低声音："不想他死，你就乖乖跟我走。"

事已至此，云蝉反而平静了下来："从右边的山庄侧门可以通向后山。"

四周又有迷谷漫起，众人惊慌。紫莹足下轻点，迅速携着云蝉往后山而去。

正邪颠倒【十八】

夜色沉沉,像一团化不开的浓墨,压抑得让人窒息。

山庄的仆从们知道今天白日里出了大事,于是这会儿所有人做事都分外小心谨慎,连大气也不敢喘一声。

想想也是,各门各派大张旗鼓地聚在夏明山庄商议讨伐魔教大计,云大小姐却在天下英雄众目睽睽之下被人劫走,原本众志成城的武林大会也因此无疾而终,近年来江湖上还从未出过这等窝囊的事。

青麒步履匆匆地推开书房的门,入内后照旧是跪地行礼:"庄主。"

屋内烛火跳跃,映得面前红衣男子的脸色晦暗不明,夏意一双桃花眼睨向来人:"如何了?"

青麒微微一琢磨,便低头答道:"影卫已经跟踪上了那紫衣女人,只要一探得楼孤雁以及无量诀的所在,就会立刻结果了他。"

自从楼孤雁那日在烟山被救走之后就一直行踪不明,他们派出几拨儿人马去打探却统统都是无功而返。谁知今日那个救走楼孤雁的紫衣女人竟会闯进山庄来,倒是条自动送上门的线索。只是她偏偏劫走了云大小姐,事情就有些棘手了。

果然,夏意微微皱眉:"我要问的不是这个。"

知道，你要问的是被劫走了的云大小姐嘛。可一想到今日云大小姐不仅勾结外人，还连累庄主服毒，青麒心里就对她十分不满，因此明知庄主要问的是什么，他还是故意装傻不提她。

只是不满归不满，深知庄主的厉害脾气，青麒到底也不敢太放肆，只得不情不愿地答道："这次由青蛛亲自跟着，绝对会保云大小姐无事。"

"嗯。"夏意手指轻轻扣着桌面，沉吟半晌道，"给你们七天……不，五天时间。五天后若还是跟踪不出楼孤雁的所在那就算了，杀了那紫衣女人，先把小蝉平安带回来。"

青麒立即犹豫："杀了那紫衣女人，那庄主的毒……"

夏意嗤了一声："区区鸩毒，你觉得能奈何得了我？"

青麒自知失言，立即俯首："属下不敢。"

夏意仍是不太放心："还是再多派两个人跟着，别让她受伤了。"想了想，又补充道，"找到楼孤雁后将他抓回来再逼问无量诀的事。去让青蛛易个容，免得被小蝉认出来。"

到底跟了夏意这么多年，青麒哪会不知道他的心思。庄主嘴上虽然已经跟云大小姐摊了牌要杀楼孤雁，真要行动的时候却还是不想让她知道是他下的手。

可是一份心思再怎么隐藏，总也有藏不住的时候。如今只是暴露了一点点，就已经将庄主和云大小姐的关系打击得摇摇欲坠，那又何必再坚持。

算了，反正这种事也不是他一个影卫该管的。青麒收敛了心神，微微叩首道："属下领命，这就派人传话给青蛛。"

且说另一边，紫莹一路带着云蝉逃出了乌城，仍是丝毫不敢停留。两人又连夜沿着郊外行出几十里路后，云蝉终于不肯再跟了，死活拖住她道："到这里不会有人再追了。噬魂的解药你已到手，把夏意的解药给我，我们分道扬镳吧。"

不会再追？紫莹心里冷笑，虽说她劫持了云蝉在手，但是今日会这么容易被她逃出夏明山庄,摆明了是夏意故意放走她,恐怕此刻不知暗中安排了多少人,正想要跟着她顺藤摸瓜找出阁主。

现在云蝉是能够牵制夏明山庄的唯一砝码,紫莹自是不能放了她。何况她今日已经亲眼见过云蝉在夏庄主心里的分量,因此更是多存了份心思,只要这丫头在墨阁手里,夏明山庄今后想要动墨阁恐怕也要三思一下。

想到这里,紫莹对她缓和了脸色:"你别怪我。只要阁主的毒一解,我自会给你解药放你回去。"

云蝉不敢再信她。她如今对紫莹只有满腔敌意:"你给夏意下的是什么毒?"

紫莹一心想要稳住她,立即哄道:"放心,夏庄主能挨到你回去的。"

云蝉哪里能放心,可又不能激怒紫莹。内心平复了半晌,她迟疑着开口问道:"喽啰……你们阁主,他还好吧?"

紫莹望她一眼:"如今不仅白道在搜查我们墨阁,连青图教也不知为何盯上了我们。你觉得能好?"

云蝉心情复杂:"那他现在身边有其他人吗?"

"阁主不信任任何人。"紫莹答非所问。

云蝉终于不再说话了,只跟着她赶路。

然而默默跟着紫莹行了四日,云蝉终于感觉到不对劲了。紫莹既不是去墨阁,也不像是有任何目的地的样子,分明是在故意绕圈子。

云蝉心里时刻记挂夏意中的毒,待熬到第五日晚上进了一处破庙后,她终于忍不住试探:"还有几日到你们阁主那里啊?我们不是去墨阁吗?"

紫莹不答话,只沉着脸扣着云蝉到一处角落里歇息。她这几日面上虽然不动声色,可心里却也是一日比一日急。阁主中的噬魂不能再拖,然而换装易容这些她都用过了,暗中的那些人依旧无论如何没有办法甩掉。

是不是,该给他们一个警告?

紫莹瞥向云蝉,眼底忽然闪过一丝阴狠之色。

如今山穷水尽,也只能兵行险招了。毫无预兆地,紫莹猛然抽出腰间软剑就朝着云蝉的右手斩去。

云蝉大惊。姐姐，我就随便问问，你不想说就不说嘛，要不要这样就砍我的手啊！

紫莹的软剑灵巧如蛇，一下子就卷住企图逃离的云蝉，随后剑身翻转，势不可当地沿着云蝉的手腕落下。眼看右手就要不保，云蝉脸都吓白了。就在这一当口，躲在暗中多时的一个黄衣人骤然现身在紫莹的背后。

紫莹似是早有准备，原本砍向云蝉的软剑竟出其不意地反手掉转了方向，那偷袭的黄衣人猝不及防，被一剑正中心脉命丧当场。

可惜跟踪之人不止一个。瞬间又有身着黄衣的一男二女从暗处现身，不约而同地扑向了紫莹和云蝉。

心脏反复受到刺激，云蝉脚下本能地施展莲步生花躲避来人。好在那三人的目的似乎也不在她，全都联手攻向了紫莹。云蝉趁机一点一点脱离了战圈，却不小心踢到了地上那个刚刚毙命的尸体。

用余光瞥了那尸体一眼，云蝉只思考了片刻，就大着胆子用剑柄挑开了那人身上被割破的衣裳。

狰狞的百兽图腾刺青显现在尸体的胸膛上。云蝉手一抖，差点儿握不住剑。

此人刚刚出现在紫莹背后偷袭，云蝉本以为是夏明山庄或者飞云堡的人来出手相救，可后来定睛再看时却发现这群人的装束打扮并不属于她所认识的白道任何一派，却不想竟然真的是青图教的人！

记起紫莹确实说过如今青图教也盯上了墨阁，云蝉心惊，目光立刻不安地转向战圈之中。

紫莹武功极好，软剑灵活地抵住密不透风的攻势，还能游刃有余地主动出击。可围攻她的三人也都是高手，虽然一时拿不下她，却连一丝逃跑的空隙都没给她留，显然是要置她于死地。

看来无人留心在角落里的自己，云蝉开始犹豫不决，要不要趁现在逃？可是夏意的解药怎么办？

"噗——"又是一记利刃刺中血肉的声音。云蝉心惊胆战地看过去，竟是两个黄衣女子气绝倒地了。

剩下的那个黄衣男子显然也想不到紫莹武功会有这么高，当即下手越发狠辣，招招催命。他的身手要比另外三人高出许多，而紫莹连杀了三人，这会儿其实已经到极限，渐渐有些招架不住。

果然又斗了片刻，紫莹胸口中剑。虽然她险险避开了要害，但显然也是体力不支。

云蝉见状不妙，立刻转身要跑。开玩笑！解药可以等事后回来再搜，继续留在这里只会被青图教灭口。

察觉到云蝉要跑，紫莹目光一凛。她自知今日凶多吉少，可好不容易取得了噬魂的解药还未交给阁主，这样死了她要如何甘心！

心里这么一个分神，紫莹肩头又中了一剑，失血过多的身体顿时站立不稳跌到了地上。

绝望之际，紫莹不由得恨起来，若不是那个飞云堡的丫头，阁主也不会中了噬魂命悬一线。

要死，也要拖你一起死。

黄衣人见紫莹已经支撑不住，正打算一剑结果了她，哪想到她竟然突然发力疾速扑向外面。

眼见她手中软剑直指云蝉的咽喉，黄衣人大惊，迅速伸手就要抓她。然而出招急促，竟致使上身露出了空隙。高手相搏一招之差足以致命，紫莹心思转动极快，见状拼着一口气再次掉转了剑势，将软剑分毫不差地递入了黄衣人的心口。

黄衣人双眼暴睁，似是不信这结局，却终究缓缓倒在了地上。

云蝉听到背后的风声，早已回头，望着眼前一幕也是愕然不已。

紫莹刚刚好像是要杀自己？而黄衣人好像是要救自己？可他们不是青图教的吗？她心里不能肯定，不由得朝着倒地的黄衣人走了两步。

哪知那黄衣人竟没咽气，猛地一把抓住了她的脚踝就要往上爬。云蝉吓

得立刻就要挣开，可那黄衣人却抓得死死的，他全身靠在云蝉身上，挣扎着将手中的竹筒扔向窗边，才不动了。

竹筒破窗而出，顿时接连射出三声巨响，随后空中有青光散开。

糟糕，估计是青图教召集同伴的信号！云蝉暗叫不好，一把推开黄衣人，确认他这次是真的死透了之后，她立即快步走向重伤的紫莹，急道："夏意的解药在哪里？"

紫莹勉强保持清醒："不在我身上，你随我见了阁主，我自会给你。"

开什么玩笑！眼下这形势恐怕在见到喽啰之前就要没命了。云蝉咬牙，俯身打算背起紫莹。

紫莹却道："没用的，他们的人很快会过来。我伤得太重，根本跑不远。"

云蝉瞪眼："那怎么办？在这里等死？"

紫莹指着地上两具黄衣女子的尸体道："把她们衣服剥下来换上。"

云蝉瞟瞟尸体，顿时一个激灵。

紫莹解释："他们的人就要过来。我会易容，先扮成她们的样子应付过去。"

时间紧急，云蝉没有过多犹豫，乖乖点头照办。

迅速换完衣服，云蝉忍着恐惧用紫莹的化尸水将两具女子尸首化掉，再将两具男子尸首搬至门口。紫莹为自己止了血，随后摸出身上的各色药膏，在自己和云蝉脸上抹了一阵，无奈时间紧迫易容也做不精细，紫莹只得又弄了些血污在两人脸上遮住。反正在黑夜之中，也看不清楚。

刚刚把这一切做完，门外就有人声接近。云蝉顿时紧张，紫莹低声道："等下你别出声，装作受伤的样子就好。"

话才说完，破庙的门就被大力推开，来人有六七个，果然也是黄衣打扮。为首的中年男子进门见到地上两个黄衣男子的尸首，脸色大变，立刻转向角落里两名黄衣女子厉声质问："那两个女人呢？"

"属下无能，让她们跑了。"紫莹一身血污，嘶哑着声音答道。

"废物！"那中年男人显然焦急，转身对其中一个较为年轻的黄衣人说道,"你押她们两个回去领罪。其他人跟我去追!"

"是!"众人领命,很快转身消失在了夜色中。

奉命留下的年轻人名叫金甲。他看了看满身是血身受重伤的紫莹和云蝉,想到她们即将回去教中受罚,心下有些不忍,竟扔了两颗药丸给她们:"好了,你们跟我走吧。"

云蝉瞅瞅手中药丸,这难道是给她们疗伤用的?看不出这个青图教的小子倒是心肠很好。她转头瞧了瞧紫莹摇摇欲坠的样子,连忙就想递过药丸喂她服下。

金甲却一把将药丸夺了回去,气道:"我好心给你们断肠散,是想你们等见到了教主之后再服下的,免得你们受那求生不得求死不能的折磨。你们倒好,现在就想畏罪自尽,那我到时要如何回去交差!"

云蝉惊出一身冷汗。什么意思,这药丸敢情是给她们自尽谢罪用的?

她心中害怕,忙转头看向紫莹。紫莹也有些不淡定,可是她此刻身上受伤不轻,定是硬拼不过面前这人,眼下也只能先跟着他去了再伺机逃跑。

见她们两人神色惊惧,金甲也缓了语气安慰:"我知道你们害怕,可是能多活一刻是一刻。说不定教主大发慈悲这回饶了你们呢。这断肠散,等回到教里我会再给你们的,若到时你们实在挨不住,再自尽也不迟。"

云蝉听得泪流满面。刚刚真不该听信紫莹的馊主意假扮青图教人!她不要去青图教,她要回家啊!

押送云蝉与紫莹的人虽然年轻,却极其谨慎。大约是怕她们在见到教主前就畏罪自尽,金甲不仅一路上盯得极紧,还点了她们周身几处大穴。结果在紫莹想出逃脱之计前,他们就已经抵达烟山了。

原来青图教真的在烟山。云蝉一阵绝望,默默跟着金甲进了地下密道。密道弯弯绕绕岔道众多,像一个巨大的迷宫。云蝉这才知道她那日与喽啰落进的陷阱,不过是这迷宫的冰山一角而已。

大约走了足足一个时辰,三人终于来到了青图教的大殿。

这地下大殿大得不可思议，前后相距约莫几十丈，宽敞却又幽暗，四周壁上和柱上全都刻满了百兽图腾，直看得云蝉心惊肉跳。

金甲没有往里去，只带着她们在大殿门口等候。这时门口又来了一个骨瘦如柴的青图教人，手里也押了一个奄奄一息的人，看样子也是抓了什么人来交差的。

云蝉偷偷瞥了那个奄奄一息的人一眼，只见那人的琵琶骨被铁链贯穿锁住，似是被人在地上拖着一路拖来的，此时仰着身子躺在地上，虽然满身血污，但云蝉还是看清了那张脸，竟然是源清派的谭掌门！

谭掌门怎么会被青图教抓来的！云蝉心里一时间掀起了惊涛骇浪，连身子也微微发颤起来。

另一头，那骨瘦如柴的青图教人却和金甲低声攀谈了起来。

"这两个丫头不是鹰组的吗？她们不是奉命去追查墨阁阁主的下落了吗？怎的把她们押来了？"

金甲轻声道："鹰组跟丢了飞云堡的云大小姐，还全被墨阁的那女人杀了，只剩她们两个活着。统领让我带她们回来领罚。"

闻言，那瘦子极其同情地瞥了云蝉和紫莹一眼："跟丢了云大小姐？如此回来领罚，那还不如当场死在墨阁的人手里。"

云蝉听在耳里，不禁越发害怕，正想着要不要问金甲要颗断肠散以备不时之需，却听那瘦子道："教主来了，我先过去了。"说罢，他牵过铁链拖起谭掌门，就往殿内走去。

大概是物极必反，怕到一定程度也就不怕了。云蝉鬼使神差，竟然大着胆子从门口探头去看青图教教主是什么模样。

大殿前后相距几十丈，只见一个模糊的黑衣人大步流星地踏入殿内，脸上戴了金色面具。云蝉一看之下，全身冻住。

先前那瘦子毕恭毕敬对着黑衣人行礼："教主，谭英已经抓来了。"

没有预料中的赞赏，黑衣教主听后反而极是不耐烦："抓来做什么，杀掉就是了。"

本以为源清派的掌门也算个重要人物，也许留着有用，没想到揣摩错了教主的意思，那瘦子立刻惶恐不已，唯唯诺诺地点头称是，随后拖过谭英就想动手处决。

刀尖落下，原本奄奄一息的谭英忽然拼尽了力气挣扎了起来，本该使人毙命的刀竟然撞在铁链上被震了开去。

一错再错，那瘦子急得就想下跪。

谭英只剩了一口气，一只布满伤痕的手臂伸向了前方像是要抓住什么，他眼睛死死盯着面前的黑衣教主道："竟然真的是你。那天晚上老夫果然没看错，你使的的确是无量……"

余下的话被一剑堵在了喉咙里，再也说不出来。黑衣教主收回了刺穿谭英咽喉的剑，心情极为暴躁："鹰组的人呢，还没回来？"

一直在大殿门口候着的金甲见此情景心里一抖。看来教主心情不好，这两个丫头运气也太差了。

金甲看了看已经全身吓僵的云蝉，默默掏出断肠散递给她："教主在叫你们了。等下汇报完毕，就直接吞了这个吧。"

云蝉机械地接了药，耳边却什么也听不见了。

有一个人，从小和她一起长大，就算化成了灰她也认得出。

就算戴了面具，就算变了声音。

她也还是认得出。

此时此刻，云蝉只有呆呆地望着他，任由全身坠入冰窟。

似是有所感应，黑衣教主也抬头向大殿门口望了过去，身体倏然僵住。

一份心思再怎么隐藏，总也有藏不住的时候。当那千方百计也要保住的秘密终于被剥开，他该如何？

该如何……

【十九】对错两难

幽深的青图教大殿，静得似乎能听到心跳的声音。

许久，黑衣教主终于动了动，朝着他们走来。

他进一步，云蝉就退一步，仿佛这样就可以逃离那呼之欲出的真相。

后背抵到了墙上，终于退无可退，云蝉忍不住闭上了眼。可脚步声却仍是一步一步固执地朝她靠近，每一步都让心里的绝望加重一分。

气氛如此诡异，连紫莹也觉得疑惑了。一旁的金甲见这两个女人一个呆站着，另一个吓得不住地后退，顿时心里叫苦，只得自己硬着头皮上前道："教主，鹰组办事不力，跟丢了云大小姐。是不是，把她们扔进蛇洞以示惩戒？"

没有回答。

黑衣教主走到了云蝉面前停下，然后伸出手抚上她的脸。

她的睫毛在微微颤动，满身的血污，眼圈下面有些黑，像是好多天没有好好睡觉了。男人藏在金色面具下的眉毛深深地皱了起来，随后指尖下滑拂过她的睡穴，抱起她转身离开。

看着这一幕，金甲呆愣当场久久不能回神。

这……青麒大哥胡说八道啊，还说什么教主对飞云堡的云大小姐一往情深,可可……可教主现在怎么抱着一个鹰组的丫头走了?

瞅了瞅同样呆立一旁的紫莹,金甲转向身边的瘦子问道:"这里还有一个丫头该怎么处理?"

从未见过教主抱过女人,那瘦子也很震惊:"先、先扔进蛇洞吧。"

地底的迷宫里没有日夜,时间像是静止的。云蝉生平第一次,希望自己睡着了从此都不要醒来。

可是身边人的气息如此执着地围绕着她,像是无论如何都不会放过她。

熟悉的声音响起:"醒了?"

云蝉睁眼,果然见他坐在床边,一双桃花眼凝望着她,却看不出是什么神色。她看着他的一袭黑衣,有些发愣:"为什么不把面具戴上?"

夏意竟然笑了:"有用吗?我知道你能认出我,就像我也能认出你。"

脸还是那张脸,不过是换了身衣服。云蝉从来不知道,黑色原来会比红色更刺眼。她一下子跳起来:"我不信,你是夏意,怎么会是青图教教主。"

夏意沉默。

怎么会是青图教教主?

有宏图霸业野心的人从来都不少,当年他的祖父就是其中一个。

甚至率领群雄消灭了魔教,建立起武林天下第一庄的威望,都不够消解祖父对权力的欲望。那无量诀无敌于天下,一心想成为武林至尊的人都会动心。所以当年祖父在杀死图教主之前,不仅逼出了无量诀,还逼出了青图教用来控制手下的红露之毒的制法。从此,黑白两道皆听命于夏家,成就了翻手为云覆手为雨的畅快。

夏意伸手拉过她:"不只是我,我爹是,我爷爷也是。这江湖从五十年前起就是夏家的。"

听到他亲口承认,云蝉终于什么也思考不了了。

二十年前杀了西江木家满门,杀了师公的,也都是他们夏家吗?

她不敢想,可口中仍是不受控制地问道:"为什么……为什么要杀谭掌门?"

一时间,夏意也有些怔忪。是啊,为什么呢?

当初谭英只不过是对他起了疑心,派了沈耀来查夏明山庄,其实他们也查不出什么。可他就是怕,怕真相揭露天下时,她和他从此就是两个世界的人了。

然而连老天都在捉弄他,他千防万防,他的小蝉依旧是知道了。这么明明白白,连一丝挽回的余地都没有。那他今日杀了谭英又有什么用呢。

多么可笑,这个秘密他从来不怕被全天下知道,只是怕被她知道,小心翼翼地隐藏了这么多年,却终究是一场空。

仿佛受不了这么压抑的沉默,云蝉忍不住大声道:"夏意,你说话!"

夏意回过神,轻轻拥住她:"没那么多为什么。谭掌门在怀疑我的身份,不杀他,我会很麻烦。"

如今脱掉了面具,再也没有掩饰的必要,杀人这些事也可以在她面前云淡风轻地说出来。云蝉抱住发颤的肩:"谭掌门……是怎么怀疑你的?"

夏意看着她,机械地答道:"我曾在他面前使出无量诀。还记得吗?你第一次被楼孤雁劫走时,在万花楼附近的那次。他从那时起就对我起了疑心,之后便派了沈耀来查我。后来在烟山上,我再次动用了无量诀心法。虽然没有直接证据,可源清派戒心已起,不能不除。"

这么说不是只杀了谭掌门就能了事的?云蝉心里一阵恐惧:"那源清派的其他人,沈耀和谭诗瑶呢,你也要杀他们?"

夏意不语。

云蝉瞬间心如死灰:"我如今也知道了你的身份。你杀了我吧。"

杀了她?夏意苦笑。她难道不知道,他连伤她一点儿都是舍不得的。

"傻小蝉,我怎么会杀你。"夏意伸手抱紧了她,妄图能够以此寻求一点点的安慰,"你看,在烟山的时候,你为我挡刀呢。你还说,最喜欢我的。"

云蝉终于再也无法忍受,挣扎着要推开他:"我那时不知道你是青图教教主。现在不同了。"

夏意却不让她躲:"不要怕我。小蝉,不要怕我。不管是夏明山庄还是青图教的人都怕我,只有小蝉你从小到大都不怕我的。"

小时候的事都是一场梦,而现在梦碎掉了。

云蝉终于不再动了,眼泪一滴滴流到他的衣服上,最后融进黑沉沉的布料里消失不见。

"你怎么会是青图教的教主?我不信,我不要这样……青图教明明是被夏明山庄消灭的,所以这都是误会对不对?"

夏意闭上了眼。

黑白两道都在夏家的手上,那是埋在阳光下的秘密,也是摆脱不了的桎梏。

手臂再次紧了紧,他的声音里带着仿徨无助."小蝉,不要怕我。"

云蝉不说话,只用尽力气要推开他。

明知道她如今一定会抗拒,夏意还是忍不住想要挽回什么:"全天下你最喜欢我的,小蝉,嫁给我好不好?你嫁给我,我就不会再动源清派,其他人我都不会动。"

云蝉浑身一颤,她看着他,仿佛第一次认识他一样。她的夏意从来不会这样威胁她,从来不会的。

夏意也低头看她。

总是不忍心真的逼她的。他静静地等,等她骂他,等她拒绝,然后他只能放手,从此再没有以后。

云蝉却说:"好。"

喜悦刹那间充盈在胸口,他还来不及再次抱她,就听她说:"喽啰是被你冤枉的,放了紫莹,让她带着解药走,我会嫁给你的。"

笑意凝固在嘴边。什么时候开始,他们每一次吵架,好像都是为了那个男人,如今她向自己妥协,竟也是为了他吗?他对她来说,已经这么重要了啊。

心里再三发苦。可是一切都是自己逼迫她的,这唯一的一次机会,他不想放手。

终于，夏意轻声应道："好。我不会再杀楼孤雁。"

事到如今，所有的所有他都不要了。

那些执着的杀意与恨意也全都显得微不足道了，如果这样能换来两人之间一点点的可能，他是什么都愿意去做的。

金甲觉得自己大概命不久矣了，他想不通他押回来的鹰组丫头，只过了一晚上怎么就会脱胎换骨变成云大小姐了，而他……他先前还给她断肠散。要是被教主知道他曾劝她自尽，不知道会是怎么个死法？

他一边给云蝉带着路，一边惶恐不安地瞄着她。

云蝉注意到他的不安，摸摸自己的脸道："我很可怕吗？"

"没……没……"又走了一会儿，他还是忍不住问，"那个……我给你的断肠散……"你没告诉教主吧。

云蝉愣了愣，摸出药丸："这个？"

金甲伸手就想抢回去，云蝉却及时收回了怀里："给了我的就是我的。"

金甲哭了："你要这个做什么？"

云蝉想了想："防身。"

这玩意儿怎么防身？金甲擦汗："那你别给教主发现。"如果发现了也别说是我给的。

"哦。"云蝉随口答道，又朝前方望了望，"还有多久到啊？"

"到了。就是右边那个洞。"

洞口幽黑，有森森的寒意冒出。云蝉缩了缩脖子："这什么地方，怎么这么恐怖。"

"你不知道？"金甲吓了一跳。

"啊。"自知说漏了嘴，云蝉忙补救，"你们教主只答应了我放紫莹，没告诉我她关在哪里嘛。"

金甲顿时疑心大起。这云大小姐来找他时他就觉得奇怪了，还说什么教主要他去放了和她一起来的女人，仔细一想不太像是教主的作风啊。

该不是她在诓他的吧。这私自放人可是大罪，他有几条命都不够担待的。

云蝉看他不动，催道："快点儿走啦，磨蹭什么。"

云大小姐他得罪不起，可教规他更犯不起。金甲正左右为难，突然瞥见一个人朝他们走来，黑色披风金色面具。

金甲顿时吓得魂飞魄散，结结巴巴："教、教主。"

夏意走近了，却只看向云蝉："你不信我？"

云蝉沉默。不是不信，他骗了她那么多次，她如今已经不敢再信。

她抬起头："你来得正好，你不是说会放了紫莹的吗？那你现在放了她。"

这女人怎么用这种态度跟教主说话。金甲恨不得缩到墙角里。

面具下的眼神暗了暗，夏意看向金甲，命令道："去里面把墨阁那女人放出来。"

哎哎？教主这么好说话了？果然教主夫人魄力非同凡响。

金甲不敢多做迟疑，立即领命走进洞里。云蝉见状，忙要跟进去，夏意却一把拦住了她："我们就在外面等吧。"

蛇洞里有许多五彩小蛇，养在底下的坑里，虽然带了毒性，但都咬不死人，犯了错的人就被悬吊于坑上。洞里充斥着小蛇们蜿蜒匍匐的爬动声和吐信子的嘶嘶声，金甲来了许多次，还是会觉得头皮发麻。

捞着浑身惨不忍睹的紫莹正要往回走，面前突然又跳出一个人来。金甲一看，竟然是青麒大哥。他刚想发问，青麒就皱着眉道："将这女人处理一下再带出去，这样子太吓人了。"

太吓人了？咱在青图教待了这么多年，这种场面见得就和吃饭一样多，青麒大哥你还会吓到？

见金甲一脸被雷劈的样子，青麒怒声："我是说会吓到云大小姐。是教主吩咐的，还不快点儿！"

唉唉，还真是怜香惜玉护得紧啊。金甲心里一阵嘀咕又一阵担忧。呜呜，那颗断肠散可千万不要被教主发现才好。

洞外，云蝉伫立了良久还是不见人出来，不由得奇怪："怎么这么久？"

夏意看她一眼："里面很深，要走一会儿才出的来。放心，我既然答应了你放她，就不会食言。"

云蝉低下头："我以后要一直待在这里吗？"

"怎么会。我明日就送你回去，然后和你爹提亲。"

云蝉有些惊讶："你不怕……我说出去吗？"

"你会吗？"

云蝉轻声道："你还答应过我不会再伤害其他人了，说到做到。"

夏意苦笑。若能做到，他早就做到了。

黑白两道都在夏家的手上，那是埋在阳光下的秘密，也是摆脱不了的桎梏。从五十年前起，每一代庄主为了守住这个秘密都在不断地杀人。这是一个泥潭，只会越陷越深，哪里有退路给他。从出生起，就没有退路了。

是他自己一次次地骗她，所以怎么能怪她不信他。

金色的面具掩住了夏意的表情，他牵住云蝉的手，带着无限的虔诚："好，我都答应你。"

传言夏庄主单枪匹马救回了被劫走的云大小姐。江湖各门各派都很是欢欣鼓舞，不约而同地凑到夏明山庄去打听什么时候再议墨阁讨伐大计。没想到大计没有，却传来了夏庄主要和云大小姐成亲的消息。

江湖上除了刀尖舔血快意恩仇，八卦也是很多的。

"听说了吗？夏庄主终于要和云大小姐成亲了，就在下月初八。"

"这么快？如今魔教未除，江湖祸乱四起。夏庄主会在此时成亲，定是那个刁蛮任性的云大小姐要求的，真是不分轻重。"

"这话就不对了。难道魔教一日不除，夏庄主就一日不能成亲了？也不能让人家大好男儿为了江湖就不成家立业了吧。不过云大小姐刁蛮任性倒是真的。"

唉，反正说来说去都认定云大小姐是祸水了。

好在最近除了源清派的谭掌门失踪，江湖上也没什么别的大事，魔教似乎又销声匿迹了起来。再说就算要讨伐墨阁吧，各门各派到现在连墨阁的所在也没摸清楚，所以那啥讨伐大计，押后就押后吧。

姻缘喜事比起打打杀杀更让人喜闻乐见，群雄于是就释然了，话题很快就转移到这场婚事会多少人去观礼。

就只有千钧一直气得要死，晃来晃去找了云蝉好几次。

"你真要嫁给那个两面三刀杀人不眨眼的阴损家伙？"美人一只脚踏在窗栏上，居高临下地俯视着丑丫头。

云蝉这次没有反驳，只深深地看着她："千钧，你真好，喜欢的人是个正人君子。"

千钧红了脸就要踹人，结果却被云蝉一双迷离的眼看得发毛，只好僵硬地收回踹到一半的玉足，嘟囔："其实阴损就阴损吧。我要是喜欢上一个人，就算他是全天下的敌人，又有什么关系。"

"这样啊。"云蝉低着头想了想，"如果他杀了一个好人呢？"

"那好人是你亲戚？你朋友？"

"不算吧。"

千钧翻她一个白眼："那关你什么事啦。"

"也许他还杀了别的很多人呢。"

"你能接受吗？"

回答的声音低了低："不能的。"

"那你能停止喜欢他吗？"

"也不能。"云蝉想了很久很久，"没有办法停止的，该怎么办呢？"

千钧眼皮都不抬："那就转移目标，换个人来喜欢，这样就能忘掉了。"

"瞎说。"云蝉一拳就揍在了美人身上。

就算是碎掉了，碎片也会扎进心里，怎么会这么简单就能忘掉。

真是越想越苦，云蝉揪着美人的衣服："我最近大概明白了很多事。"

千钧睨她："什么事啊？"

"一个人要戴着两个面具如履薄冰十多年，也是很苦的啊。"

"神经。"千钧扯回了被云蝉揉皱的裙角,整了下衣装道,"有人来了,我先走啦。"

美人挥挥手,从窗外奔月而去了。紧接着,另一个美人踏月而来。

来人白衣飘飘,看着比湖水里的玉石还出尘。

明明两人上次见面也就十几天前,云蝉却觉得像是已经隔了几辈子。她习惯性地往后缩了缩:"喽啰,你没事了?你是……来杀我的吗?"

皓月千里,将那一袭白衣衬得更冷了些,楼溇的脸上也是冷的:"你曾和紫莹说,噬魂不是你下的?"

"……"紫莹还把这事告诉喽啰了?明明自己和她说的时候她一脸不信的啊。

楼溇等了一会儿:"你不解释吗?"

云蝉抬头看了看他:"你没事了就好了啊。"不是来杀她的就好了。

楼溇终于微笑,闲话家常般地开口:"你知道了他的身份。"

云蝉一惊:"什么?"

"和青图教有关的人,是夏庄主。"

"你怎么知道?你想怎么样?"

"我能怎么样?"楼溇笑得温润,"我说他是青图教教主,你以为江湖上有人会信我?"

云蝉垂眼:"对不起,让你被人冤枉了。"

"害我的人不是你,你为什么要代他道歉?"楼溇声音里有些不满,他俯下身,凑近了她,"他怎么会这么大方给我解药?他威胁了你,对不对?"

嘴里有些干,云蝉说不出话来。

楼溇却忽然一把拎起了她:"我带你走吧。"

云蝉立刻挣扎:"不要。"

"你如今已经知道他是魔教的,怎么还能和他在一起?"

云蝉不答话,只回了他一个"要你管"的眼神。

楼溇笑得有些冷:"你当初误以为我弑师夺位,就说要离得我远远的。

现在他是魔教教主,手上不知道多少条人命,难道你能接受他?"

原来言语也是可以杀人的。云蝉垂下头,像是枯掉了一样。楼溇冷眼望了她一会儿,终于丢开她,转身离去。

云蝉被丢在地上,继续枯萎。

不接受的话能怎么办呢?

其实从头到尾都不是她受了谁的威胁,只是她自己拿这个威胁当借口,好让自己有理由继续和他在--起。

没有这个威胁的话,他们就要分开了啊。

眼里有些涩涩的,云蝉还在地上发呆,千钧却再次冷不丁跳进来咋呼:"原来夏庄主是魔教教主,这么恐怖?丑丫头你为什么不答应和楼孤雁私奔?"

"你没走?"云蝉吓一跳,复又回神,"你偷听?"

"就一点点啦。"千钧一甩手,递过一张像是书信模样的纸。

云蝉接过纸,疑问:"这是什么?"

"我也不知道,刚刚进来时在外面捡到的。是不是楼孤雁临走前留下的啊?"

纸张被摊开,两个女人脑袋一起凑在灯下研究。

十日后,子时,西郊湖边。

幽会邀请?千钧立马问道:"西郊湖边是哪里啊?"

云蝉想了想:"好像是喽啰第一次劫我时去的那个湖边。"

"哦。"千钧顿时兴奋了,"那十天后你要去呀。"

"不去。"云蝉烦得要命,一脚踢了千钧出门。

自从云蝉回来后,云天海和秦湖似乎也忘记墨阁的事了。

夏意来提亲的时候,堡主夫妇连一点儿意见都没有就应下了,爽快得都让云蝉觉得有些不正常。

随后堡里开始为置备婚事忙碌了起来,甚至人手不够,又新招了不少下人来帮忙。

云蝉找到秦湖的时候，秦湖似乎埋首在拟定宾客名单，云蝉喊了她两声都没听见。

"娘，不用搞这么隆重吧？"

秦湖回神，摸摸云蝉的脑袋："小蝉喜欢意儿吗？"

娘亲现在才来问这话是什么意思？压下心里的莫名不安，云蝉努力让自己憋红了脸，做出一副羞于回答状。

秦湖果然不再问了。

没注意到秦湖眼中闪过一丝复杂的神色，云蝉又看了周围一圈儿忙忙碌碌的人，奇怪道："好多生面孔，最近招了很多新弟子和下人吗？"

秦湖照例赏她一个栗暴："还不是你没用，三番五次被人劫走，你爹脸上无光，就多找了些人加强护卫。"

"哦哦。"云蝉抱着脑袋，眼角向外一瞥，"青麒好像来了，我看看去。"

长廊曲折，青麒和霁月立在长廊一端，不知在说什么。这几天为了婚事，夏明山庄和飞云堡两家走动频繁，下人也会经常来往走动传个话什么的，所以众人也都见怪不怪。

见云蝉朝这边走了过来，青麒对霁月点了下头，就转身快步离开了。

正打算和青麒打招呼的话语被迫吞回了肚里，云蝉只能转向霁月："我怎么觉得最近青麒好像很讨厌我？"

因为青蛛死了，青麒心里有恨吧。霁月眼神暗了暗："没有的事啦，小姐你整天胡思乱想什么？"

云蝉笑了笑："你和青麒刚刚在说什么？"

她自从前日回来，就主动结束了和霁月的冷战，只是隔阂已生，却是轻易除不去的。曾经那些掏心掏肺的话是再不可能一起分享了。也不对，从来掏心掏肺的都只是她一个人而已。

云蝉看看陷入沉默的霁月，摆摆手道："算啦，你不想说就不说好了。"

霁月却忽然道："小姐不要再和楼孤雁来往了，也不要去那个西郊湖边之约。"

云蝉觉得心里有些不舒服:"他让你监视我啊。"

"不是的……"霁月急着就要辩解。庄主从来只是让她保护小姐。是她自己看到了楼孤雁来找小姐后自作主张去汇报的,可庄主听完竟然只是"嗯"了一声。

谁能想到呢。那个骄傲的人仿佛在一夜之间变得卑微,为了挽留住一份可能而变得一动都不敢动,终于连旁观的人也觉得苦涩。

云蝉却打断了霁月的辩解:"我不会去西郊湖的啦。你不要担心了。"

说是这么说,十日后月上中天的时候,千钧一脚踹开了云蝉的房门。

看到已经睡在床上的云蝉,美人不死心道:"丑丫头,你真不去?你放心,你屋外那个丫头已经被我放倒了。你要去趁现在……"

清梦被扰,云蝉扯过被子盖住脸:"去什么啦。你这么闲不如去找你自己的如意郎君去。"

呃呃,千钧郁闷。她这阵子确实很闲,木头沈耀最近忙着找他失踪的师父,都没空理她,她还真是闲得发慌。

千钧上前一步,摇着床上的人:"不行啦。我越想越觉得那个夏庄主真不是你的良配……"

云蝉翻身而起:"你不是说如果喜欢上一个人,就算他是全天下的敌人又有什么关系。"

千钧噎了噎:"话是这么说啦。可是他是魔教教主哎,凶狠残暴,配你实在稍微惊悚了点儿。不如试试换个人……"

都已经刻到心里了,那是一道深痕而不是一件衣服,要怎么换掉?云蝉试图和千钧解释:"换谁也不行的。我变成猪变成蝼蚁变成灰,死夏意也能认出来,我对他也是一样的。这样的人不会再有第二个。"

这是什么比喻。千钧一脸黑线,然后不服气。"你怎么知道楼孤雁就认不出?"

说完,一意孤行的美人不再听云蝉的抗议,唰唰唰点完她几处穴道后,就扛着她大摇大摆地向西郊湖奔去。

依旧夜雾弥漫，月色皎皎，满天的朦胧星光洒在城郊的湖面上，宛如仙境。

千钧到达湖边看了看时辰后，就动手剥起了云蝉的衣服。

云蝉惊吓："你要做什么？"

千钧一边忙活一边答道："和你互换个衣服再易个容，看楼孤雁来了认不认得出。"

"不要，你快解开我穴道啦，大晚上的很冷啊。"

"别吵……"

一番换装完毕，时辰也差不多要到子时了。千钧将云蝉塞在附近的一个大石头后面，顺手点了她哑穴，然后嘚瑟："我先去会一会姓楼的，等下他认出来我是冒牌货的话，我就来给你解穴。"

云蝉瞪眼。什么意思，那如果他认不出呢？你就跟他私奔而去不管我了？

千钧捏了一把云蝉的小脸，转身走向湖边月辉最明亮的一处。

背后有脚步声而至。

哟，来的还挺准时。千钧回头，扯开一个微笑，却看见面前来的是一个不认识的紫衣女子。

千钧讪讪道："真巧啊姑娘，你也来这边等人？"

熟料紫莹却抽出了软剑，不客气地朝千钧腰上卷去："劳云大小姐和我走一趟了。"

千钧大惊，脚下一晃就飘出了几步远："你是什么人？想抓丑丫头？"

对方的轻功身法比原来高出了好几等，紫莹也看出不对了。

"你不是云大小姐？"

总算明白过来这是个圈套，千钧心里有些窝火："你到底什么人啊。装作楼孤雁约丑丫头来这里有什么目的？"

紫莹不答，转瞬就挥剑向千钧缠了上去。

千钧的金环和暗器在刚刚换衣服时全扔到草丛里了，此时手无寸铁相当苦逼。她心里一面庆幸幸亏刚刚没让丑丫头直接出来，一面又对这个紫衣女人恼怒不已："你不说是不是？你一定和楼孤雁有关系，是不是嫉妒丑丫头所以想害她？你不说我就去告诉楼孤雁。"

风声萧萧，紫莹眼中顿时杀机四起。

夏明山庄和青图教对付了墨阁这么久，墨阁前次叛乱，背后操纵之人就是青图教。再后来阁主被陷害，又致使现在白道上人人盯着墨阁。

如今知道了夏意不仅是夏明山庄的庄主，还是青图教教主。而云大小姐明明是能威胁夏意的好筹码，阁主却无论如何不肯动她。

她今夜是私自出来抓云蝉的，绝不能被阁主知道。

思及此，紫莹手上发了狠，剑身翻转，刺出锋芒银星几点。

真够狠的。千钧见形势不利，又怕紫莹发现云蝉的藏身之处，立刻转身想引她到远一点儿的地方。然而背后的软剑却像是早已料到她的动向，抢先一步卷上了她的腰。千钧顿时逃脱不了，"啪"的一声，被一掌拍在了心脉上。

时间像是定格了。

云蝉全身无法动弹，耳中听到千钧的惨叫，心里顿时急得六神无主。

远处又有疾风接近，紫莹收了剑，不敢再多停留，立刻消失于夜色之中。

一个火红的身影朝着湖边急速赶来。一眼找到被放在石头后面的云蝉，夏意的眼中闪过一瞬间的错愕，拍开了她的穴急道："小蝉，你没事吧？"

云蝉得了自由，顾不得和他说话，只朝着前方跌跌撞撞地跑过去。

月夜下，一个女子躺在湖边的草地上。脸上临时做的易容药膏许是在打斗的时候就已被剥落，露出一张美得惊心动魄的脸。

云蝉吓坏了，双手发颤地抱起她。

千钧努力抬眼，可是双眼没了焦距："木头，是你吗？你……终于……肯……主动抱我了啊。真好……"

云蝉急得掉泪："我不是木头，我现在就去找木头来，千钧你别死。"她转头朝着夏意急急乞求，"夏意，你救救她，你快救救她……"

小蝉怀里的女子脸上已毫无血色，夏意心里有些沉，俯身伸手探去，终究是无能为力："心脉被震断，已经晚了。"

怀里的千钧终于再也不动了。云蝉抱着她渐渐变凉的身体，眼泪一滴滴往下掉。

夏意默不作声，蹲下来陪她。

不想看她哭的，她的眼泪像是割在他的心上，可是他却不知该如何安慰。生平第一次觉得力不能及，夏意无措地拥住她的肩："对不起，小蝉，是我来晚了。"

当霁月告诉他小蝉不见了的时候，他以为她终于选择了楼孤雁，他的心瞬间就冷掉了，于是自暴自弃地想放手。

他该早点儿来的。

如果知道小蝉会这样哭，他该早点儿来的。

月色越来越凉，洒在同样冰凉的湖面上，一点点散开，终于像是再也暖不起来。

天阴沉沉。

夏意跨入云蝉房中，迟疑了片刻才开口："我已派人找到千金殿。她的……尸身也交给桂月夫人了。"

云蝉像是没回过神，低着头"嗯"了一声，隔了一会儿又轻声道："谢谢。"

双眼红肿，大概是哭了一整夜。夏意心里蓦地一痛，明知不合时宜，他却仍是不由自主地问出了口："如果是我死了，你也会这么伤心吗？"

哭红的双眼猛然抬起看向他。

夏意移开目光："我不过随便问问，你不必回答的。"

一只手却紧紧拉住了他："当然会伤心，会伤心得死掉。"

那声音里带着惊慌无措，夏意只觉得刹那间有万千情绪铺天盖地涌上胸口，他当下忍不住伸手抱住了她："小蝉怪我吗？"

云蝉沉默。

桃花眼再次暗了下来。小蝉应该是怪的吧，说什么不会再让她受伤，可是他再三骗了她，如今还逼她接受他。

夏意终于艰难地开口："婚事，如果你不愿意……"

"我愿意的。"怀中的人忽然打断他,低声重复,"我愿意的。"

心就这么一点一点悸动起来,直到无法自抑。夏意俯下脸,吻住云蝉的唇,唇齿相交,带着刻骨的眷恋,辗转纠缠。

许久,他宣誓般地说:"我们会在一起的。"

"嗯。"

她想和他在一起。只这一次,就算错了也不想回头,可不可以被原谅。

云蝉应了一声,头靠在他的胸前,目光落向了窗外。

窗外的天阴沉沉的,乌云压了下来,分明是风雨欲来的征兆。

华堂之上（二十）

六月初八，天下群雄汇聚夏明山庄，参加天下第一庄庄主与飞云堡云大小姐的大婚。

庄里张灯结彩，门窗上贴满红纸，到处是一片喜庆过了头的红色。嫁衣也是鲜红的，穿在身上没有实感。拜天地的礼堂设在夏明山庄的大厅，这个地方云蝉来过无数次，就算闭着眼睛都能准确无误走到桌案前。

可此时她由霁月牵着，脚竟有些发软。

一根打着同心结的红绳递了过来，头盖红巾的云蝉深吸一口气，正要伸手去接，哪知红绳的另一头竟忽然滑了下去。

霁月目瞪口呆。夏意也有些愣，抹一抹手心的汗忙又捧起同心结，可惜太过紧张，手一抖，红绳再次滑了下去。

堂堂天下第一庄庄主在华堂之上紧张得再三手滑，算得上是江湖一大奇闻，坐席之中的群雄看得下巴都快掉下来了。

夏意涨红了脸，低声恼道："算了，小蝉，直接把手给我。"

一旁的霁月差点儿晕倒，悄声急道："庄主，这不合礼数哇。"

云蝉也被逗笑了起来，一时间什么不安都飞走了，心里痒痒地，就忍不住想掀盖头看看夏意脸红的样子。

正等着要主婚的罗寿哈哈一笑："你们两个也够了，难得成个亲，怎么连这点儿礼数都守不成。"说完，扯起红绳的两端放在他们两人的手中。

"我们会在一起的。"

红绳的另一端牵的是他的手，三叩首过后，天地间从此便有他与她两相依。

罗寿满意地捋了一把胡须，正要指挥着两个人赶紧拜天地，门外却忽然喧嚷了起来。

隐在红巾下的云蝉不知道外面发生了什么事，一旁的霁月低声道："是源清派的人来了。"

喧嚷声落在耳中嗡嗡作响，云蝉全身的血液瞬间结成了冰。

夏明山庄的众人都有些惊讶，这一个月来源清派上下都在寻找失踪的谭掌门，前两日虽收到了他们派人送来的贺礼，却万没想到他们的人今日会来观礼。

山庄的李管家很快出面："多谢源清派诸位前来捧场，各位快请入席。"

源清派众人却不动。

群雄也是面面相觑，这源清派竟然全派四十三人都来了，还个个一脸寒霜，莫不是找晦气来的？

人群中有人知道谭掌门失踪之事的，已经窃窃私语开了：

"莫非是谭掌门已遭不测，所以他们是来找夏明山庄做主的？"

"那也不能在夏庄主大婚之日来提这事儿啊。"

一名源清派的弟子率先发难："做主？我们是来给师父报仇的！"

李管家莫名其妙："此话怎讲？"

那弟子目光如炬，直直盯着堂中新郎官："这个夏意，就是青图教教主，害了我们的师父！"

一语惊四座，众人一片哗然：

"这位小兄弟，说笑话吧？"

"胡言乱语，这人莫不是疯了？"

"今日是夏庄主和云小姐大喜的日子，源清派来这里发疯是什么意思？"

喧哗声此起彼伏，然而源清派弟子个个神情肃穆，群雄也渐渐觉得不对，不由得都静了下来。

好像，就算是疯了，也不可能全派上下四十多号人同时发疯吧？

往日里仙姿飘飘的谭诗瑶此刻已不见半点儿俏丽之色，一张憔悴的脸上泪光点点，她忽然一剑指向华堂正中的夏意，悲声道："夏哥哥，我爹是不是在你手上？"

夏意攥紧了手中的红绳，神色不变："我不知道你在说什么。"

沈耀抽出剑，冷声："过过招就知道了。"说完，竟径自提剑以雷霆之势攻了过去。

知道沈耀的身手，夏意不敢硬接，随手抄起桌案上的龙凤烛台抵挡。沈耀却视若无物，一剑削断红烛，二剑如影随至，竟是一丝余地也不留。

喜庆的华堂之上，一个是英雄会魁首，一个是天下第一庄庄主，居然以命相搏了起来。席间众人从未遇过这种事，一时间都不知该如何反应。

夏意的左手死死紧握着红绳不肯放开，只以单手与沈耀相拼。沈耀也不管，手中长剑如疾风骤雨般刺出，然而十几招过了，竟奈何不了夏意半分。

群雄正看得心惊，门外忽然一道白影闪进，将牵在夏意和云蝉手里的红绳一剑挑断。红绸做的同心结霎时滚落到地上，夏意的桃花眼中终于有了怒气。

云蝉却手脚冰凉。源清派早已对夏明山庄起疑，谭英被夏意所杀，这些日子以来一直想要强迫自己忘掉的事，终究是逃不开的。

唯一一次想错下去，也不可以吗？

白影身形一晃，很快与沈耀联手围攻夏意。两人出的皆是杀招，而夏意手中没有兵刃，眼见形势不利，席间已有人按捺不住要上前相帮，却忽见夏意掌中隐隐泛起金光，竟倏然以掌力震断了对手两人的长剑。

白影一笑，飘然退开两步，高高立于拜堂用的天地桌案之上。沈耀也弃了断剑，收手退至谭诗瑶身边。

众人这才看清那白衣人是墨阁阁主楼孤雁，群雄皆怒：“是那魔头！”

楼溇却慢悠悠地指着底下道：“魔头在那里呢。你们难道没看见，夏庄主刚刚使的是无量诀。”

其实无量诀失传已久，见过这门功夫的人如今已经极少。当下立刻有人不信：“含血喷人！夏庄主怎会使那魔功！”

楼溇微笑：“怎么不会。夏家当年吞并青图教之时，曾威逼图教主交出无量诀秘籍。所以夏家的后人会无量诀，有什么奇怪的？”

"吞并魔教？"人群里有人抓住楼溇话里的话，忍不住发出低呼。

在场众人虽然不能肯定夏意使的是不是无量诀，却能看出他刚刚使出的确实与楼孤雁的是一路功夫，再加上一向正直不阿的源清派今日居然齐齐来发难，很快已有不少人开始半信半疑。

然而夏明山庄在江湖上毕竟威望甚高，底下仍有人大声辩驳："就算是当年夏老庄主从魔教手里得了无量诀又如何。夏明山庄世代维护武林正义，那无量诀落在白道手中和在黑道手中自是不可同日而语。夏庄主就是练了无量诀又何妨？"

楼溇含笑看向说话之人，反问："既是无妨，夏家为何一直遮遮掩掩？江湖上可有人知道夏明山庄历代庄主都有一身无量神功？"

被问话的人顿时哑口无言，脸上也渐渐起了疑色。

楼溇嘴边的笑意淡去，目光移向夏意道："不过可惜，无量诀有上下两卷，而夏家当年只得了上卷。夏庄主，你说是不是？"

夏意双眼微沉，却不置一词。

楼溇也不在意，自顾自继续开口："无量诀上卷主练督脉，下卷主练任脉，只有两卷都练成之后方可使任督两脉气机通畅，及至化境。反之，若只练其中一卷，会致使体内阴阳之气失衡，走火入魔。"说到这里，他精神愉快了起来，"夏明山庄近年几代庄主早逝，皆因只修习了上卷，体内积存阳刚内力过度却无法化解，最终被内力反噬，焚身而死。"

听到此处，云蝉不禁心头大震，猛然一把扯下头上红巾，直直地望向夏意。

群雄此时也都无人关心新娘子的举动，只回味着刚刚耳闻之事震惊不已。

楼溇的眉宇间却渐渐染上肃杀之气："二十年前，你父亲夏岳练成无量诀上卷后发现不对，可是为时已晚。他一心求生，就想用西江木家的冰蚕来压制体内纯阳内力反噬，于是暗中出动青图教杀了西江木家满门，夺取冰蚕。"

群雄听得倒抽一口冷气，各门各派虽然对西江木家遭遇灭门的缘由所知甚少，但对这桩血案却都是耳闻过的。

楼溇冷笑："木家虽是小派，却一直敬仰正道。其实当年以夏岳的身份，只要他一句话，木家必会将冰蚕奉上。奈何夏岳心中有鬼，只怕修习无量诀之事败露，竟选择了暗中动用青图教痛下杀手。"

人群中起了一阵唏嘘。有人小声疑问："你说上代的夏岳庄主出动了青图教？"

"正是！"一道饱含怒气的声音忽然插了进来。众人转过目光，却见说话的是沈耀。

沈耀沉声接口："夏家在表面上灭了青图教，暗中却利用红露将青图教收为己用，将江湖黑白二道皆玩弄于股掌之间。五十年来，各门各派之中但凡有人对此事稍有看出些端倪的，都逐一被灭口。就连我师父他老人家……"他说到此处，面上忽显悲痛之色，竟有些说不下去了。

蛟龙帮的赵帮主却仍是难以置信："什么无量诀，什么走火入魔，都是你们一面之词，口说无凭！"

楼溇却不慌不忙："若各位不信在下和源清派，还可问问云夫人。"

娘亲？云蝉一惊，猛然转头。

秦湖却看也不看云蝉，站出来朗声道："二十年前，我的师父一代江湖名医薛仁，在一次拜访夏明山庄之时，看出夏老庄主气色有异。师父他老人家仁心仁术，当即便热心为夏老庄主把脉。结果却发现夏老庄主是走火入魔内力反噬,与今日楼孤雁所说分毫不差。"

众人皆惊。神医薛仁死于二十多年前,莫非也是被夏明山庄所害?

秦湖闭目,似乎陷入了回忆,声音却渐渐愤慨:"当年我师父曾百思不得其解,夏明山庄武功平和稳重,何以夏岳体内会有一身纯阳内力游走乱窜。但他老人家也并未多疑,只一心想帮助夏老庄主化解体内热毒。哪知师父他还未研究出化解之法,就被青图教所杀!"言及此,秦湖眼中燃起狠色,"师父临死前告诉我害他的人身上有百兽图腾,我当年一直不知师父是如何得罪了青图教,现在却是明白了。"

群雄默然。所谓做贼心虚,夏岳必是怕修习无量诀之事暴露,于是杀人灭口。

"如果单凭这些还不足以让各位取信,"楼溇忽然从怀中掏出一物,目光转向夏意,"那么无量诀的下卷在此。敢问夏庄主,你要不要?"

此书就是无量诀?

群雄盯着楼溇手里的书册,安静了下来。厅中的青麒和霁月也变了脸色。

楼溇只看着夏意,微笑:"夏家前两任庄主只以为自己练功不甚导致走火入魔。后来你父亲夏岳虽然察觉到是无量诀的问题,但他惧怕身份暴露不敢让任何人知晓,再加上内力反噬突然,他甚至来不及将真相留书给儿子就丧命。所以,你在不知情的情况下,也练了无量诀的上卷。"

那么说,夏意日后也会走火入魔?云蝉脸色蓦然发白。

楼溇却似是心情大好:"从当初策划墨阁叛变开始就是你设的局。你三番五次盯上我们墨阁,无非是为了要我手中的无量诀的下卷。你若仍然不肯承认身份,那我现在毁了它如何?"

夏意桃花眼里冰冷一片,仍是闭口不发一言。

楼溇见状,指尖运起内力,眼看就要将手中书册化成粉末,云蝉终于按捺不住,高喊出声:"不要!"

与此同时,青麒也猛然飞身上前,抢夺书卷。

事情发展到这一步,夏庄主从头到尾始终一言不发,如今青麒也动了手,等于默认一切。

秦湖挥手，大批飞云堡弟子竟抽出暗藏在衣中的兵刃，摆开阵势。

带了兵刃来参加喜宴，显然飞云堡众人是早有预谋的。夏意神色终于震动，艰难地转头看向云蝉。

四目相接，云蝉身体一颤，急道："不是的！我事先并不知情……"

楼溇却笑着打断她："这次还要多亏了飞云堡里应外合，若不是借这次大婚，我墨阁这么多人还真没么容易混进夏明山庄。"

云蝉终于明白，怪不得前阵子觉得堡中多了许多新面孔，竟是早已安排好要在今天混进喜宴的！

她心里一阵阵发凉，不由得看向秦湖。秦湖自知此次瞒着女儿，又拿她的婚姻大事来设套，不禁心中有愧，移开目光不敢对视。

源清派、飞云堡与墨阁众人却已经率先攻了上去。青麒和影卫立刻上前抵挡。

刀剑相交，场面很快一片混乱。随后南海派也拍案而起："我南海派周师伯前不久也是为青图教所杀！众弟子听令，今日要为周师伯报仇，手刃这个魔头！"

青云堂也道："还有我们左护法的命，也要这个魔头拿命来换！"

青麒咬牙。在夏明山庄之中，其实只有极少数影卫知道青图教的内情，余下的大部分弟子护卫包括李管家都对夏意的第二个身份并不知情。

原以为自己平日是江湖名门正派，哪知今日却横生变故，彻底来了个颠覆，一时间山庄内众人都茫然无措，只眼睁睁看着青麒几人与各派相抗。

情势极为不利，青麒挥开左右而来的刀剑，焦急道："教主，我们此刻还是先撤离此处为上。"

夏意回望云蝉一眼，见她面色僵硬，他终于漠然点头。

青麒得令，立刻挥手示意："保护教主撤走！"

"想跑？"各派众人此刻哪会放过夏意，立即汹涌围上。

红衣翻卷，夏意看都不看一眼，手掌拍出，金光隐现，其内劲力道刚猛霸道，瞬间击毙了面前四人。

众人见状，更是红了眼就要围攻上去，然而却只见一团红影飘过，很快地上又多了三具尸首，而夏意已飞出门外。

楼溇换了刀就要去追，却被夏意手下的影卫拖住。正缠斗间，面前又有一抹红色飞过，是云蝉施展莲步生花追了出去。

楼溇眼色一沉，手中刀刃疾刺，割破影卫的咽喉后，也立时抽身追向外面。

夏意疾驰在山庄后山树林一路向下，两边景物急速后退，他的脑中一片混沌。

身后有女子呼喊："死夏意！"

几乎是条件反射地，夏意停下了脚步，然后僵着身体回头看去。

云蝉跑向他。

她头上的红巾早已被扯落，只剩那一身嫁衣鲜红，简直要刺伤了他的眼。夏意忽然想笑："我先前还担心要你对家人瞒着我的身份嫁给我，一定会很难过。原来，你早就告诉他们了啊。"

云蝉大急："不是的。我没有……"

夏意只定定地看云蝉："你那天说你愿意，是真心的吗？"不待云蝉回答，他又自嘲，"其实，不用这么麻烦的。你若想要我的命，何必这么麻烦。"

云蝉急得不知道要如何解释："不是的，今天的事我完全都不知情！我不要你死。"

见她神情真切，不似有假，暗淡的桃花眼似乎瞬间有了神采。

"小蝉，那你愿不愿意跟我走？"

云蝉一怔。跟他走？

背后有人追来，云蝉忽然腰上一紧，很快被人带着后退几步。她急忙回头，见到是楼溇。

"喽啰，你干什么，放开我。"

她正在挣扎，其余众人也已追了上来。云天海当场怒喝："小蝉，这魔头杀人无数，你岂能跟他走！简直是非不分！"

见越来越多的人追来,云蝉忧心夏意,只得大喊:"夏意,你跑……"

余下的声音却消失在喉咙中,秦湖一掌劈向云蝉的颈后,云蝉眼前一黑,失去了意识。

明月为证 〔二十一〕

盘旋在天空多日的乌云散去,在一阵六月的雨后,终于云开日出。

云蝉醒来,眼神迷惘。

这里是自己的房间,自己的床,霁月也坐在床边,就好像平日里无数个清晨一样,一切都没有变。

可惜迷茫只是一瞬间,云蝉倏然起身,抓着霁月道:"夏意呢?"

霁月安抚似的拍着云蝉的背:"庄主没事。"

"他们没有抓到他吗?"

"就凭他们?放心,庄主毫发无伤地撤走了。"霁月笑了一下,复又担忧,"倒是小姐你昏睡了两天。"

听到夏意没事,云蝉暂时松了一口气,顿时觉得脖子上也疼了起来:"我睡了两天?娘下手也真够狠的。"

霁月笑:"我给小姐揉揉。"

云蝉正要推辞,忽然疑惑:"那你怎么还在这里?没和夏意一起跑吗?"

霁月已经伸手捏起了云蝉的后颈:"那天喜宴上我一直没有出手,他们不知道我也是庄主的人。"说到这里,她手上顿住,盯着云蝉道,"除非小姐将我供出来。"

云蝉闻言，发了一会儿呆才道："我不要他死。"

霁月犹豫了两下，还是说道："如今白道都在追杀庄主，许多门派都与青图教有仇，想必都不会放过这次机会。"

云蝉沉默。是啊，连飞云堡都和青图教有仇。

霁月看着她又道："各门各派现在正聚在飞云堡商量对策，小姐打算怎么办？"

怎么办？如今在一起是求不得的了，她只是不想他死，这个愿望如此强烈，甚至让她一错再错也顾不得了。

思量许久，云蝉终于冷静下来："先想办法拿到无量诀下卷。"

在去往飞云堡大厅的路上，云蝉遇到了楼溇。

他还是那么白衣飘飘，眉宇间透着一股倾城之色。

这个人会这么正大光明出现在大庭广众之下，云蝉看得直发愣："喽啰，你怎么会在这里？"

楼溇也早已在路上看到了她，毫不避忌道："来和各大门派商量对付青图教。"

此次夏意的身份被揭露，墨阁也出了力。何况楼溇一家都是为青图教所杀，他会与青图教为敌也合情合理。白道虽然对墨阁不能完全放心，却也不反对多一个门派来帮忙对付魔教。

云蝉不再多问，扫了一眼他身旁的紫莹后就跟在后面抬脚进了议事厅。

厅内的人不多，不像之前夏明山庄召集武林群雄那样大张旗鼓，这次来的只有各派的领头人物。

一个矮胖的老头正站在厅中向众人禀告："这两天都查实了，夏明山庄大部分旧署对青图教一事都不知情。凡是身上没有百兽图腾也没有身中红露的山庄弟子，都已废了武功遣散了。"

南海派掌门历江白点头："好。如此那魔头也只剩下了魔教的势力可用，只需尽快将魔教据点找出来铲除干净便好。"

有人不赞同："那魔头练了无量诀上卷就快走火入魔，放着不管也会死。何不等他死了，魔教士气大损了再去诛灭那些妖孽邪道。"

沈耀沉声："杀师之仇未报，我源清派一刻也等不了。若诸派想等，那请恕源清派要先单独行事了。"

话音一落，谭诗瑶红了眼圈。

青云堂堂主姜旭也怒声："我派华护法也是死在那魔头手上，此仇不能等。"

云天海沉吟道："不错。那魔头一日未死，为了求生还不知他会做出什么事来，而且万一他不死，将来也成武林一大祸害，何不先下手为强。"

有人低声："可是那魔头逃了，如今也不知躲在哪里。"

楼溇踏进了门，悠悠开口："千金殿有消息，青图教就在烟山上。"

此话果然都吸引了大家的注意力。蛟龙帮的赵帮主瞥他一眼："之前大伙儿已经去过烟山一次，什么都没搜到。"

楼溇微笑："你说你们跟着夏意的那次？由他带着你们当然什么都搜不到了。现在千金殿已经查到了烟山底下的密道入口，他们的据点就在烟山底下。"

赵帮主极为不爽："如何相信你？夏明山庄虽然倒了，也轮不到你们墨阁来发号施令！"

"不错。"云蝉跟在楼溇后面踏入厅中，"千金殿的消息是假的。"

此话一出，众人的目光又再次转移。楼溇蹙眉，也转脸看她。

云天海和秦湖没料到云蝉会来，夫妇俩对望一眼，都不禁有些忧心。

赵帮主没来由就是看云蝉不顺眼，此时也顾不得质疑楼溇了，只将矛头指向她："千金殿的消息是真是假，云大小姐又是如何知道？"

"我如何知道？"云蝉目光冷了冷，指向紫莹，"那就要问她了。"

紫莹脸色一白。

"墨阁的人杀了千金殿桂月夫人的爱徒千钧。"云蝉忍住难过，声音喑哑，

"试问千金殿怎么还会为他们提供真的消息。消息必定是假的,想引大家上圈套。"

出其不意的一番话听得沈耀刹那间心神大乱,他在惊愕之下猛地抓住她:"云姑娘,你是说千钧……"

云蝉垂下眼。因为目睹谭英之死,她一直不敢面对源清派的人,千钧的死她至今未曾告诉沈耀。

楼溇也大感意外,对着紫莹面露询问之色。

紫莹埋头跪下:"属下该死。"

没料到会有这番变故,楼溇摇头叹息:"那看来桂月夫人的情报真是不可信了,从今以后千金殿要与我们墨阁为敌,可惜了。"叹完,他向地上的人不悦道,"回去再处理你。"

紫莹面如死灰。

想到杀父之仇,谭诗瑶咬牙:"不在烟山,那就翻遍整个江湖,不信翻不出这个魔头躲在哪里。"

云蝉忽然出声:"不用这么麻烦,我有办法找到他。"

所有人都再次看向她。

云蝉攥紧了手心,压住心头的愧疚和紧张:"其实,他昨天晚上潜入堡里来找我,他知道我与楼……楼阁主有些交情,便要我想办法帮他偷得无量诀下卷。"

当初楼溇被陷害为魔教中人的时候,有许多人亲眼见过云大小姐三番五次拼命维护楼溇,两人确实交情不浅的样子。现在听说夏意想要利用云大小姐和楼溇的关系为他偷得无量诀,众人很快信了七八分。

只有秦湖闻言一阵紧张:"小蝉,他没有对你怎么样吧?"

云蝉摇头:"没有。娘,你也知道,他……喜欢我的。可是我……"她连吸好几口气,才十分艰难地说出口,"我原先不知道师公也是给青图教害死的,如今既然真相大白,我们飞云堡与青图教这不共戴天之仇,我怎么还能帮他?于是我昨晚就假装先答应了他,想等着今日再来找爹娘一同想办法的。"

这一通胡扯下来，云蝉紧张得手心都出了汗。她强迫自己镇定下来，目光转向楼溇："不知道楼阁主，愿不愿意拿出无量诀下卷来做饵，好引那魔头出来。"

无量诀是无上的绝学秘籍，云蝉并未有太多把握楼溇会交出来。她正思量着要如何说辞才可以引各派一同向他施压，没想到楼溇却笑了："好。"

众人都是一喜。

云天海忙道："多谢楼阁主深明大义。"抱拳一礼过后，他转头问女儿，"小蝉，那魔头会如何与你接头？"

云蝉道："他说如果我能取得无量诀下卷，三日后子时就将书册放于丹溪坡的睡狮石之上，他便会现身来见我。"

众人士气大振，很快掩上门商议开了。

"好，大家早做埋伏！三日后等那魔头一现身就来个瓮中捉鳖！"

"不知那魔头会带多少人。我们的人不能太多，免得打草惊蛇。"

"这次定要手刃那魔头，为我们掌门师父报仇！"

云蝉在一旁默默听着，垂下眼掩住了神色。

她只是不想他死。错了也好，得不到原谅也好，她都不要他死。

三日后转瞬即至。

没想到一切竟然会狗屎运地进展十分顺利。看着踏进房门的楼溇，云蝉镇定道："子时快到了，先把下卷给我吧。"

楼溇望着她似笑非笑："无量诀是本门的秘籍，怎么可以随便给外人。为了妥当起见，我弄了本假的给你。"

在最后时刻功亏一篑，云蝉呼吸一滞，强笑道："这样啊,能糊弄得过吗？"

楼溇从怀中掏出书册递给她："逗你的。秘籍再重要也没你重要，当然给你真的了。否则夏意若发现了下卷是假的，一怒之下拿你开刀怎么办。"

事关夏意的性命，云蝉不敢大意，伸手接过书册后仍然疑心试探："你会这么为我着想?"

楼溇显得不太高兴:"他以前骗你那么多次,你却一直向着他。而我从未骗过你,你为何总是不信我?"

云蝉转过脸,低声:"谢谢。"

楼溇揉了揉她的头发:"快到子时了。你爹娘和其他各派高手都已经埋伏在丹溪坡。等下我会在途中暗地里跟在你后面,不会有事的。"

霁月捧着衣服推门而入:"小姐,晚上风大,加件衣服吧。"

云蝉"嗯"了一声。

楼溇见她要换衣物,不便再待在屋内,说了句"我先出堡,在堡外等你"后,便转身走了。

云蝉起身,乖乖任由霁月给她系披风。直到外面的人走远了,她才将遮掩在庞大披风下的手一推,迅速把无量诀悄悄塞入了霁月怀中,又从霁月腰间摸出了一本假的。

霁月低声:"小姐不和我一起走?"

"从堡中到丹溪坡的一路都会有人监视。我若走的路程不对,立刻会被发现。这样也好,如今他们注意力全被我引开,你才能有机会带着无量诀走。"

"可我担心等他们发现这次瓮中捉鳖全都是一场空,而无量诀又被掉包了,到时小姐你该怎么办。"

"有我爹娘在,他们不会把我怎么样的。"云蝉宽慰她,"霁月,你自己要小心。"

子时将至。一轮明月悬在天上,照得大地幽远深静。云蝉装模作样地偷摸出了飞云堡的大门。

丹溪坡距离夏明山庄和飞云堡都不远,其间确实有一块睡狮模样的巨石矗立。

云蝉和夏意两人年幼时,这块睡狮石曾是他们的秘密花园一样的存在,两人偶尔不吵架的时候,会一起躺在上面晒太阳。只是长大了以后,他们就渐渐来得少了。而那日云天海问云蝉地点,她不知怎的就说出了这个地方。

第一次在大半夜里来到丹溪坡,云蝉没想到月光下的睡狮石这么美,像是会发光一样。

做戏要做全套。云蝉在怔怔地看了石头半响后,终于手脚并用地爬了上去。她将怀里已经掉了包的无量诀拿出来放在石头上,然后像小时候一样四仰八叉地躺下。

晚间有柔和的微风吹过,让人恍惚记起儿时阳光的味道。不去管周围埋伏了多少人在等永远不会出现的夏意,也不去想等下她要面对多少责难,她惬意地闭上了眼。

头顶却忽然飘来了一个惊讶的声音:"小蝉?"

刹那间,云蝉几乎以为自己是产生了幻觉,双眼不可置信地蓦然睁开。

四目相接。

清冷的月光下,一袭张扬的红衣翻飞。夏意就立在她身边,一双桃花眼里光华流转,正出神地与她对望。

为什么偏偏是此时此地!云蝉惊得差点儿滚下石头,她一个骨碌跳起来:"你怎么在这里?"

夏意正在全神贯注望着她,听到声音不由得陡然一愣,总算明白这不是在做梦。大梦初醒,夏意莫名红了脸:"你怎么又会在这里?"

云蝉急得简直想揍人。这种时候你扭捏个啥!周围有埋伏你感觉不到吗!

她一时间也顾不得解释,只着急得伸手直推他:"你快走。"

夏意不明所以地抓住了她的手:"小蝉?"

云蝉还来不及回话,几道剑光已如白虹般从四面八方朝他们卷来,夏意神色一凛,迅速抱过她跃至巨石最高处,居高临下地俯视着周围忽然冒出来的几个人。

云蝉也紧张地看了过去,然而待看清下方的几个人,她心里的紧张很快就化成了疑问。

不对劲啊。各派要埋伏夏意，怎么会只安排了这几个人？而且这几个中一个高手都没有，分明只是飞云堡的普通弟子。

她快速扫视了一圈周围。爹娘、楼溇、沈耀、赵帮主、历掌门、姜堂主，竟然真的一个也不在！

与此同时，底下的几名弟子也正盯着夏意手里的云蝉，个个都紧张得额上见汗。

怎么会这样？堡主明明说这魔头今晚根本不可能出现在这里，一切都是大小姐在做戏而已，他们几个只是被派来保护大小姐的安全，而堡中还有其他各派真正的高手现在都已经去跟踪霁月那个丫头了。哪知道这魔头却真的来这边了！看来是堡主冤枉了小姐。怎么办？眼下只凭他们几个，要怎么救得了小姐！

一名弟子哆哆嗦嗦地举着剑，终于结巴着开了口："魔魔魔……魔头，快快快……快放了云大小姐。"

魔头？立于巨石之上的夏意不悦地眯起了眼，手腕一翻，长剑已经出鞘。

敢对他拔剑相向的人，还是死了的好。

炽热的剑气铺天盖地席卷而来。曾在喜宴上见识过这位魔头的武功，底下几位飞云堡弟子顿时全都吓白了脸，连反抗也忘了。

云蝉赶紧大喊："别杀他们！"

长剑及时顿住，夏意郁闷了一下，只得改为伸手拍晕了他们。几个纵身下来，碍事的人终于全部倒地，他这才收剑转身，朝着云蝉问道："小蝉，怎么回事？"

云蝉却抱着脑袋蹲了下来："我也不知道。"

不该只有这么点儿人来埋伏的，她想不明白，到底是哪里出错了。

夏意走回她身边，瞧着她缩成一团的样子，不由得伸手抱住了她："小蝉，我、我……"

思路被打断，云蝉抬头："嗯？"

当日华堂之上被揭露身份，从此正邪不两立，原本以为两人短时期内都不会再见到面,他也做好了忍耐一段时间的准备,却没料到此时此地,她会在这里。

——我很想你。

夏意涨红了脸,无奈这话到了嘴边就是说不出口。

唉唉,我们的夏大庄主其实也是很害羞的啊。

云蝉一瞧见他脸红的样子就慌神了,半晌,她忍不住"噗"的一声笑了出来。

夏意恼了:"你笑什么?"

没什么,就是想到了你那日华堂之上紧张得连红绳也握不住嘛。

云蝉看着他纠结的神色,偷笑不答。

笑了许久,她拉过他的手:"夏意,我们来拜天地吧。"

夏意愣了愣:"什么?"

云蝉也是薄脸皮,顿时脸也红了:"那天,我们天地都没拜成……"就被人打断了。

夏意沉默片刻,才缓缓问:"小蝉,你现在还愿意和我在一起吗?"

愿意的。不管两人还剩多少时间,她都愿意的。

努力压下心里的苦涩,云蝉一只手与夏意紧紧相握,另一只手高高举起四指朝天,然后认认真真道:"明月为证,我云蝉今日在此愿嫁给夏意为妻。此情此誓,至老不减,至死不变。愿上苍保佑我二人不要分开。"

天地间都静谧下来,却迟迟听不到夏意的回应,云蝉忍不住红着脸转头催他:"该你了……你你你……你盯着我看干什么啦,看月亮啊……别笑了啊。"

夏意却只顾看着她笑,眉角的桃花明媚异常,就好像有光华溢满在他的双眸里。

云蝉这一生之中再没看过比这更好看的笑容,不由得有些痴了。

而他缓缓地举起了手,带着无限的虔诚、无限的眷恋:"明月为证,我夏意今日在此娶小蝉为妻。此生此世,永生永世,都无人能将我们分开。"

月华如银雾般洒了下来，像是在回应他们的请求。

此生此世，永生永世。

云蝉终于移开了眼："我们这样就算拜完了吧？"

没注意到她的声音里有些发苦，夏意把她按到怀里："我哪知道……大概就算好、好了吧。"

云蝉把脸埋在他胸前，怔怔出神："死夏意，你还能活多久？"

话题转移太快，沉浸在甜蜜中的夏意隔了好一会儿才反应过来，低声安抚："小蝉，你别想这些……"

"走火入魔不能想别的办法了吗？"云蝉打断他，再次抬起的眼睛里带上了几分希冀，"听说在浮生谷也有位大夫很厉害的……"

夏意沉默了许久，终于还是避开了她的目光："能想到的方法我爹都已经试过了，当年连你师公都没办法……"提到师公，夏意蓦然小心翼翼地住了口。

云蝉也沉默了下来，只觉得心里越发苦了。

又想了好久，她才闷闷地说道："我今天……本来想帮你骗到无量诀下卷的，可是好像被大家识破了。"她不满地抽抽鼻子，"现在霁月手里的那本，肯定是假的了。"

说到霁月，少根筋的傻小蝉才终于想明白了什么，顿时惊得跳起来："糟了！我怎么这么笨，既然被他们识破了，那他们现在一定是都去追霁月了！"

夏意拉住她："小蝉？别急，先告诉我到底发生了什么事。"

云蝉越想越心惊，连忙慌里慌张地将前因后果一五一十地说了出来。

夏意听完，神色有些古怪："楼孤雁给你无量诀下卷？"

云蝉也没注意他的神色，只懊恼地点头："喽啰还说给我的是真的下卷。可原来他早就看穿了我，那怎么可能还会给我真的那本。"

夏意不甚在意："嗯，是假的。"

"怎么办？下卷没拿到，还害了霁月。我不能不管霁月。"

夏意安抚她："他们不来跟踪你，是以为霁月拿着秘籍会和我接头。只要我不露面,他们就会继续跟着,所以一时半会儿不会拿她怎么样。"

云蝉着急:"可是霁月拿了喽啰给我的假秘籍跑了,等于已经暴露了她的身份。就算最后找不到你,他们也不会放过她的。"

一切都是自己自作聪明,云蝉悔得肠子都青了。

见她这副担忧模样,夏意到底不忍心:"别担心。她如果带着下卷是要来找我,我大概知道她现在在哪里。我现在过去找她,不会让她被你们的人抓走的。"

"可是……"云蝉越发着急。死夏意若是去找霁月岂不是自投罗网,各派这次做了万全准备要逮他,他能逃得开?

夏意知道她在担心什么,宽慰道:"放心,我带着青麒他们一起去,就算和你们的人碰上了,我们也不会吃亏。小蝉,你……你跟不跟我一起走?"

要一起走吗?

云蝉犹豫:"下卷还在喽啰手里。"她此刻跟他走的话,今后取得下卷的机会更渺茫了。

夏意也有些踌躇。

该带她走吗?可今晚并不是带她走的好时机。他还没有布置好,还有许许多多不能摆到明面上来的事没有准备好。他现在不能带着她,这些阳光底下的事,他不想被她看到知道。

再忍一忍吧,再忍一忍。等他把一切都解决了,他们就可以在一起了。

夏意望着她:"小蝉不想跟我走,是想帮我取得无量诀?"

云蝉心乱如麻:"我不要你死。无论如何都不要你死。"

夏意想了想:"那你打算怎么取?"

"我也不知道。"她的声音低了下去。

夏意递来了一瓶药。

云蝉奇怪:"这是什么?"

"噬魂。无色无味,下在水里谁也察觉不到。"夏意犹豫了片刻,才继续道,"现在也没有别的办法了。只能把这个下给楼孤雁,逼他交出无量诀下卷。"

云蝉猛然抬头看他。

夏意笑着哄她:"不是真的要你害他。不管拿不拿得到下卷,我到时都会把解药给他就是了。不信,我先把解药放你这里。"说完,他又递给她一瓶药。

云蝉有些动摇。

夏意继续说道:"不管成不成功,十天后我都来带你走。青图教那边我也都不管了,就算我只剩下几个月的时间,我们也在一起,好不好?"

云蝉心里一酸,终于道:"我会救你的。"

夏意抱住她:"嗯。只要等刚刚那几个弟子醒过来,他们回去必会禀告说我今晚确实出现在这里了,如此一来就可以证实你没有说谎。而霁月那边,你也可以说是我做了两手准备,你只道是霁月私自掉了包,你被蒙在鼓里全不知情就行了。这样,楼孤雁也会信任你。"

"嗯,我知道的。"云蝉低着头,"霁月那边……"

"我会多带些人去救她,你不要担心。"

云蝉终于推开他:"那你自己小心。我也走了,要先去弄醒刚刚堡里的几个人。"

人一离开,怀里顿时变得空空的。夏意到底还是有些不放心,嘱咐道:"如果没有把握,或者如果你不想这样,那就不要动,我们到时再想其他办法就是。十日后子时,我还在这边等你。"

"好。"云蝉握着两个小药瓶的手有些发颤,她抑制住发颤的手,终于转身离开。

风起云涌【二十二】

出了丹溪坡，夏意面色沉了下来。

青麒忽然出现在他身旁："教主，是否需要属下现在带人去救霁月？"

"怎么救？恐怕现在白道的人都在盯着她。"夏意摇头，"算了，这次本来也是霁月自己擅自行动，后果也只能由她自己承担。"

这是要放弃霁月的意思？青麒心寒，霁月对青图教向来忠心，这次她若是落到白道手里，未防止被拷问出什么，必定会自尽的。

想到这里，青麒试图说情："请教主再想想办法。若云大小姐知道霁月出事，必定会伤心。"

夏意冰冷的表情总算有丝松动，然而须臾后，他仍是叹气："此刻贸然出手，只会把我们都暴露了，为了一个霁月，还不值得我们冒这个险。至于小蝉那里……她要怪也只会怪白道。"

青麒的手猛然攥紧。

好一个不值得。他们再怎么忠心，到头来就只换来"不值得"二个字。

也是，除了他那个心尖上的人，这个男人是从来不会为其他人多费一丝一毫心神的。

可是，可是，并不是只有教主您才会有在意的人。

压下心里的悲意，青麒缓缓俯首："属下明白了。"

各大门派铆足了劲想要捉拿魔教教主夏意，却最终铩羽而归。第二日天明的时候，众人只带回了一具尸体。

云蝉接到消息跑出来，一眼就在前院里看到地上一动不动的霁月。

前院有一棵参天古木，她小时候练功练得累了就耍赖趴在树下装死不动，现在，霁月也是这样吗？

云蝉小心翼翼地走近地上的人，却在两步之遥时被人拦下。秦湖挡住她的视线，叹息道："小蝉，你先回房去。"

云蝉倔强不动。

云天海也走了过来，面露愧色："小蝉，昨晚丹溪坡的事刚刚初海已经向我禀报过了。这次是爹娘大意，也是爹娘冤枉了你，幸好那魔头对你余情未了，昨晚没有伤到你吧？"

云蝉却似不在听他讲话，只怔怔地问："爹，霁月她怎么了？"

秦湖不忍心见她这样，出言解释："小蝉，霁月她是魔教的人……"

云蝉眼里终于现出悲哀："那又怎么样？"

原以为女儿知道了霁月的身份会惊讶愤怒，哪知却是这样的反应，秦湖也有些上火了："那又怎么样？你还不明白？魔教作恶多端，她既是魔教的人，那就是死有余辜。"

云蝉崩溃似的喊了起来："可是霁月跟了我这么多年，你们也是看着她长大的，她做过什么恶了？其他人不知道她，可是爹娘，你们怎么狠得下心！"

秦湖大怒："你个丫头懂什么！魔教奸诈，以往她对你那些都是虚情假意，这次她掉包了无量诀要去送给那个魔头，你都还被她蒙在鼓里！"

声声入耳如刀割，搅得云蝉心痛欲裂——我知道的，这些我都知道的。是我让她掉包的！是我害死她的！

刹那间像是掉入了让人窒息的漩涡之中，云蝉大口地喘起了气来，嘴张着，却发不出一点儿声音。

秦湖见状，语气也软了下来："小蝉，我知道你不好受。但是你是飞云堡的女儿，自古正邪不两立，你要明白。"

一旁的历掌门也劝解道："云小姐，你也别怪令尊令堂，那魔教丫头是自尽的。"

赵帮主及时插嘴："真背！本来差一点儿就可以跟着这丫头找到那魔头了，哪知这丫头还挺机灵，竟然中途发现了我们在跟踪。不过这丫头也够硬气的，知道逃不过，居然就自我了断了。"

秦湖不想云蝉再听这些，扶着她哄道："小蝉，你先回房去吧。"

心里像是压了千斤巨石，云蝉精神恍惚地转向秦湖，带着最后一丝希冀："娘，夏意也是你们看着长大的，如果他答应不再与江湖为敌，我们能不能和他和好，能不能……放过他？"

秦湖还没说话，一旁的南海派历掌门已经大笑起来："和好？云大小姐以为这是小孩子过家家，吵完架就能和好的？那我派前掌门之仇要和谁去算？还有谭掌门、华护法，以及各派前阵子以来无辜死伤的那么多弟子的仇该怎么算？夏家五十年来杀了江湖上这么多条人命，要我们与魔教握手言和，除非我们都死光了！"

不要说了！不要说了！不要说了不要说了！

她知道夏意是错的，可是……"可是他就只有几个月的命了，就算放着不管他也要死了。这样也不行吗？"云蝉蹲下了身子，语带乞求。

听到这种话，缄默多时的云天海也终于怒了："妇人之仁！就算他死了，他底下的人还在，还会有新的教主产生，魔教一日不除，江湖一日不得安宁。小蝉，你赶快回屋去，不许再胡言乱语！"

见丈夫发怒，秦湖连忙拉过云蝉，劝道·"小蝉，你不要多想了，娘送你回房。"

云蝉最终还是被推回了屋。从来没觉得自己的院子会像现在这样冷清过，可是一切都是她自作聪明，她能怪谁呢。

攥着手里一瓶毒瓶一瓶解药，云蝉在房里发了很多天的呆。和夏意的十日之约很快就要到了。可是她想，她不要再害任何人了。

第十天的时候，她没有去找楼溇，楼溇却自己找上门来了。

永远的一尘不染飘飘欲仙。云蝉看着临窗而立的男人，苦笑道："原来你的戏演得也不错，也骗了我呢。"拿一本假下卷耍得她团团转。

楼溇没有否认，笑得温和："我当时不认为你会真的想要帮我们捉他。"结果后来却听说夏意那晚真的在丹溪坡现身了，倒是很让他意外。

云蝉笑容苦涩："为什么不会？为了自己的性命，我当然要帮你们捉他。"

楼溇跃下窗台，蹙眉问道："什么意思？"

云蝉给自己倒了杯茶，一饮而尽，然后缓缓地说道："夏意给我下了噬魂，威胁我如果拿不到下卷，就要我给他陪葬。"

那个夏意会对她这么狠心？楼溇面上仍挂着微笑，随后漫不经心地伸手搭上她的手腕。

脉象真的一片郁结混乱。楼溇神色剧变，迅速撩开了她的衣袖。

只见云蝉白皙的手臂上漫上了几丝红黑色的线，仿佛是刻在了皮肤上的，蜿蜿蜒蜒，甚是妖娆。

楼溇脸色难看，云蝉见状不动声色地抽回了手。她放下衣袖，努力让自己镇定下来，深吸一口气道："喽啰，看在我也算救过你的分上，你也救我一次怎么样？把下卷给我，让我去换解药可以吗？"

楼溇却神色复杂地望着她，一言不发。

云蝉静静地回望着他，心里有些自嘲。还是不行吗？果然以她的命也不足以换一本秘籍的。

这噬魂之毒，虽然夏意给她的时候把解药也一并给了她，可她依然从头到尾也没想过要让喽啰第二次再中这毒。所以刚刚饮茶的时候，她将噬魂自己服了下去。原以为用自己的命为筹码再来演一出戏，说不定可以成功换到下卷，可她到底还是高估了自己。

云蝉再次苦笑:"算了喽啰,你不必为难。"

楼溇的表情终于有了一丝痛惜,他闭上眼:"不是我不救你,而是无量诀根本没有下卷。"

轻轻一句话如同惊雷在耳边炸开,震得云蝉回不过神:"你说什么?"

"当年图教主被逼交出无量诀,他心中不甘,便将无量诀中所有任脉练法全部改成了督脉交给夏老庄主,目的是想引对方练得走火入魔。哪知夏老庄主却看出心诀有问题,继续严刑逼问图教主。图教主一心想骗他练那假无量诀,于是杜撰出无量诀有上下两卷之说,随后不待对方进一步逼问,就自断经脉而亡了。"

原来竟是这样!云蝉几乎要站不住,颤声说道:"所以,夏家历代庄主从头到尾练的就是错的无量诀?"

楼溇点头:"夏老庄主听信了图教主临终前的话,可是却始终找不到下卷所在。他一心要当武林至尊,想着只练半本先打通督脉也好,便按捺不住修习了错的无量诀,结果很快就被纯阳内力反噬自焚而死。"

"这么说,夏意无论如何都会死吗?"云蝉的声音干涩无比。

楼溇叹息着抱住她:"他给你下毒,你还要为他伤心?"

云蝉忽然死死抓住他的袖子:"既然他真的只剩几个月的命了,你也……不能放过他?"

放过他?楼溇温柔地摸摸她的脑袋:"斩草要除根,今天若换作是他站在我的立场上,他也会做出和我一样的决定。"

云蝉不再说话。

没有办法了。所有人都要他死,已经没有办法了。她终于放弃那可笑的希望,只怔怔出神。

楼溇看着她,欲言又止:"小蝉,你身上的毒……"

云蝉笑着打断他:"没关系的,我有解药。"

楼溇目光更痛,迟疑许久终于缓缓地说:"你中的是沧澜,无药可解。"

沧澜,毒性发作起来不算烈,可世间中此毒者却没有能活过两个月的,此毒无解。

云蝉一愣。原来如此，原来夏意又骗了她，果然是个大浑蛋，难怪全天下人都要杀他。

想着想着，云蝉笑了起来。算了，无解就无解吧。

楼溇眉头皱得厉害，他握住她的手："我立刻带你去浮生谷找胡先生，他曾与你师公薛仁的医术不相上下，说不定会有办法。"

云蝉抽回手，眼中一片死寂："不用了。反正夏意也要死了，我答应过要陪他的。"

陪他？这话中之意，竟是要陪那个夏意一起死吗？

楼溇还带着几分焦急的表情就这么蓦然僵住，一向温润的双眸里也终于起了怒色："他对你这么狠，你不恨他？为什么？你竟然连死也要陪着他！"

为什么呢？云蝉慢吞吞地想着，大概是因为就算到了这个地步，就算夏意骗了她一次又一次，她还是无可救药地很喜欢很喜欢他吧。

她退开两步，平静道："其实他没有要害我，这毒是他想让我下在你身上的。"说着，云蝉仰起脸欣慰地朝他笑，"幸好这毒我没有下给你，要不然我又要害到你了。所以，喽啰，看在我这个傻瓜自己把毒吞掉的分上，求你不要把我中毒的事说出去，我不想让我爹娘知道。"

屋外风声大起，吹得窗户咯吱作响。灼人的怒意最终沉淀成了悲切和不甘，楼溇望着她，心中苦涩难抑。

云蝉也不管，只继续说道："还有，既然没有下卷，我会叫他不要再与你们为敌了。你们愿意放过他也好，不愿意放过他也好，我……我都会和他在一起。"

子时已到，夜阑人静，今夜无月。

云蝉独自一人来到丹溪坡，然后坐在睡狮石上发呆。察觉到身后有人走近，她头也没抬，只轻声说道："我没给喽啰下毒，也没拿到下卷。"

夏意从背后抱住她，笑容里带着几分不易察觉的轻松："拿不到就算了，我带你走。"

云蝉有点儿想哭："我救不了你。"

"没关系。"夏意柔声哄她，"就算我只剩下几个月，我们也在一起。"

云蝉的眼睛亮亮的："好，我们在一起。夏意，你不会再和各大门派作对了吧。"

目光闪了闪，夏意轻声道："嗯。不会了。"

云蝉将脸埋进他的怀里："那我会一直陪着你，我们永远不分开。"

夏意打横抱起她，笑了："小蝉想去哪里？"

云蝉想了想："望舒城。那里有条望舒河，听说晚上美得不得了，我早就想去看了。"

"好。"夏意抱着她，足下轻点施展轻功开来，"小蝉想去哪里就去哪里。"

对方身上的暖意源源不断传来，舒适得让云蝉有些睁不开眼睛，她打了个哈欠："我有点儿困。"

"嗯，那你先睡一会儿。"

好像好几天没有好好睡觉了，真的是有点儿累了。云蝉躺在夏意怀里，安心地闭上了眼。

朦胧中，云蝉似乎做了一个很长很长的白头偕老的美梦。然而那个梦还没有做到结局，她就被手臂上一阵疼痛给痛醒了。

云蝉睁开眼，茫然环顾四周。难道已经到望舒城了？

这是一处她不认识的房间，而她面前站着青麒，夏意却不见了。

云蝉有些诧异道："青麒，你怎么在？夏意呢？"

青麒似乎就在等她醒来。听到问话，他嘴角扬起了一丝笑，那笑容里却带了怜悯和快意："你问教主？他不在这里。他吩咐我们在这里看着你，你已经睡了三天，而教主吩咐我们还要让你再睡三天，你知道为什么吗？"

心里隐隐升起一股不安，然后被无限放大，云蝉直觉地想要捂起耳朵。

青麒的话却一字一句清晰异常："三天前，教主下令放话说要江湖正道交出无量诀，如果各大门派执意不肯，他就将整个武林正道屠尽，第一个就先从南海派屠起。"

云蝉白了脸。

青麒冷漠地看着她:"如今各大门派都已经前去相助南海派,而教主也带着教众正赶往南海派。双方都打着想要彻底铲除对方的主意。"

云蝉声音发颤:"青麒,带我去见他。他还不知道根本就没有下卷,不能让他再做这些无谓的杀戮了。"

青麒笑得轻蔑:"那又如何。教主的意图本来就不是取得下卷,他只是想把各大派引到一处一网打尽罢了。"

云蝉忍不住大喊:"不会的!他明明答应过我不再与武林为敌。"

"嘎吱"一声,门突然被推开,金甲慌慌张张地走了进来。

"青麒大哥,门外的守卫怎么全都被人放倒了?"金甲看到床上坐着的云蝉,瞬间结巴,"怎……怎么回事?哎哎……云大小姐怎么醒了?"

屋内的两人都没有在意突然闯入的来人。云蝉强迫自己冷静下来,她看向青麒:"带我去南海派。"

青麒嘴角上扬:"好哇。"

金甲大惊:"青麒大哥你疯了?教主要我们守住云大小姐的啊,绝对不能带她去南海派啊。等等你们别走,青麒大哥你不要冲动啊……"

余音消在喉咙里,金甲只追出半步,就如同门外的守卫一样被青麒放倒。

倒地的前一刻,金甲想着:青麒大哥,与其留我活着等待日后受罚,你还不如现在直接一刀杀了我呢。

【二十三】小婵别哭

七月，芳草未歇的夏日，和风暖人。武林各大派都带了人手聚集在南海派，一时间地方不算大的南海派各个角落里都布满了人，所有人严阵以待，将里里外外都把守得密不透风，连一只苍蝇也飞不进来。

随着日头升高，一名把守正门的青云堂年轻弟子神情紧张："师兄，你说魔教真的会来吗？"

被问话的师兄不以为然，冷哼："你怕什么！这次我们这么多武林同道聚集在此，魔教的人若是敢来，定叫他们有去无回。"

一旁的蛟龙帮大弟子也冷笑："魔教说什么不交出无量诀下卷，就要依次屠尽各大派，未免太嚣张。"

又有人附和："说的是，竟然还放话说第一个目标就是南海派。嘿，如今各大派都来助阵，就是再来十个魔教又能如何？"

眼见众志成城，那名年轻弟子脸上的紧张之色顿时缓解了不少，解脱般长呼一口气后，竟直直倒了下来。

他的师兄一见就怒了，立马扶住他低声道："你小子搞什么呢？当着这么多门派的面，你有点儿骨气行不行……"话到一半，他还待再骂几句，突然眼前一黑，身子竟也软了下来。

周围人总算发现不对，立刻想要走近了看，却都只迈了一步就站立不稳，纷纷摔倒在地。

颓势以无可挽回的速度蔓延，把守在各处的弟子全都像是失去支撑般陆陆续续地倒在地上，一炷香过后，刚刚还把守严密的南海派，里里外外竟再没有一个站着的人。

而各派的掌门人物聚在南海派正厅，此刻靠着内力深厚强撑着没有失去意识，却也无力动弹，个个面如死灰。

果然，不多时，一身黑袍的夏意带着一众黄衣部下不紧不慢地走进了正厅，扫一眼瘫软在地勉力支撑的众人，一双妖冶的桃花眼中笑意盈盈。

青云堂堂主姜旭见到他，忍不住怒骂："竟然下毒，卑鄙！"

夏意淡淡道："你们既称呼我为魔头，还指望我光明正大？"目光一扫，他又转向地上闭目调息的沈耀，"不必白费力气，再深厚的内力也是无用的。"

试了几次，体内内息果然聚不起来，赵帮主不甘心道："我们这几日处处小心，你是如何得手的？"

夏意笑了一下："你们派人严守厨房和水源又有何用，这'入梦香'是早在十多天前就下好的，遇上水莲花的香气，三日过后就会发作。"

南海派有一处池塘，三日前塘中莲花初开，清香淡雅，众人只当是普通的莲花，从未有人多加留意过。

毒是十多天前就下好的，能诱发此毒的引子又这么巧就种在南海派里。想到此处，众人色变，纷纷转头看向南海派新任掌门人历江白。

赵帮主更是一脸不敢置信："历兄，这是怎么回事？"

历江白神色微沉，避开众人目光，不敢作答。

夏意侧眸："历掌门，反正今天在场的人都是要死的，事到如今你又何必不敢承认？当日我杀你师兄助你夺得掌门之位时，你可明明高兴得很。"

原来南海派前任掌门竟是为此而死的。众人心中一凛，数十道目光齐齐朝着历江白射去。

历江白脸色铁青，忍不住道："夏教主，我也不过是身中红露，被你逼着行事。"

事到临头还这般动摇，真是难成大器。夏意叹气："你在这群将死之人面前辩白又有什么用，难道你还不明白现在的形势？除了帮我，你有其他退路？"

历江白默声。身中红露，弑兄夺位，他确实是没有退路了。他想要活，今天在场的所有人就都得死。

赵帮主出声："历兄，万不可一错再错。既然你所做的一切也是被逼的，今日你只要杀了这魔头，所有事我们都不会再追究。"

夏意觉得好笑："你指望他帮你们？今日杀了你们，一切罪名有我青图教担着，而他照样做他的南海派掌门。若不杀你们，他才是后患无穷。"

历江白闻言，立刻再无犹豫，他抽出手中之剑朝着赵帮主道："赵兄，对不住了。"

一直坐在地上运气调息的秦湖忽然出声："且慢，既然今日难逃一死，意儿，我再最后问你一句，小蝉是不是在你手上？"

"秦姨放心，我不会伤她。"夏意漫不经心地将目光移向门外，忽然一笑，"好了，不枉你们费了这么多唇舌拖延时间，你们想等的人来了。"

话音刚落，就有一袭白衣翩翩落入正厅，身后跟着众多墨阁弟子鱼贯而入。

众人大喜。

青图教放话要灭南海的消息一传出，墨阁便有意与武林正道联手除掉青图教。可因为墨阁本身就出自魔教旁支，众人不能放心他们进驻南海派。而墨阁也不屑和各大派一块儿守在南海派，便和各派约定三日后他们再前来相助。

如此一来，墨阁倒是逃过了"入梦香"之毒。现在他们如约前来，带来一线生机，众人不禁又喜又愧。

夏意也微笑："还真怕你们墨阁不来，否则我还得再单独寻你们，到时又要多费一番工夫。"

楼溇入厅后看也不看一眼周围形势，只打量了一下夏意周围，蹙眉问道："小蝉那丫头呢？你没带在身边？"

夏意笑容收敛，眼里杀机渐盛："你没机会再见到她了。"

楼溇奇怪："要杀我？夏教主不要无量诀下卷了？"

夏意面色平静。

楼溇暗忖，夏意会这么大张旗鼓讨要无量诀，看来小蝉到现在还没有告诉他真相。思及此，楼溇不禁愉快地笑了起来，再次出言相激："不过就算你问我要，无量诀也根本就没有下卷，夏教主此番注定是白费工夫。"

此言一出，众人面上又多了几分讶色。

哪知夏意仍是平静无波地看向他："我知道啊，我一直都知道。"

见他神色笃定，这下轮到楼溇意外了。

夏意淡然道："我爹当年既然已经察觉心诀有问题，又怎么会让我步他后尘。我爹死后，我娘悉心翻阅那本假无量诀，终于察觉出所谓的上下卷之说不过是个幌子。她不惜以自身来试练，耗尽心力，终于修正了假无量诀的所有错处。"说到这里，夏意眼里不知是喜是悲，"所以，我从头到尾都没有练那本假无量诀。"

当年上一代夏庄主突发疾病去世，世人只知夏夫人没过几年也因伤心过度郁郁而终，却不知当中缘由竟是如此。

夏家五十年来暗中掌控黑白两道，历代庄主若本身没有一定的实力必定压不住这两股势力，还会反为其所累，所以绝不能放弃无量诀。夏夫人罗扇明白这个道理，于是她为保儿子的将来，不惜以性命试练。

楼溇脸色变了几变："不可能，你如果不是练了假无量诀，为何这么多年来一次次策划铲除墨阁，难道不是为了那莫须有的下卷？"

夏意看他，做出惊讶的样子："不是你们墨阁先盯上我青图教的吗？"想了想，他笑着解释，"这么多年来我费尽心机要隐瞒身份，你却一直想把青图教挖出来，我自然不能容你了。"

墨阁早在数年前就盯上了青图教，可照理说青图教在表面上已销声匿迹了五十年，夏意原先也想不明白为什么会被盯上，只是为了防止青图教未灭一事暴露，便一再策划墨阁叛乱。直到后来他从小蝉口中知道楼溇是西江木家的后人，他才总算知道墨阁咬着青图教不放的缘由，却也因此更加不能不除掉楼溇。

以前碍着要隐藏青图教，处处只能暗中行事。如今总算可以毫无顾忌地行事，夏意望着楼溇再次微笑起来，正要开口，门外却又响起了一道声音："所以，什么走火入魔，什么只剩下几个月的时间，都是假的？"

熟悉的声音，如惊雷般炸开。

夏意瞳孔骤缩，震惊不已："小蝉？"

云蝉只身一人站在门口，脸色发白，声音微颤："你一直都在骗我，骗了我一次又一次。你答应过我不再与江湖为敌的。"

众人见到云蝉，也都露出意外之色。秦湖更是忧心忡忡，此刻形势混乱，她完全护不了云蝉，只能唤道："小蝉快走！"

话音刚落，一直静默在楼溇身旁的紫莹已经出手抓向云蝉，电光石火之间，夏意也急速掠起身形，冲向云蝉。

云蝉足下轻点，莲步生花施展开来，一时间竟将两人都避开了去。

楼溇面色不虞，沉声："紫莹，住手！"

紫莹却知机会难得，只要抓住云蝉就可不费吹灰之力遏制夏意，当下一意孤行，手中软剑再次向云蝉欺去。夏意大怒，翻掌就重重地朝她拍去，却被半空中飞来的一枚透骨钉挡了下来。

与此同时，云蝉已经绕到云天海和秦湖身旁。

紫莹堪堪脱了险，抬眼想看看是谁救了她，却忽然发现厅中不知何时出现了许多美貌女子，而桂月夫人款款站立其间，手中夹着几枚透骨钉，一双美目盯着她，眼神怨毒愤恨。

楼溇见状，脸上没有太多的表情。紫莹先前杀了千钧，千金殿这会儿会来帮着魔教对付墨阁，也算是意料之外情理之中的事。

果然，桂月夫人缓缓开口，指向紫莹："夏教主别忘了，说好了这个女人的命是我的。"

听出来千金殿是和魔教一伙儿的，厅内其余各派的人脸色又沉了几分。

夏意收了手，理都不理桂月夫人，只定定看向云蝉，唤道："小蝉，你过来。"

云蝉站在秦湖身前，神情酸楚："既然你根本没有练假无量诀，也根本没有性命之忧，那你放了这些人。"

夏意皱眉，斩钉截铁道："不行。"

云蝉终于愤怒："杀了大家又能解决什么问题。难道你能将整个白道都杀光吗！"

"有何不可？"夏意不以为然，望着她反问，"我也想放过他们，可他们会放过我吗？难道你要看着我死？"

沈耀闭着眼，出声道："正邪不两立，云姑娘不必多说了。"

云蝉面色凄然。

夏意心中不忍，表情又柔和下来，哄道："小蝉，我只想和你在一起，可是这些人阻着我们了，只有除掉他们，让白道势力大损，我们今后才能没有后顾之忧。我可以放过你爹娘，但是剩下的人必须死！"

最后一句话带着狠绝，一字一字，将云蝉打入地狱。

错，她真的还能一错再错下去吗！

仿佛下定了决心，云蝉缓缓抽出随身短剑指向他："夏意，你要是执意不肯回头，我不会再和你在一起，我、我会杀你……"

她语带哭腔，神情绝望，连握在手上的短剑都在颤抖。夏意心里顿时又痛又怜，立刻急躁地上前两步就想拉她过来。

然而他的手还没碰到她的衣袖，身旁一道银光袭来。楼溇的长刀如银钩，瞬息间就已隐隐夹着破风之势刺到他身前。

刀身沉沉，银光荡漾，对方手中的劲力透过锋利的刀刃传递出来，夏意微微锁眉，知道硬接不得，只得错身避开，随即他手腕一翻，腰间长剑也已出鞘。

楼溇趁势变换了刀招，刀光如狂风骤雨般落下，他对着夏意步步相逼紧追不舍，很快将他与云蝉越隔越远。

桂月夫人也对着紫莹恨声道："贱人，今天要你赔我钧儿的命来。"言毕，手中暗器悉数扬出。

几个老大既然都已经动上了手，底下的人岂有不跟上之理？青图教连同千金殿当即一拥而上，与墨阁混战成一片。

紫莹被桂月夫人缠住，墨阁的其他人迫于阁主威慑不敢打云蝉的主意，青图教和千金殿则更不敢。

一时间云蝉倒成了场中唯一的自由之身。她连忙收敛了心神，强打起精神，俯身想要去扶云天海、秦湖："爹娘，我扶你们先走。"

情势危急，怎可此时抛下武林同道独自逃生，何况门外还有许多追随他们的堡中弟子。云天海和秦湖对望一眼，皆是摇头："小蝉，你先走。"

云蝉知道爹娘的脾气，也不多话，只自顾自吃力地要拖他们走。

秦湖叹气："你这样非但救不了我们，连你自己也逃不出那魔头的掌心。小蝉，听话，你自己走。"

云蝉的眼泪终于簌簌往下掉："是我没用，谁也救不了。"

救不了千钧，救不了雾月，难道现在又只能眼睁睁地看着这么多人甚至还有爹娘也死掉吗？

秦湖忽然盯住她："小蝉，你刚刚说你会杀那魔头，可是真话？"

夏意被楼溇缠得脱不开身，远远瞥见云蝉似乎半跪在云天海和秦湖身边，心中更加焦躁。他眼神一扫，身后的两名青图教护法立刻会意，挥开挡在身前的敌人，奋力杀至云蝉身边，然后一左一右架住了她，半是保护半是监视。

云蝉被人强行从爹娘身边拉开，身体受制之下急怒攻心："你们……"话才出口，她已被点了哑穴。

局势很快倾塌。青图教人多势众，加上千金殿相助，墨阁渐渐不敌，伤亡越来越大。只有夏意和楼溇之间仍是胜负难分。

墨阁一旦落败，青图教下一步就是对各派大开杀戒。众人心里也明白，却又毫无办法，只能紧张地盯着夏意和楼溇相斗的情形。

云蝉口不能言，身不能动，心中绝望加深，终于闭目不看。

就算那日从楼溇口中得知自己中的是无药可解的沧澜，她也未曾如此伤心。

那时她想着，能陪夏意一起死掉，又有什么不好。

原来，到头来却连这样也求不得。

耳边响起两道女子的惊呼声。云蝉恍然睁眼，看到不远处桂月夫人倒在地上，而紫莹也已经浑身是血，却仍旧通红着双眼提起软剑朝自己扑来。

云蝉身边两位青图护法立刻出手阻挡，紫莹却已是杀红了眼，任由对方两把利刃穿透了胸口，脚下步子竟然也丝毫不停，手上软剑稳稳向前送去，誓要贯穿云蝉的咽喉。

注意到那边的动静，楼溇微一蹙眉，夏意终于得了间隙甩开他，身形如电地朝云蝉飞去，眼见岌岌可危，夏意手中长剑朝紫莹凌空掷去。

那软剑终究是离云蝉的咽喉差了一分，紫莹落到地上，喷出一口血，终于垂下了脑袋再也不动。

夏意捞过云蝉，疯了一样不管不顾地将她拥进怀里。

楼溇自身后追来，却被青图教众团团拖住。他冷哼一声，刀光肆意，砍杀一片。

夏意也不管身后的情形，只顾狠狠抱着怀中的人。胸口忽然传来一阵锥心的疼痛，他身形一顿，随后缓缓捧起云蝉的脸，看到她满脸的泪水。

夏意脸色有些白，勉强笑了下："小蝉，别哭。"

云蝉哑穴未解，说不出话来，只哭着摇头，缓缓推开他。

身旁的两位青图教护法见状却已经吓傻了。

一柄短剑扎在了夏意的左胸口上，血流不止。而云蝉的手仍握在短剑的剑柄上，眼中的泪水几乎和他的血流得一样多。

夏意伸手，仿佛想为她擦掉脸上的泪，身子向前倾了倾，却致使那短剑又再刺入了几分。

其中一个青图教护法总算反应过来,眼见教主被云大小姐所伤,惊骇之下立刻朝云蝉一掌劈去。

察觉到或者又没察觉到背后的掌风,云蝉只站着不闪不躲。

那一掌拍下,含着十成的劲力,"啪"的一声,带起一片抽气声,却是落在了夏意的背上。

无人看清他是何时用身体挡住云蝉的。

夏意将他的小蝉完好地护在怀里,受了一掌过后,短剑被拍得深深穿透了他的胸口,只剩剑柄在外。他却像是丝毫察觉不到痛一般,只哑声道:"小蝉,别哭了。"

【二十四】报应不爽

烟山。青图教地宫之中,气氛有些沉。左护法率先发出责难:"青麒,这次要不是你自私放了云小姐,我教覆灭武林正道的大计怎么会功亏一篑?"

"功亏一篑?"青麒的神色晦暗不明,"给大家得到了如此千载难逢的一次机会,你们该感谢我才是。"

左护法眼中闪过一丝异样:"你什么意思?"

"什么意思,左护法是想不到还是不敢想?"青麒终于发出高亢的嘲讽声,"教主现在重伤昏迷,我们若想要摆脱红露的控制,还有比现在更好的机会吗?"

闻言,底下几个黄衣人面面相觑。

如今教主重伤之下毫无反抗之力,趁此机会威逼出红露的解药确实可行。可是想到万一失败的下场……地宫大殿里沉默了下来,没有人反驳,却也没有人敢接话。

青麒冷哼:"你们难道想一辈子受红露的控制?现在云大小姐也在我们手里,还怕教主不给解药?"

底下总算起了一些骚动。这个提议的诱惑太大,谁也不想再过这种时时性命受制的日子，所有人的脸上都闪过一丝狠色。

　　云蝉睁开眼，入目是一间昏暗的房间。这地方她来过一次，记得是烟山底下的地宫。脑袋里有些空，她一时想不起来自己为什么会在这里。
　　她躺在床上缓了一会儿，失去意识前的情景很快一幕幕地在她脑中回放了出来。
　　南海派正厅，各大派掌门中毒，墨阁与青图教激战。
　　夏意倒在了她的身上，场内形势逆转，魔教中再没有第二个人是楼溇的对手。
　　青图教两位护法当机立断，决定带着教主撤走。
　　只是夏意虽然昏死了过去，握着她的手却是紧紧的，怎么都掰不开。左护法曾一度想砍下她的手算了，但似乎又对刚刚教主舍身护住她的一幕心有余悸，最终只好将她点穴打包一起带走。
　　而她也没有反抗。
　　撤走的路上又死了很多人，青图教带着的人牺牲了大半，才摆脱墨阁的追击。夏意在途中清醒了几次，却只松开了她的手，附在她耳边嘶哑着声音说："小蝉……快……走。"
　　记忆到这里中断，云蝉彻底清醒了过来，想起身寻找夏意，却发现自己的穴道还没有解，动弹不了。
　　门被推开，有脚步声走近，云蝉抬眼，看见来人是金甲。
　　金甲站在她的床前犹豫片刻，还是解开了她的哑穴。
　　"夏意呢？"像是很久没沾水了，云蝉的声音有些哑。
　　金甲只回了一句："还活着。"
　　云蝉便不说话了。
　　看了她半晌也看不出她眼里的情绪，金甲深吸一口气，脸上似有歉意："我也是想活命，得罪了。"说完，伸手想要抱起她。
　　想起在路上夏意曾叫她快走的话，云蝉立刻反应过来："你们想叛变？"

金甲不答，打横抱起她就要出门。

云蝉镇定："帮我解穴，我自己走。"

见金甲不愿，她又补充了一句："他在这里，我不会跑。"

地宫的房间大同小异，西南角一间稍大的石室便是教主的房间。此时石室的大门敞开，夏意正躺在床上昏迷不醒，伤口只草草止了血，包扎的绷带被染得鲜红，看上去触目惊心。室内已经站了十几个黄衣人，青麒和左右两位护法也在。

所有人都神情紧张，直到见到金甲带了云蝉过来，才露出一丝放松。

左右护法又再望了一眼床上不知是死是活的夏意。介于平日里教主的神威，两位护法到底是有所顾忌，就算重伤也不敢动他。不过如今云大小姐这个筹码在手上，众人胆子大了许多，有人提议："先去锁了他的琵琶骨，断了他手筋脚筋，再慢慢拷问红露的解药。"

这样做比较保险，所有人都点头同意。只是，谁来动手？大家你看看我，我看看你，就是没一个人动的。

青麒嘲讽："已经做到这一步了，你们还怕什么？现在就算想退缩，也已经晚了。"

左护法冷哼："既然如此，你去动手。"

听出他们叛变的目的，云蝉平静地开口："他已经伤及心脉，再折腾说不定就会没命，到时候你们什么也问不出。"说着，她淡淡扫视众人一眼，"要用刑逼问解药的话，对我用也是一样的。"

对云蝉用刑，压力自然要小很多，而且用她来威胁的效果更好。右护法立刻道："去把教主弄醒……"

门外却忽然慌慌张张地跑进一个人来："启禀护法，墨阁和各大派的人杀上烟山来了！"

室内的众人立刻神色大变。

"该死，上当了。墨阁中途放弃追击是假，暗中跟着我们，摸到我教的大本营才是真!"

"看来南海派那个姓历的老家伙也还是投靠了白道,把各大派的毒都解了!"

先前一战教中的人已经死伤许多,此时根本没有什么余力来对付白道的攻击,何况现在教主又垂死,又有谁能出去对抗楼溇?

左护法不再犹豫:"快把红露的解药问出来,然后撤走。"

青麒很快上前,将床上还在昏迷的夏意扯了起来。旁边立刻有人端着一盆冷水朝夏意泼下,再用一枚钢针狠狠钉入夏意的手掌,夏意闷哼一声,在剧痛之下转醒。

金甲持剑抵在云蝉的脖子上,声音有些抖:"教、教主,把红露的解药交出来。"

"没用的东西,抖什么!"右护法一脚踹开金甲,手掌覆上云蝉的天灵盖,"教主,我们也是想求生,只要你将红露的解药交出来,属下必定不会为难你们。"

夏意脸上毫无血色,一只手被钉在床板上,血沿着床沿蔓延到地上,不知道还有多少血可以流。云蝉垂下眼,不忍再看。

夏意的眼睛渐渐有了焦距,沉声道:"放了她。"

右护法急道:"解药。"

夏意将目光移向石室东面一角,低哑着声音道:"左起第二个架子,将八卦图上坤位……移到乾位……"似乎只说一句话也耗尽了他的力气,夏意不得不停下来喘息片刻,才继续道,"暗格……里有解药的配方……"

给得这么爽快?左右护法对望一眼,有些迟疑。

然而眼下的情形已经顾不了这么多了。白道就快包围过来,情势刻不容缓,很快有一个人按捺不住率先跑向架子,果然找到一幅八卦图。那人欣喜,立刻转动图案。

乾坤颠倒,预想中的暗格却并没有出现。那人转身刚要质问,突然听得一声巨响,众人转头一看,骇然发现石室门口处的巨石门板轰然落下。

知道上当，那人焦急地再次转动八卦图，石门却一丝反应也没有。

教主难道是想将所有人都困死在这石室里？左护法惊怒，指着夏意："你……"话未说完，地面发生震动，顶上有石子泥土梁板纷纷落下，整间石室竟是有崩塌之象。

夏意苍白的脸上露出一丝笑："交出解药，你们真的会放过我？反正交不交都是死，那我为什么要给你们，不如大家一起死。"

右护法狠狠地捏住云蝉的脖子，双眼暴突，吼道："这女人的命你也不顾了？"

夏意又咳出一口血，看也不看云蝉一眼，冷漠道："她捅了我一刀，我还顾她做什么？还是让她也一起来陪我到地府吧。"

一块石头落下，重重砸上了夏意被钉在床边的手，他一声不吭，似是没力气躲闪，又似是昏了过去。

石室里崩塌得越来越严重，沙砾不住地抖落，视野很快被搅得一片昏暗模糊。众人终于惊慌，右护法恨恨丢开云蝉，高声道："快，找出口。"

云蝉得了自由，立刻朝着半死不活的夏意跑过去，石室里晃动得厉害，不断有瓦砾石板狠狠砸在她的身上，她深一脚浅一脚好不容易走到了他身边，然后用身体遮住他。

料定了她会过来，夏意睁开眼，声音微弱："小蝉，到我怀里来。"

云蝉摇头，固执又小心地张开双臂笼罩着他，不让他被瓦砾砸到。

"乖，到我怀里来，帮我拔了这钉子。"

云蝉一愣，似是明白了什么。她飞快望了一眼周围，只见石室里沙尘飞扬，已经什么也看不清。她立刻俯身握住那枚钢钉，可是钉子钉在肉里太深，她的手忍不住抖得厉害。

夏意强撑着微微坐起了一些身子，用没受伤的一只手将她圈在怀里护住，鼓励道："没事，你拔吧，不痛的。"

混乱中青麒忽然注意到他们的动静，大喝："他们想逃！"

摇动的地面和落下的瓦砾阻滞了青麒冲过来的脚步。形势危急，云蝉一狠心，手上猛然用力拔出钢钉，然后几乎在同时，夏意用那只血肉模糊的手拍开床板上的一处凸起，地面瞬间裂开，将两人吸了进去。

两人刚摔入地洞，就听"啪"的一声，头顶上的石板已经被合上锁死了。看来青麒没来得及追上，云蝉不禁呼出了一口气，夏意却吃力地拉着她："快走。"

他们刚刚所在的石室已经是属于建在地底下的了，而现在跌落的这处机关则是设在地底的更底下一层。现在上面一层在崩塌，下面这层自然也撑不了多久，同样震荡得厉害。

夏意靠在云蝉身上："崩塌的只是地宫西南角，我们朝东边走。"

没想到这更底下的一层也是建得蜿蜿蜒蜒，还有许多岔道和机关，云蝉扶着夏意，照着他的示意走了许久。果然越往东走，地面越平静。

感觉到身旁的人体温越来越凉，云蝉停了下来，问道："要不要休息一下？"

"好。"

云蝉扶着他坐下。地下黑暗，完全看不清他的状况，云蝉只察觉到他的脉搏越来越弱，忍不住忧心道："还要多久到出口？"

"不能出去。"夏意声音很轻，歇了一会儿才继续道，"刚刚石室里困住的并不是青图教全部人手，还有……几个部的人并没在场。"

云蝉明白了他的意思，现在这个情况，那些剩下的人恐怕也起了叛变的心思。何况不止青图教的人，还有白道的人也在外面。如果出去，没有人会放过他。

两人再次静了下来。又坐了一会儿，云蝉才觉得这深层的地下冷得厉害。她小心地抱住夏意，想传点暖意给他，却不料手臂上蓦地一痛，就像是被什么东西灼烧一般。

是她中的沧澜之毒发作了。

明明到了绝路，云蝉却忽然感到很安心。她忍着痛不吭声，静静伏在夏意身边，仿佛回到了小时候，她和他在丹溪坡看星星的日子，也是这般静谧美好。

良久,夏意低低地唤她:"小蝉。"

"嗯?"

"你恨我吗?"

"为什么呢。"

"八岁时……你抱回来的那只灰兔子……其实是我放走的。"

云蝉不屑:"我早就知道了啊,你以为你做得很隐蔽吗?"

"九岁那年,你推我掉进猎户的洞里……其实我早就爬上去了。"夏意慢慢地回忆着,连微弱的声音里也带上几分愉快,"后来……为了吓你,我在庄里躲了三天。等你带着人来找……我又偷偷溜进洞里装死。"

手臂上越来越痛,云蝉哼了一声,掩盖住痛意:"下次你掉进洞里饿死,我都不会再来管你了。"

夏意虚弱地笑了一下:"霁月……我本可以救她,但我没有去救,还让青麒……去杀她。"

云蝉一怔,沉默下来。

夏意却继续缓缓道:"还有很多很多事……我都骗了你……小蝉,你能原谅我吗?"

眼里有些涩,云蝉轻声道:"我不能原谅你。"

"这样啊。"夏意喃喃道,声音里听不出情绪。

手臂痛得几乎要麻痹了半边身子,云蝉动了动,努力靠近了他:"可是我会陪着你,一直陪着你。我们对月亮发过誓的,此生此世,永生永世,都不会分开……"

越来越痛,她几乎快没有了说话的力气:"死夏意,我们在一起,是生是死都在一起。"

夏意沉默许久,回抱住她:"好。"

意识都疼得有些模糊了,云蝉轻声道:"死夏意,我先睡一会儿。"

"好。"

这一次,再没有什么可以让他们分开了吧。云蝉噙着笑,安心伏在他怀里。

在黑暗的地底感觉不到时间的流逝,云蝉迷迷糊糊被痛醒了几次又再昏睡,直到感受到一束刺眼的阳光照在了脸上,她才挣扎着睁开了眼。

他们已经不在刚刚的那处地方,夏意抱着她,掀开石板的一处缝,阳光就是从那里射了进来,映衬出他白得吓人的脸色。

云蝉有些心慌:"死夏意,你在干什么?"

夏意似乎在凝神倾听什么,隔了一会儿才回答她:"各大派就在上面搜人,有他们在,你就安全了。"

"那你呢?你会被杀掉的。"云蝉慌得想抱住他,却发现自己身体被点了穴动不了,只能哀求,"不要出去了。刚刚不是说好了吗?我陪你,我们死在一起。"

"青图教剩下几部的人马上会搜到这里。"夏意轻轻抚上她的脸,"小蝉,我死有余辜,可是你要活下去。"

掀开石板,夏意积聚了好一会儿体力,才吃力地将云蝉带了出来。外面是一侧狭窄的峡谷,一袭白衣的楼溇正在峡谷对面搜寻,冷不丁望见他们出来,有些意外。

峡谷两岸距离相距十丈远,底下是万丈深渊,以夏意现在的体力绝对跃不过。

而身后的石板底下也有人声接近。夏意低头看了云蝉一眼,温柔地哄:"小蝉,别哭。"

云蝉红着眼望着他,连摇头都做不到。忽然感到身体腾空,她被抛向了峡谷。

对面的楼溇见状吃了一惊,立刻纵身跃下,手中冰蚕丝挥出,稳稳卷住云蝉下落的身体。他手上收力,将云蝉拎在怀里,脚下点在悬崖边的凸起,几个借力,很快带着云蝉回到对岸的地面。

夏意仍站在原地没动,身后的石板被猛然撞开,几个黄衣人钻出来见到了他，立刻用铁链捆住，高喊道："抓住教主了！"

"糟糕，墨阁的人在对面，快撤。"说罢，几个人拖着夏意，慌慌张张地再次掀开石板钻回洞内。

楼溇皱眉，向手下的人道："快找路绕到对面去追，别让他们跑了。"

他放下云蝉，拍开她的穴，才发现她身体烫得厉害，不禁惊道："你的沧澜发作了？"

云蝉却已经痛得摔在了地上。

骗子。

大骗子。

一次又一次地骗了她。

明明答应了的，生死都要在一起。

云蝉绝望地朝着悬崖边挪过去。一点点，只差一点点，她要过去陪他。

"明月为证，我云蝉今日在此愿嫁给夏意为妻。此情此誓，至老不减，至死不变。愿上苍保佑我二人不要分开。"

"明月为证，我夏意今日在此娶小蝉为妻。此生此世，永生永世，都无人能将我们分开。"

她终于挪到了悬崖的边缘，然而这仿佛触手可及的距离，却是越来越远了。无边的痛楚蔓延了全身，痛到不能再痛，这一点点的距离，终究只成了遥不可及的奢望。

携手言和 〖二十五〗

这一年武林发生了许多大事。在天下第一庄陨落了一个月后，青图教也终于彻底绝迹。

江湖一下子寂静许多。

雨后，山野间混合着一片草木泥土的芬芳，甚是清新宜人。山郊的一间茶摊上，有几个脱了斗笠的江湖莽汉在闲聊。

只听一个膀大腰圆的粗眉汉子说道："这回魔教终于被灭了个干净，以后走镖都可以安心不少了。"

旁边一人接话："只不过这次正道也损伤了不少人，恐怕各大派接下来都要休养生息一阵子了。"

"可惜……"坐在正中的一名青衫男子抿了一口茶，忽然低叹。

听到叹息，几个人转头看他："邵兄，可惜什么？"

那青衫男子幽幽地望向邻座，长叹一声："可惜，红颜白骨皆虚妄。"

邻桌有四个人。一对中年夫妇，一个面色苍白的年轻女子，还有一个长得极为俊逸的白衣男子。听到了那青衫男子的话，这几人的脸上都不怎么好看，唯有那年轻女子没什么反应。

这几个便是云天海夫妇、云蝉和楼溇。而他们身后的一桌还坐着一些飞云堡堡中弟子。

云蝉自从前几日在烟山上沧澜发作,而后赶到的秦湖立刻用金针封了她臂上的几处气脉,暂时缓住了毒发速度,只是身体的疼痛却不减,导致她这几日昏迷的时候多,清醒的时候少。

据传浮生谷的胡先生曾与已故的神医薛仁医术不相上下,眼下飞云堡堡主夫妇抱着一线希望,带了云蝉想赶去浮生谷,随行的还有楼溇。

只在茶摊歇了片刻,云天海看看日头,转头吩咐众人:"走吧。"

众人纷纷起身。秦湖正将云蝉扶上马车,先前那青衫男子却忽然出声劝道:"几位,浮生谷的胡先生二十年前就不医人了,这位姑娘若要求医还是尽早另寻高明,莫要耽误了时机。"

秦湖已放下了车帘,闻言只转身道了一句"多谢",便挥手示意大家出发。

一队马车朝着苍茫云海行进。

过了约莫半个时辰,马车行至一处山道,只见周围鸟语花香,渐渐能看清前方谷内入口了,众人脸上不禁都有了些喜色。

云天海也正要转头和秦湖商量些什么,突然间头顶轰轰作响,山道两侧竟滚了许多巨石下来。

未曾料到会在这里陡生变故,云天海反应倒也不慢,一把就将云蝉从马车里捞出。只见下一刻,车顶被一块落下的巨石砸中。队伍里的马匹纷纷受惊,将背上的人摔落下来后嘶鸣着四散逃走。

人群中有人大喝:"有埋伏!是魔教的!"

瞬间,周围果然有几个黄衣人跃出,行动一致地向云蝉抓来。

云天海暴喝一声,与众弟子一道提了武器应战。这群黄衣人虽然有备而来,人数却不多,功夫也平平,竟然在片刻就被料理了干净。

楼溇拿刀尖拨了拨地上几个黄衣人的尸体,很快得出结论:"百兽图腾,看来是最后几个漏网之鱼。"

闻言,云蝉蓦地抬起了头。

魔教并未死光,而且这群人会想来抓她,只说明红露的解药还没到手,她还有利用价值。云蝉原本沉寂的眼睛刹那间有了光彩:"他没死。"

他没死。若是死了,她就不会再有利用价值,不会再值得刚刚那些人冒险抓她。

她忽然兴奋起来。楼溇轻笑:"他确实没死在我们手里。当日我们找到他的时候,他正落在青图教底下人的手上,那群人急着要逼问出红露的解药,全都对他下了狠手……"

秦湖怒声阻止:"楼阁主,够了!"

云蝉的脸色已经白得几近透明。这几日她少有清醒的时候,即便醒来也不敢多问什么。可是不问,不代表就能控制得住不去想,其实她心里早已猜到结局,现在会任由他们带她来浮生谷,也不过是不忍再伤爹娘的心。

楼溇却并不打算放过云蝉:"可惜他费了这么多心思想保全你,却到最后都不知道你已经中了沧澜……"

长剑出鞘,秦湖提剑直指楼溇的脖颈,眸中尽是怒色。

楼溇不在意地拨开剑尖,微笑:"云夫人这是要赶我走?你们进得了浮生谷?"

秦湖脸色变了几变。

云蝉看了娘一眼,转头问楼溇:"什么意思?"

"胡先生隐居浮生谷二十多年,从不出谷。有外人想进谷找他必须闯过谷外的九转玲珑阵。"楼溇解释,"当世通晓此阵的人寥寥无几。"

云蝉明白过来:"而你能过得了那个阵?"

楼溇看她一眼,笑容收了几分:"可是就算见到胡先生,他也并不一定会答应救人。"

"只要有一线希望都要一试。"云天海上前按下了秦湖的剑,对楼溇抱拳道,"劳烦楼阁主带小女过阵。"

九转玲珑阵神机玄妙,楼溇也只能保证带云蝉一人进得去。其他人都只能在外面等。"

跟着楼溇到了谷中,发觉这里花香更甚,放眼望去漫山遍野的花,不知种了几千亩几万亩的花田。空气中到处飘着宜人的香味,似乎有宁神镇痛之效,云蝉顿时觉得身体轻松了许多,脚下也快了许多。两人朝花海中央走去。

没想到茫茫花海中有一间小草房,似乎有什么障眼法,要走近了才能看到。楼溇带着云蝉进屋,只见屋内坐着一个面相颇凶的精瘦的老头,身旁站着一个弯腰驼背的丑陋女子。

那老头睨一眼来人,冷冷道:"你又来做什么?"

楼溇牵过云蝉到他面前:"胡先生看不出来?"

胡先生这才看了云蝉一眼:"沧澜?"他摸摸胡子,一副没得商量的语气,"先前我已经救过你一次,欠的债已经还清,这人我不会再救。"

楼溇皱眉:"她是薛仁的徒孙。"

"那就更不救了,你不知道我和姓薛的是死对头?"

"神医薛仁也曾对沧澜束手无策,因此此毒被称为天下无解,你若救得了,不就是胜过他了?"

激将法?胡先生冷笑:"小子,你非要我救她也可以。只是你该知道我的规矩,真心只能以真心换,她的命要用你的命来换,你可愿意?"

楼溇果然沉默。

云蝉拉了拉他的衣袖:"喽啰,走吧。"

闻言,他侧眸看她。

眉目如画,可真是一如初见时那般好看,云蝉不由得微笑:"走吧,我们回去。"

胡先生嘲讽:"是啊,小子,走吧,连这姑娘也看出来你是不愿意用命换的。"

云蝉纠正:"是我不愿意。"

胡先生一愣,再次细细打量她,摇头:"这么年轻,眼里就没了生机,一点儿求生的欲望也没有,你爹娘真是白养你了。"

听到此话，屋里那个面容丑陋的女子身体动了动，似乎也在仔细地看着云蝉。云蝉却不再答话。

楼溇脸色难看，拉着她转身离开。

出谷仍是要经过一段漫长的花田，两人沉默无话。许久，楼溇才开口："我带你去望舒城看看吧。你以前不是想去吗？"

云蝉有些怔。

望舒城，她都记不得是自己多久之前对他提到的了，他竟然还记得。

"不用了。"她笑了下，反问他，"胡先生以前救过你？"

收到预料中的拒绝，楼溇笑容有些苦："我中噬魂那次是胡先生施了援手，否则我撑不了这么久。"

云蝉想了想："他说他的规矩是以命换命，那么那次是用了谁的命换了你的命？"

"木家的满门性命。"楼溇眼里终于染上一些情绪，"当年是胡先生告诉夏岳，用冰蚕或可压制纯阳内力的反噬。"

云蝉默然。难怪胡先生说欠了楼溇的债。他原本也许只是想救夏岳一命，却没料到夏岳会采用极端方法夺取冰蚕，结果使木家招致灭门之祸。

楼溇不在意："他也不好过。当年先是薛仁不明不白地死了，后来木家也被灭门，胡先生才察觉到不对，他怕自己也遭到夏岳灭口，从此就一直躲在谷里不敢出去。"

云蝉惊讶："可是夏岳早就死了。夏明山庄不久前也解散了，不会再有人灭他的口了呀。"

"胡先生一直待在谷里，哪里会知道外面这些事。"

"你没告诉他吗？"

"我为什么要告诉他。"

"……"

回去时竟比来时还要快，两人不多时就接近了浮生谷的出口，楼溇却止住了脚步:"入谷前的话,你想听完吗?"

脚步一滞,云蝉抬眼看他。

楼溇回望着她,微笑:"那天把你送到你爹娘手里,各大派继续在烟山搜寻青图教教众的行踪,我们找到他的时候,他已经被他手下折磨得奄奄一息。"

停了停,楼溇观察了下她的神色,继续道:"他本来一心想死在那些人手上以保全你。可是那些人很快被我们诛杀干净,我看他还剩了一口气,就告诉他你中了沧澜。"

云蝉身体一震。

"明明都已经伤成了那个样子,没想到听到这话,他竟然还有力气逃脱重围。"楼溇感叹,将目光移向对面,"连我都有些佩服他了。"

她顺着他的目光看过去。

对面不知何时站着一个人。一身黑袍褴褛,再不见曾经张扬肆意的模样,站在风里一动不动,连眼角的桃花都被吹得模糊了。

云蝉怔怔的,几乎分不清是幻觉还是现实。

楼溇却对着夏意笑了:"你果然也到这里来了。"

夏意淡淡道:"回谷去,我会让胡先生救小蝉。"

他愿意以命换命?楼溇冷冷地望着对面的人,曾经他以为他们俩是一类的人,原来终究是不一样的。一瞬间有莫名的不甘和愤怒爬上心头,楼溇冷笑:"真不巧,你的命我也很想要,不能让给胡先生。"说罢,他纵身向前急跃,手中长刀拔出,那架势完全是要取对方性命。

夏意仍是不动。他手中并没有武器,身体也是破烂不堪在勉力支撑,似乎是心知自己绝对避不开,他放弃了反抗,只想在原地受死。

刀锋瞬间近到身前,却不想夏意右臂忽然伸出来挡。楼溇冷笑,他竟是想以血肉架住刀。

眼看刀刃就要削入对方右臂,楼溇猛然察觉到不对,手上迅速变招,堪堪避开对方从右臂下方穿出的左掌。

刀尖指地，楼溇眯了眯眼。

这个夏意，果真是狠，竟然宁愿废了自己也要和他同归于尽。

可惜，再狠也不过是强弩之末的苟延残喘。

右腿横扫，楼溇重重一脚踢在对方的胸口。夏意闷哼一声，立刻不支跪地。

楼溇将长刀架在夏意的脖子上，转头去看云蝉。

云蝉却面色平静。

见她如此，楼溇忽然大笑，笑声像远处的云海一样苍茫。而后笑声渐止，他回头看向夏意："就是不杀你又如何，你就用你的命去换她的命吧。"说罢，他漠然收了刀，独自朝谷外走去。

云蝉犹豫了一下，费力朝楼溇追了两步："喽啰，等下。"

白衣男子停步。

云蝉认真地看着他："喽啰，请你告诉我爹娘，胡先生答应救我，但条件是要我从此待在谷里陪他老人家，所以，我出不去了，要他们……别再担心我。"

楼溇身体倏然僵住。

她最后想对他说的话，就是要他去用一个谎言安抚她的父母吗？她话中的意思，他怎么会听不出来。是啊，她还是要陪夏意一起死的。以命换命，真好，真好。

楼溇笑了一下，抬步就走。

花海小屋内。

胡先生一边动手查看地上的男人，一边啧啧惊叹："可真没见过伤成这样还能喘气的。"

夏意拨开他的手，指向云蝉："救她，拿我的命换。"

胡先生哼了一声："你这条命现在废成这样，连半条也算不上了，拿来换她一条完整的命，我岂不是亏了。"

云蝉立刻抱住夏意："我们都不要你救，只是借你谷里住几天。"

老头子立刻瞪眼:"不要我救,那就滚出谷去。"

一直静默在屋里的那个面容丑陋的女子忽然从背后冒出:"要救的要救的。"

胡先生闻言斜她一眼:"怎么,拿你的命救?"

那丑女却笑嘻嘻地说:"丑丫头的命换夏庄主的命,夏庄主的命换丑丫头的命。这样你两个都要救,两个都不杀。"

云蝉本来专心看着夏意,听到这个声音猛然抬头,不可置信道:"千钧……是你吗?"

浮生谷中许久没来过这么难治的两个病人了,胡先生整个人忙前忙后,唯有一个面容丑陋的女子老是优哉游哉地跟在他身后晃:"老头,原来找你治病是要拿命换的,那你那时为什么救我啊?"

"哼,你是夏庄主带过来的。"胡先生一想起来就愤愤,"我当时以为你是姓夏的那小子的情人!"

千钧顿时一脸吃屎的表情:"所以你才救我?你欠他一条命?"

"我是欠了他爹一条命。"胡老头吐出一口气,恶狠狠道,"因此他有一次机会,可以不用付代价要求我救一个人。当时他把这仅有的一次机会用来救你,我又看你模样生得俏,便以为你是他的心上人。"

千钧跳脚:"既然如此,你又怎么把我变成这副模样!"

"哼,那姓夏的小子态度嚣张,我不想白白便宜了他,便对他说医好你可以,但是医好后我要毁了你的容。我原以为那小子听了会痛苦万分,哪知道他只说了一句'随便',就把你扔在这里走了。"

几乎可以想象出那杀人不眨眼的大魔头当时的冷淡表情,千钧揉着眉心无语凝咽。

胡先生看她半晌,奇怪:"说起来,你最近怎么不寻死觅活了?"想当初她刚苏醒后见到自己的鬼样,可是二话不说就要抹脖子的。

千钧泄气:"有用吗?不管用什么死法都能被你弄活,我还折腾什么。"

256

何况她现在已经弄清了脸上这一团麻子完全是老头子用药给弄的,只要留得青山在,她留在这里,不怕找不到解药。

想到这里,千钧呼出一口气:"你怎么会解沧澜?"

"嘿,因为那沧澜就是我制的,当初我和薛仁比试解毒功夫,就制了这毒想克制他。当时总共也没制几颗,最后一颗送了夏岳,哪知道他又留给了他儿子,而他儿子竟然又下给了自己心上人。"说到这里,胡先生有些幸灾乐祸,"这父子俩可真是一个德行,两面三刀人面兽心。"

千钧点头,表示同意,又瞧了瞧胡先生道:"老头,你又在配什么药?"

"给姓夏的那小子配的。"

千钧打了个哈欠:"都几个月了,他还要用药啊?你医术也不怎么行嘛。"

胡先生嘿嘿了两声,笑而不语。

浮生谷里有一潭泉水,用来制成沧澜的毒草就种在泉边,而用来解沧澜的解药便是这潭清泉了。

泉边也有一处草屋,却是新建的。

云蝉端着药进来,走到床边开始每日例行地给床上的人灌药,无奈床上的病号很不配合。云蝉发怒:"死夏意,你不要乱动啦。"

"我已经好了啊。"夏意一脸嫌恶地推开面前散发出浓浓腥味的汤药,"不要再给我喝了!那老头子只是拿我试药而已。"

"试药?"云蝉一愣,瞧着手里的药狐疑道,"真的吗?"

"真的。"夏意一本正经,"他这次白白救了我们,不甘心得很。"

"这样啊。"云蝉低头看着碗思考半晌,忽然端起来凑近了自己嘴边,"可我们欠了他的救命恩情,为他试药也是应该的。这药,我来试吧。"说罢,她捏着鼻子仰头就要喝。

夏意本来只是随口一编,想骗过云蝉别让自己喝药,哪知道会起到这个效果,这药的味道又苦又臭又腥,哪舍得让她喝下去遭罪。夏意连忙一把夺过,三下五除二地就咕噜咕噜灌进自己喉咙里。

碗很快见底,被汤药的味道冲得胃里直犯恶心,夏意趴在床边干呕。

云蝉接过空碗,检查了下确实没有一滴漏掉的,她才单手叉腰道:"哼,骗我,以为我不知道?"

原来她故意的?知道自己上当,夏意哼了哼,满脸不爽。

"大骗子,满口谎言的大骗子!"云蝉突然拳打脚踢揍上来,边揍边骂,"死性不改!大骗子!让你再骗我……我……夏意大浑蛋……呜……"

挨揍的人还没吭声,揍人的人却揍着揍着就呜咽了起来。夏意赶紧手忙脚乱地安抚:"我错了,小蝉,都是我不好……嗷……你又咬我?"

夏意无语地看了云蝉一会儿,她这个咬他左肩的毛病是什么时候落下的?他伸手拍她的背:"小蝉,你是不是想去望舒城?"

云蝉松口,转开脸,越发生气了。

夏意也很不高兴:"哼,之前不是说好要和我一起去的吗?怎么你和那个姓楼的也说过?"

"你怎么知道?"云蝉看他,鄙夷起来,"你那天早就在浮生谷里了?你偷听我们说话?"越想越生气,她忍不住掐他,"哼,你之前答应带我去,可是你……"话到这里止住,想到那些不好的回忆,她沉默了下来。

夏意自知理亏,哄她:"那我现在带你出谷,我们去看望舒河。"

听到这话,云蝉身体一颤,仿佛那些可怕的梦魇又回来了,她立刻紧紧抱住他:"不要,我们不出去……我们在一起……"

心里蓦地有些痛,夏意回抱住她:"可是,要你一直留在这个地方……"

"我愿意的。"云蝉打断他,"我们不分开。"

心里似有涟漪荡开,桃花眼里绽放出笑意,夏意俯下脸,轻声呢喃:"嗯,不分开。"

云蝉嘟囔:"不许再骗我。"

"好。"夏意轻声应着,忍不住捧起她的脸,正要下一个动作时,他身体忽然一僵。

见他面色突然古怪起来,云蝉有些担心:"死夏意,你怎么了?"

"那碗药……那胡老头……竟然是真的拿我试药的。"夏意咬牙,呼吸急促起来。

"什么?"云蝉慌了,猛然间察觉到夏意的身体烫得吓人,她不禁更加心惊,"怎么这么烫?他拿你试什么药了?毒药?"

"是……是……"夏意红着脸,像是在极力忍耐着什么,是了半天也没说出个所以然来,他忽然一把推开她,"小蝉你先出去,别靠近我……"

云蝉哪里肯,着急地摸索着他的身上:"你到底哪里不舒服?"

夏意忍不住抽气,神色挣扎,满脸痛苦不堪,他终于按住她的手,随后竟然猛地一把将她拉到了床上,然后翻身压住。

天旋地转,云蝉只看到夏意的一双桃花眼似乎燃烧了起来,眼底的炙热深深锁住了她,像是要将她拆吃入腹一样,云蝉吓得呆住。

夏意勉强扯回一丝理智,唤她:"小蝉。"

竟然连声音也是炙热的,小蝉结巴:"怎、怎、怎、怎……怎么?你、你、你……你到底吃了什么药?"

实在不想吓到她,夏意将指甲刺进手掌,痛楚稍许压下了一些体内的燥热感。他一只手撑在床侧,另一只发烫的手掌轻抚上她的脸:"你还记得,小时候我们偶尔有一次没吵架,然后我耐着性子陪你玩小孩子过家家假扮夫妻,结果我们爹娘看见了,便给我们定下了亲。"

云蝉的脸不由自主地染上一片绯红,避开目光:"不记得。"

夏意望着她笑,眼底炽烈的情愫一圈圈荡开:"小时候我爹娘教导我,一统江湖,除掉所有危害夏家的人是我今后唯一的大事。可是那天过后,娶小蝉为妻,才是我最重要的事。"

听到他声音里有明显压抑着的粗喘,云蝉渐渐反应过来,惊慌失措:"死夏意,你……"

"小蝉,我们几个月前就拜过天地了。我们……我们……"理智渐渐剥离,夏意意乱情迷地看着她,"你愿意吗?"

明白他指的什么,云蝉顿时浑身红得像一只煮熟的虾,更加结巴了:"不不不不不不……不愿意……"

　　余音却被堵在灼热的吻里，一点一点，只剩下迷醉的声音。

　　云蝉在陷落的最后一刻忍不住悲愤，浑蛋，我都说了不愿意了你也不听，那你假惺惺地问什么问啊！大骗子！

　　月亮渐渐升了起来，映照着泉水，透出柔和的波光。屋内的床帘不知什么时候已经被放下，然而却依旧遮不住里面无边的爱恋如月光般溢出。

　　明月为证，此生此世，永生永世，我们都不会分开。

花开木秀

　　几株纯净至极的蓝色沧澜草被风吹得弯弯的，一直压到了水面上，扰乱一池泉水。待到池面纷乱得什么都映照不出了，千钧才敢睁开眼。自从被整出一脸麻子后，她就再也不敢照镜子。

　　云蝉凑近了她，仔细瞧了半晌，肯定道："嗯，这和我当初中的那个一样，有解药的。"

　　"你也中过？"

　　"嗯，喽啰给我下过这个……"

　　"那你能认出解药吗？"

　　"应该能……"

　　于是两个女人偷偷摸摸溜到储藏药物的房间，一看之下，震惊了。外面看起来不过是间小草房，里面竟堆垒了成千上万的瓶瓶罐罐。

　　千钧咽了咽口水："这工作量有点儿大啊。"

　　"一个个找吧。"云蝉握拳，自我打气了一番后，就走到最靠门边的第一排架子边，拿起一个小药瓶掀开了瓶盖，随后"咚"的一声倒地了。

　　千钧吃了一惊，奔上前摇晃了云蝉半天也没有反应，只好冒着被拍死的

危险去找夏意过来。

"只是普通的迷药。"夏意皱着眉给云蝉推拿了两下,见她悠悠转醒了,才语气不善地转向千钧,"你们在这里做什么?"

"找解药……"千钧瑟缩着指指自己的脸。

"那用得着这么麻烦?我去把老头抓过来打一顿就是了。"

"……"

很快,在夏意的"帮助"下,千钧果然顺利拿到解药,当即兴高采烈计划着要出谷。然而出谷也要闯阵,她不会,云蝉便挥挥手,喊夏意送送她。

一路沿着花田鸟语花香,千钧始终跟在夏意的几步之后,边走边全神戒备地盯着走在前面的男人。

夏意终于被她看得发毛,回头睨她:"你这么盯着我做什么?"

"总觉得你随时会转身一巴掌把我拍死。"

夏意一愣,随即冷笑:"如果我要杀你,当初何必救你?"

千钧也想不通:"是啊,你那时为什么救我啊?"

夏意不答,脸却慢慢涨红了。他才不要告诉她当初是看小蝉哭得稀里哗啦,所以他心里舍不得。

千钧看着他涨红的脸,却自己脑补了另一番缘由:"啊,你暗恋我!"

夏意的脸黑了:"你也配?"

千钧也不在意他话中的无礼,想到那日他愿意以命换命救丑丫头,不禁诚恳地说道:"其实我现在发现你也不错啦,对丑丫头还是比那个楼孤雁要好一点儿的。以后我再也不撮合丑丫头和楼孤雁好啦……"

你还撮合过小蝉和那个姓楼的?夏意一怔,随后立即阴森森地瞄着千钧,费了好大力气才遏制住自己想宰了她的冲动。

千钧没注意到他的表情,还边走边絮叨:"不过你三心二意可不行哦。虽然本姑娘花容月貌,但是你已经有丑丫头了,就不该对我有非分之想,何况我心里……"

怕自己再听下去真的会杀人,夏意森然打断她:"解药已经给你了,你为什么还不解了脸上那堆麻子?"

千钧转转眼珠,嘻嘻一笑:"为了阻止你对我有非分之想啊……"

夏意终于忍无可忍,一把拎起她丢出阵外:"快滚!"

"哦哦哦,我走啦,好好待丑丫头啊。你再三心二意,我以后给她介绍别的男人哦……"

回答她的是一阵犀利的掌风,千钧险险躲开,立刻脚下生风头也不回地飘然逃走了。

入夜,一个曼妙的人影悄无声息地掠进一间华丽旖旎的厅堂,在梁上借力轻点几下后翻身跃下,落地的身姿轻盈袅娜,让人联想到"绝代佳人"四个字。然而月光打到那人的侧脸上,却映照出她满脸骇人的麻子,登时能让天上的星星都给吓退了。

千钧落在地上站定,拍拍衣裙,熟门熟路朝厅堂深处走去,然而还没走两步,脚步忽然刹住。

正前方一张华美的桌案上,竟摆着一个死者牌位,上书"桂月夫人"四字。牌位前连一炷香火都没有,就这么孤零零地置在正中央,在周围一圈儿璀璨斑斓的装饰里显得格格不入。

"老太婆,连死也要弄得这么骚包。"千钧抽抽嘴角,一手抄起灵牌后径直大步走向内堂,"啪"的一声大力蹋开了密室的门,果然见室内坐着一个三十来岁的漂亮女人。

"老太婆,你活腻了啊?"千钧扬了扬手里的灵牌,冲桂月夫人大吼,"咒自己死是什么新玩法?"

桂月夫人原本懒懒斜卧在美人榻上,听到声音后瞅了来人一眼,立刻吓得差点儿滚到地上:"真是太丑了,姑娘,你长成这样还有勇气活在世上?"

千钧爹毛:"是我啦,死老太婆!"

桂月夫人一愣,再打量她半晌,立刻号啕大哭:"钧儿?原来做了鬼竟会变成这副模样,那该如何是好……"

"我没死啦,你听不懂人话吗?"

"没死?"桂月夫人惊奇,"那你怎么弄成这副人不人鬼不鬼的样子?"

千钧不答,只气呼呼地将灵牌摔到她面前:"你先回答我,这是做什么?"

"别摔坏了!别摔坏了!"桂月夫人赶紧将地上的东西当宝贝一样捡起来,怒骂,"你以为我想诈死的吗!老娘还不是为了给你报仇!当初率领千金殿公然和青图教联手想弄死墨阁那群人,哪知道那个破烂青图教中看不中用,全都死光了。老娘要是不中途诈死,难道等着那个姓楼的来踹我?"

"……"千钧揉揉眉心,遮掩住有些发红的眼眶,"死老太婆,明知道咱们门派一向功夫不咋样,你学什么英雄和人家正面火拼……"

听到声音里有些呜咽,桂月夫人抖落一身鸡皮疙瘩:"你这脸到底咋了?"

"没事,和易容差不多,有解药的。"

"这不错啊,给我也使使。这阵子怕被墨阁追杀,老娘都好久没出门了。"

"整这么丑你受得了?"

"女子能屈能伸嘛。"桂月夫人风华绝代地旋了个身,"死徒弟还算有良心,复活了第一个来找师父,没色欲熏心地先跑去看那个木头……"

千钧撇嘴:"你怎么知道我没先去见过木头了。"

"得了,你要是去见过他了,哪还会这么淡定?"

心中升起不好的预感,千钧蹙眉:"什么意思?"

"那木头要和芙蓉仙子成亲了。"

千钧身体立刻僵住,然而片刻过后又展颜:"骗谁呢?他师父刚过世,木头那么呆肯定要守孝的,怎么可能这会儿和人成亲。"

哎呀,真是机灵,骗都骗不到。桂月夫人郁闷,顿时有点儿怀念那个呆呆傻傻的小徒弟云蝉起来了。

然而千钧心里到底是被勾起了些许不安,摆摆手道:"死老太婆,我先走了。"说罢,拂一拂衣袖就掠出了密室。

"等等,先把你那个易容的药给我使使啊!你个不孝的……"桂月夫人冲着消失在夜空里的人影愤怒。好哇，这么急着去见小情人，我就不提醒你脸上麻子还没解，让你吓死那个木头算了！

源清派依旧风景清雅秀丽，在夜间也有一番风味。

这里千钧并不是第一次来，轻轻飞上一个屋檐，掀开瓦片，借着月光就看见屋中一个俏丽的女子躺在床上，应该是睡着了。

"哼哼，芙蓉仙子是吧，看我把你变成一个丑八怪！"千钧翻出衣袖里的药，轻手轻脚翻下屋檐，从窗户中钻进了屋里。

掀开茶壶正打算撒药，脖子上忽然贴上了一个凉凉的东西。千钧眼角一瞥，就见到一把明晃晃的剑刃正搁在自己肩上。

谭诗瑶不知什么时候转醒了，持剑冷声问道："什么人？半夜三更潜入我房里想做什么？"

知道这女人不好对付，千钧反应快，出其不意地缩头飘开几步就要溜。谭诗瑶紧追不放，立刻堵住她的路，千钧苦着脸被迫和她过上了招。

打斗声很快惊动了周围，沈耀和派中其他弟子纷纷赶来，三两下就制住了千钧。

沈耀先询问了下自己小师妹有没有事，才转头看向被五花大绑的千钧，审问起来："你是何人？半夜潜入我派是何居心？"

千钧一愣，猛然记起自己一脸的鬼样子还没有恢复，难怪他认不出。

可是，听丑丫头说当初她中了这满脸麻子的易容术的时候，人家夏庄主仍是一眼就认出丑丫头的！这死木头，怎么就不像夏庄主那样和她心有灵犀呢。

再看看他对谭诗瑶关切的模样，千钧心里越发不是滋味起来，狠道："我是来划花你小师妹的脸的！"

沈耀严厉："姑娘与我师妹有何仇怨？"

"她长得好看，我讨厌她，想把她变成和我一样的丑八怪，不行吗！"千钧嗔怒。

眼前的女子顶着一脸麻子，眼里还闪出深深的幽怨不甘，这表情别提有多惊悚了。然而沈耀却看得怔忪起来，隐隐觉得这神态有几分熟悉，他竟鬼使神差地软了语气："皮貌皆是表象，再美再丑百年后也不过都是一堆白骨，姑娘何必这么在意。何况你……长得不难看。"

这最后一句话音甚是空灵，似乎是透过眼前之人在向另一个人诉说。

周围的人却听得纷纷侧目，连谭诗瑶也忍不住面露讶色。

该说他们大师兄太善良了太会安慰人呢，还是该说他睁眼说瞎话的本事高呢。

千钧"扑哧"一声笑了出来，对着木头眨眼："你人真好。"

沈耀回神，察觉到自己刚刚的失态，立刻肃穆："姑娘还没说自己是什么人？"

千钧想了想："我本来是个坏人，现在被你个木头感化了想改邪归正。我想加入你们源清派从此做个正道中人，木头给不给我个机会？"

听她一口一个"木头"，连语气也与那人相差无异，沈耀被扰得心神大乱起来，只望着她恍然出神。

谭诗瑶见师兄突然像是中了邪一样呆住了，立刻警惕地提醒："师兄，这丑女人来路不明，可别上了当！她分明已经身怀武艺，怎么还能再投入我们源清派！"

千钧立刻道："我想当好人，已经被原来的门派逐出师门啦。木头你人好，帮帮我啊。"

"你……"沈耀犹疑，定了定心神，终于下定决心，"好。"

简简单单一个"好"字，语气里却透着执着，像是要弥补和抓住什么一般。

周围人大惊，纷纷劝阻："大师兄！这人来历都不知道，怎么可以这么草率？"

谭诗瑶更是丝毫不买账："师兄，她刚刚还要害我，你怎么能放她在我身边？"

一向温和谦逊的沈耀却出乎意料地摆手："无妨，今后由我做她的师父，我会亲自看住她。"

见他坚持,众人也只好不说话了。自从师父去后,德才兼备的大师兄便是代掌门,行事也从未出过差错,现在话说到这个份上,大家实在不好驳他的面子,只能暗想着今后替大师兄多多留神便是。

唯独谭诗瑶依旧很是不满,大声道:"哼,算了,区区一个丑女人,谅你也玩不出什么花样!"说罢,她就转身回屋。其余众人见状,也很快都散了。

千钧装模作样地垂头不语,心里却也哼唧开了。哼,芙蓉仙子是吧?当我和丑丫头一样好欺负的呢!你等着,只要先成功混到木头身边了,本姑娘以后再和你慢慢玩儿!

只是,当了木头的徒弟,她以后岂不是比谭诗瑶要小了一辈?见她好像还得喊一声师叔,这好像有点儿不甘心。

正想着,两只白净修长的手伸了过来。千钧抬眼,看到沈耀在为她解绑,她大奇:"木头,男女授受不亲啊!"

沈耀淡然道:"你是我徒弟,自是无妨的。"

啊咧?当木头的徒弟还有这种福利?千钧立刻眉开眼笑,那比谭诗瑶辈分小的怨念也立刻飞到九霄云外去了。

沈耀给她松了绑,继续说道:"从现在起,你要叫我师父。对了,还没问你叫什么?"

"好,师父!"千钧的眸子里注满了奕奕神采,乐颠颠地答道,"嗯,我叫……我叫阿花!"

嘿嘿,花木,阿花和木头是一对嘛!

千钧越想越乐,对着东方升起的鱼肚白虔诚地默念:死老太婆对不起,你也一直盼我嫁得好,如今你徒弟我为了如意郎君,要改投他派了!

想毕,她快快乐乐地跑去挽住沈耀的手臂:"好师父,好木头,我往后住哪里?和你一起吗?"

沈耀俊脸一红,怒斥:"怎么可能住一起?你放手……"

"咦?不是刚刚还说师徒间可以不拘男女之别的嘛。"

"放手……刚刚和现在这样根本是两个性质。"

"什么意思？意思是只能你主动碰我，我不能主动碰你吗？"

"放肆……你先放手……"

两人的声音渐行渐远，而太阳在他们身后冉冉升起，终于照耀出新一轮花开木秀的景致。

花如沧海

<small>楼溁番外</small>

第一次见到云蝉的时候,楼溁是没起什么心思的。

不过是顺手抓来的人质,等目的达成之后,要杀了她还是放了她,全看他的心情。

只是这个人质却很不乖。

"你这恶贼!你最好现在就放了我,要不然等我爹娘赶到,一定把你活剐了!"

楼溁闻言,懒懒地睨了她一眼。

真是个幸福的小家伙,一看就是从小被惯着的主儿,没见识过外面的风雨飘摇。

和自己……真不是一个世界的人呢。楼溁微笑:"手指又不想要了?"

果不其然,对方很快噤若寒蝉,脑袋低下去,只留了个头顶给他看。

楼溁暗笑着摇了摇头,飞云堡在江湖上侠名赫赫,也不知道是怎么养出这么个没骨气的大小姐。

距离他取得七返灵砂已过了好些时日。他不是个心血来潮的人,早在出了飞云堡地界之时,他就可以处理掉云蝉,可不知道为什么,他没有这么做,反而鬼使神差地一直把她带在身边。

而云蝉领教了几次他的手段后，一路上总算是渐渐学乖了，只是小脸上仍是藏不住的憋屈和愤懑。

每次见她这样，楼溇都忍不住想要伸手摸摸她的头，她总会瑟缩一下。楼溇感受到手底下微微的颤动感，软软的，像受惊的小动物。

他想起自己小时候刚刚进墨阁那会儿，也总是这样担惊受怕瑟瑟发抖，只是后来一路从尸山血海爬上来，如今的他已经不会再有害怕的感觉了。

楼溇在心中叹气，等事情结束之后，就送她回家吧。

结果事情却进行得并不顺利。

他本想借七返灵砂引蛇出洞，趁机将墨阁的叛乱势力一网打尽，哪知道横生变故。那个叛徒背后的势力，比他想象中的要棘手得多。

身上的化功散发作，他带着云蝉从墨阁湖底逃出，最终支撑不住，倒在一片树林里。在倒下的前一刻，他忍不住有些自嘲地想，自己将又一次孤身一人，被这个世间所遗弃了吧。

却没想到，云蝉竟然没有趁他昏迷时丢下他跑掉。

也或许她已经离开过了，但最后又选择了回来。

楼溇一直觉得自己已经足够强大，心冷如铁，哪怕脸上在笑，内心也不会再被轻易牵动情绪。可是当他从黑暗中睁开眼，看到她还在自己身边的那一刻，那古井无波的心里竟然起了一丝涟漪。

他知道这种状态很危险。

没有人喜欢孤独，可是对他这样的人来说，贪恋任何温暖，都会让自己变得软弱。

所以不管云蝉是因为什么原因没有走的，他都不该再留她在身边。看着面前讪讪低头的云蝉，楼溇闭上眼："你走吧。"

浑身无力地靠在树干上，他静静等待着一切重归寂寥，耳边却听到一个小小的声音说道：

"那个……我觉得还是两个人在一起比较安心。"

两个人在一起……

春风如醉。

楼溇仍是闭着眼，嘴角却忍不住牵起一丝弧度，时间好似在这一刻静止。可惜一道苍老而不客气的吼声硬是打碎了这片宁静。

"在做什么美梦呢？醒了就给老夫起来！"

楼溇微微一怔，睁开眼，周围的景象已不是那片小树林。他按了按眉心，终于想起自己现在的处境。

是了，他收复了墨阁，也拿到了化功散的解药。可是那个让他感到安心的女人却对他下了噬魂之毒。烟山之上，她甚至和夏意一起联手算计他，使他在正道群雄面前当场被揭穿身份，不得已之下，他只能躲进浮生谷向胡先生求助。

事到如今，他不知道自己为什么还会梦到她，他以为自己应该对她是心怀恨意的。

见楼溇一直发怔，胡先生又在一边不耐烦地催他："听见没有？醒了就快起来！"

楼溇抬眼看了看天色，他很累，醒了也不想动弹。可是这一觉实在已经睡得太久，家仇未报，他时时刻刻都被仇恨所煎熬，即使在梦中也无法解脱。

所有的情绪交织在一起，让他头痛欲裂。

"想得越多，死得越快。"胡先生手持药壶，望着楼溇冷嘲热讽，"你身上中的可是噬魂，啧啧，也真是惨，到底是谁给你下的这毒？杀父之仇也不过如此吧。"

楼溇没有回答，按着额角疲惫地问："你能解吗？"

"需要花点儿时间。"

"我不想浪费太多时间在这里。"

胡先生气得吹胡子瞪眼："没时间你就去见阎王吧！搞清楚，现在是你求我，不是我求你！"

最终没等到胡先生想出解毒的法子，倒是紫莹先一步带了噬魂的解药回来，同时还带回了一个消息——当初害他的并不是云蝉。

紫莹原本以为告诉阁主这个消息会使他高兴，然而楼溇只是沉默。

当真相解开，就会发现一切其实只是一个很简单的陷阱，只要他当时多想一想就能明白他的毒不关云蝉的事。可那时的他，却选择了质疑她。

说到底，他和她终究是不同世界的人，从小在墨阁里过着刀尖舔血的日子，谨慎多疑才是他的本性。

楼溇忽然自嘲地一笑。

算了，现在再想这些有什么用。明明早就明白的，越靠近她就会让自己变得越软弱。而那些事不管是不是云蝉做的，再和她牵扯下去都没有益处，他还有更重要的事需要了结。

解除了噬魂，楼溇很快就出了浮生谷。他回到墨阁，开始计划向夏明山庄发难。

计划进行得很顺利。夏意在江湖上隐藏得再深，这么多年下来也还是有些蛛丝马迹留下来，几个大派里本就有人对他有所怀疑，而他的真实身份一经暴露后，更是让全江湖正道都开始与之为敌。

一切都在按自己所想的进行着，不管是剿灭魔教，还是诛杀夏意，都已经是十拿九稳的事了。只是明明可以正大光明地报仇了，楼溇却说不清自己此时的心情算不算得上畅快。

不知不觉又走到了云蝉的房间，楼溇站在窗外望她。

明知道和她牵扯下去不是一件明智的事，为什么还是不断地想要靠近？

他想起在小树林的那次，他和她一起靠在树干上蜷曲了一夜，然后第二天早上，他听到她窸窸窣窣准备独自离去的声音。

那时候他闭眼装睡，心里想的是她走了也好。

可是等她真转身了,他还是忍不住一把拉住了她:"忘恩负义的女人!你当真这么狠心?"

话一出口,委屈的语气让他自己都感到惊讶,从来都不知道自己竟然还有装可怜的天赋。到最后,他索性豁出面子:"……你不是说还是两个人在一起比较安心吗?"

他说话的时候,目光一直深深望着她。

他是知道这个女人的,骄纵又胆小、怕疼、怕苦,很容易就会妥协。最后在他半是无赖半是胁迫的纠缠之下,云蝉果然拿他没有办法。

她最终和他一起去了源清派,帮他在正派面前掩饰,帮他拿化功散的解药,再后来,她甚至自诩是他的朋友,还总昂用一副老气横秋的语气教训他:"不想以后一个人的话,你要学会多信任身边的人。"

明明是个半大的丫头,讲起道理来倒是一堆一堆的。

楼溇是从腥风血雨里走过来的人,自是不会把这些天真的劝诫放在心上,只是不自觉地,觉得这样的她很可爱。

上一次体会到可爱这种情绪是什么时候来着?好像自从家里出事之后,他就再也没有过这么舒心的感觉了。

那个时候,他不希望她对他排斥,也不喜欢她惧怕他。

而此时此刻,他站在她的窗外,她对他倒是不怕了,坦然地与他面对面,却是为了求他放过另一个男人。

"既然夏意真的只剩几个月的命了,你也……不能放过他?"

真是笑话,他为什么要放过一个害他的人?他之前所遭受的一切,夏意也必须原原本本地尝受一遍才行。

可纵使他有一万个可以理直气壮地说出来的理由,在看到她难过的表情时,也通通都变得无法开口。他只能像以前一样温柔地摸摸她的脑袋:"斩草要除根,今天若换作是他站在我的立场上,他也会做出和我一样的决定。"

云蝉果然不再多说。

他心中却越发感到怒意。

因为她竟然决定陪夏意一起死。

好一个生死相随!

"为什么?你竟然连死也要陪着他?"

他还记着她当初说过的话,"两个人在一起比较安心",他想试着走近她,可是自始至终,她想要陪的人都不是他。

烟山——

各大派开始围剿魔教,就像当初围剿他一样。

楼溇没有打算对夏意手下留情,有些事已经拖得太久,必须做个了结了。然而就要下手时,他忽然很想看一看夏意知道云蝉中了沧澜的反应。

一闪而过的念头战胜了他的理智,他将实情告诉了夏意,结果意料之中的,原本一心求死的夏意在重伤之下硬是凭着一口气逃脱了重围。

他知道夏意会去哪里。

而他像个无所适从的旁观者,抱着最后一丝不甘心,也带着云蝉去了浮生谷。

"你该知道我的规矩,真心只能以真心换,她的命要用你的命来换,你可愿意?"谷内的胡先生仍是一副冷嘲热讽的口吻。

楼溇没有答应,其实在进谷之前他就知道这里的规矩,也知道故事注定的结局。

他看着云蝉一步一步向夏意所在的地方走去,而他依旧只能是个旁观者,转身走向与她相反的方向。

胡先生有一句话说错了,他不是不愿意用命来换,如果用命就能换来一个人的心,那他愿意把永生永世的性命都拿来交换。

他不换,只是因为知道她不会接受罢了。

浮生谷外,花如沧海,思念如烟,他再没有回头。

【官方QQ群：193962680】
每周丰富多彩的群活动，好礼不停送！
作者编辑齐驾到，访谈八卦聊不停！

扫一扫看更多图书番外，作者专访